影≒光
シャドウ・ライト

序話 shadow light かくして弟は旅立つ

「俺さ、イギリスへ行ってくるよ」

一月の寒い夕暮れ。畳《たたみ》が敷き詰められた和室で、少年は前に立つ少女に向かってそう言った。

「…………」

少女はあまりにも気軽に言われて、咄嗟《とっさ》に言葉が出てこなかった。

向かい合う二人の顔は驚くほど似ている。少年の短い髪を長く伸ばせば――あるいは少女の長い髪を短く切れば、男女という性の差がありながらも、余程親しい者でもない限り見分けることは難しいだろう。二人はそれほどよく似た――双子《ふたご》の姉弟だった。

姉の星之宮御影《ほしのみやみかげ》――弟の星之宮光輝《ほしのみやこうき》。

異性であるから、双子といっても二卵性なのだが、二人の顔はどちらとも母親の美しい顔立ちを受け継いだため、全く同じと言ってもいいぐらい似ていた。

しかしどれだけ顔が似ていても、二人には身体《からだ》つきと共に決定的な差異があった。

世の光と闇を正しく見極め、闇の度合いが大きくなれば、その闇を五行《ごぎょう》の理《ことわり》において排除《はいじょ》する——陰陽師《おんみょうじ》という役職がある。

具体的にどのような仕事かといえば、星を詠《よ》みて吉凶《きっきょう》を占い、『凶事《きょうじ》』と出た方角に赴《おもむ》いてはその『凶事』に成り得る闇の存在——怨霊《おんりょう》、妖魔《ようま》の類《たぐい》を、『呪力《じゅりょく》』で構成する『呪術《じゅじゅつ》』によって祓《はら》うこと。

『呪力』——正しく言えば体内の〈気〉を呪力に生成する才能は、親から子へ遺伝子のように伝わっていくモノであり、陰陽師という職業は自然と世業《せいぎょう》となっていき、陰陽師の家系は各地に出来上がっていった。

数ある陰陽師の家系のなかに、薊《あざみ》市の舘葵《たちあおい》という町の『星之宮《ほしのみや》』という家がある。古来より、とりわけ退魔に関する技術は一流とされ、国からその実力を認められている家元《いえもと》だ。その評判に違《たが》わず、代々大きな呪力と素晴らしい才能を兼ね備えた陰陽師を生み出しているのだが——今代当主の子達には少々難があった。

そしてそれが二人の決定的な差異の話に繋《つな》がる。先にも述べた通り、本来ならば呪力を生成する才能は、こうした家系に生まれた以上、遺伝して伝わっていくモノのはずである。

そのはずなのに——弟の光輝にはその才能が無かった。生まれてきてから十四年間、姉と一《いっ》

◇

緒《しょ》に修行を続けてきたというのに、ひと欠片《かけら》の呪力の生成にすら成功したことがない。

対して、姉の御影は類稀《たぐいまれ》なる才能を持って生まれてきた。まだ十四歳にして、一流の術者二人が生成出来る最大量を軽く凌駕《りょうが》するほどの呪力生成能力。

そんな二人に対する家の者の視線は正直で——特に父の態度は如実《にょじつ》だった。御影には未熟ながらも溢《あふ》れんばかりの才能に期待の視線を、光輝には霊気と妖気を感じることしか出来ない無能さに失望の視線を送っていた。

光輝はそれに耐えられなくなって、さっきの修行の最中——御影の制止にも振り向かずに家を飛び出した。御影はすぐさま追いかけようとしたが父に止められ、それどころではないというのに修行に最後まで付き合わされた。

そして修行も終わり、まだ帰ってこない弟を探しに行こうと玄関に行きかけたところで、連絡が来たのだ。テレパシーに似ているけど少し違う——どんなに離れていても二人の魂《たましい》を繋《つな》いで会話する『チャネリング』という能力によって。

意外と元気そうな声に安心したのも束《つか》の間《ま》、その連絡で父の部屋に呼び出された。光輝は大嫌いな父の部屋にいるのだ。彼女はそのことに不安になりつつ行ってみると、不安はずばり的中した。

部屋の隅に置かれていた金庫は開けられ、その中に入っていただろう札束を三つ握り締めて——弟は初めて見せるような希望に満ちた目で告げたのだ。

自分はイギリスへ行ってくる、と——。

◇

「……どういうこと？」

　やっとのことで御影はそう訊《き》くと、光輝は少しだけ浮かれているように繰り返して言った。

「だから、イギリスに行ってくるんだ。イギリスに行って俺は自分の才能と可能性を見つけてくる」

「ちょ、ちょっと待って……ちゃんと順を追って説明して？　どうして急にイギリスに行くことになったの？」

　その言葉で浮かれている自分に気付いたのか、光輝は間を置いて気分を落ち着かせてから話した。「さっき、俺、魔術師に会ったんだ」――と。飛び出した先の町中で、本当に奇跡のように光輝は西欧の風貌《ふうぼう》をした老人の魔術師に会ったのだという。

「それでさ、まあ、これが魔術師と話をするきっかけになったんだけど、俺って昔から精霊が視《み》えるって言っていただろ？　そのことを話したら、それってもしかしたら凄《すご》い才能なのかもしれないんだってさ。もし、その才能を開花させたいんだったら一緒にイギリスに修行に来てみないかって誘われたんだ」

　精霊が視える――その話は物心ついたときから聞いているので御影も知っている。弟が言うには世界には赤、青、白、緑に色付いた小さな蛍火《ほたるび》のような光の球体が漂っているらしい。御影は幽霊を視《み》ることは出来るが、弟が言う精霊を視ることは出来ない。

姉は自分達、普通の霊能者には視えないモノを視ることが出来るという弟の才能を我が事のように喜んだが、光輝は『ただ視えるだけで、他には何の役にも立たない』と力なく言うばかりだった。

――その才能が役に立つかもしれないのだ。それは嬉《うれ》しいだろう。御影だって嬉しい。しかし彼女にしては珍しく冷静に数秒、黙考《もっこう》した後――確認の意味を込めて訊《き》いた。

「それ本当なの？　騙《だま》されてるだけじゃないの？」

「おいおい、騙して一体何の得があるっていうんだよ。今の会話の中で魔術師が得になるようなこと、一つでもあったか？」

「だってお金、持っていくんでしょ？」

「――ああ、これはただの旅費さ。その魔術師に渡す金じゃない」

「……そう」

御影は思案げに光輝の顔を見る。弟は真っ直ぐに姉の顔を見ると、自分の思っていることを素直に話した。

「俺さ、俺には呪力《じゅりょく》が無いのに御影には呪力が有る――それが不公平に思えてさ、正直に言えば凄《すご》く嫉妬《しっと》していたんだ。隠し通していた自信は無いからな、気付いていただろ？」

「――うん」

御影は頷《うなず》いた。勿論《もちろん》、そんなことは知っていたし嫉妬されて当然だと思っていた。

「でもさ、それでもお前は俺の傍《そば》にいつもいてくれて——俺のことを好きでいてくれただろ。だからお前を心から嫌いになることなんて出来なかった。嫉妬は消えないままだったけど」

「——うん」

それだって知っている。怪我《けが》したり、病気したりすれば必ず弟は傍にいてくれたのだから。

「俺、何度もお前との夢、諦《あきら》めていた。だけど、もしかしたら——まだ可能性の領域を出ないんだけど、もしかしたらお前と一緒《いっしょ》に仕事が出来るかもしれないんだ」

二人の夢——それは姉弟で一緒に退魔《たいま》の仕事をすること。光輝は何度も描いては消していた夢をもう一度描いた瞳で、真っ直ぐ御影を見た。

「俺はまだその夢を諦めたくない——だから、イギリスへ行く。そう、決めたんだ」

光輝の決意の言葉。弟がこれほどはっきりとモノを言ったのは初めてかもしれない。御影は「うん、うん」と何度も頷《うなず》いた後、笑顔で言った。微《かす》かに目に涙を浮かべながら。

「そっか——じゃ、いってらっしゃい、光輝」

弟は緊張していた顔を崩《くず》して吐息と一緒に言った。

「——反対されるかと思った」

「しないよ、出来るわけないじゃん、そんなの」

本当は反対したかった。魔術師の修行とやらは当然短期間で済むものじゃないだろう。一年、二年——もしかしたらもっとかかるかもしれない。今のところ、陰陽道の呪術には何の兆《きざ》しも見せない光輝のことだから。それは寂しい。二人は十四年間、生まれたときからずっと一《いっ》緒《しょ》に生きてきた。片割れが居なくなるのは心から寂しいと思う。

だけど、さっきの決意の言葉を聞いて反対など出来るわけなかった。自分と一緒に仕事がしたいと言ってくれた光輝を、どうして止めることが出来るだろう。

「そっか、そっか――じゃあ、今度帰ってくるときは一緒に仕事が出来るんだね」

「ああ。そうなるように、少しだけ頑張《がんば》ってくる」

光輝が微笑《ほほえ》んで頷《うなず》く。御影も釣られて微笑を浮かべた瞬間、後ろの引き戸がぴしゃっと音を立てて開いた。

光輝の顔が強張《こわば》った。御影も驚き、反射的に飛《と》び退《すさ》る。開け放たれた戸の向こうに、父――星之宮高楼《ほしのみやこうろう》が立っていた。

光輝が世界で一番怖れていて、光輝を世界で一番失望している人物――。

「全く、情けない……どんな盗人《ぬすっと》かと思えばまさか自分の子供だとはな」

心底見損《みそこ》なった。そう言わんばかりの声である。御影はハラハラしながら光輝の方を見る。

「ふん、まあいい。陰陽術《おんみょうじゅつ》の才を見せない役立たずなど家に居てもらっても仕方の無いことだしな。何処《どこ》でも勝手に行け。その金は手切れ金代わりにくれてやる。二度とその面《つら》を見せるな」

「お、お父様っ⁉」

縁切りの言葉に御影が叫ぶ。しかし高楼は気にも留めず、それで話は済んだとばかりに二人に背を向けて部屋を出ようとする。

「……待てよ」

光輝が低い声で、父親を呼び止めた。高楼は歩みを止め、振り返る。いつも光輝を怯《おび》えさせる目――しかし、光輝の身体《からだ》は震えていなかった。その目をしっかりと受け止めている。

「――何だ?」

「俺は、いつもアンタが怖かった。その失望に満ちた目が――凄《すご》く怖かった。自分の弱さを映し出されているようで――本当に怖かった」

「――ふん」

「だから俺が強くなったって自分が自分で納得するためには――その怖いモノを倒さないと納得出来ない。――お父様、日本に戻ってきたとき、俺と試合をしてくれ。俺はそこで必ずアンタを倒してみせる……その後は、望み通りアンタに顔は見せない。その代わり……アンタも顔を見せんなよ」

「……いいだろう」

高楼は馬鹿にしたような笑みを刻んで、部屋から出て行った。光輝はじっと父が消えた戸の方を見ていた。緊張していたのだろう、長い息をつくと自分に調子をつけるかの如く言った。

「……さて、行くか」

「――ちょっと！　お母さんには何も言っていかないの?」

戸の方に向かって歩き出した弟の背に問いかける。すると苦笑気味に光輝は言った。

「言いに行ったら絶対に止めるだろ?」

「………百パー、止めるよね」

あの母のことだ。そんなことを言ったら結界《けっかい》を創り出して、光輝を閉じ込めてしまうだろう。

「だから、もう行く。それに、その魔術師が言ってたんだ。重要なのは、今ここから動き出すことだって」

「……そう」

御影は光輝の決意を固めた表情を見ると、これ以上引き止めることも出来ない。弟の背中をポンと叩き、笑顔で送り出した。

「いってらっしゃい、光輝」

「ああ、じゃあな――」

光輝は軽く手を振って、当主の部屋から出て行った。御影はその後を追ったりはしなかった。寂しさが弟を止めてしまいそうな気がして、しばらくその部屋から動かなかった。

第一話　shadow light　受けて立つ父

《え、まだ寝てんのか？　おい、御影《みかげ》》
「う……うん……」
《おい、御影！　み・か・げ！》
「う～ん……」
何度呼ばれても、彼女に起きる気配はなかった。窓から差し込む白い朝の光に照らされても、彼女の瞼《まぶた》は完全に遮断《しゃだん》するらしい。
敷布団《しきぶとん》の上で、星之宮《ほしのみや》御影は呼び声を振り払うかのように寝返りを打った。
《……こ、の……ねぼすけアマァが……》
呼び声にわなわなと震えが混じり始めた。彼はいつも苛立《いらだ》っていたせいか、気の長いタイプではない。だからすぐに音量を最大に上げる。
《さっさと起きやがれ!!　この馬鹿姉貴!!》
「――――!?」
今度こそ御影は布団から跳ね起きた。目を大きく見開き、寝惚《ねぼ》けているのか、きょろきょろと辺りを見回している。

《やっと起きたか……まったく、毎朝毎朝時間を見計らって起こしてやってるこっちの身にもなってくれ》

頭に直接聴こえてくる弟の声が、二人の魂《たましい》を繋《つな》げる『チャネリング』という能力によるモノだとやっと気付いて我に返り、長い髪をくしゃっとやった。

「光輝《こうき》か……もっと普通に起こしてよ……」

《普通に起こしてやってるだろうが。それでも起きねえから大音量で起こしてやってるというのに何という言《い》い草《ぐさ》か》

頭に響く声の主——御影の双子《ふたご》の弟である星之宮光輝は不機嫌そうに言った。もっとも普通に起こしているのは毎度二回までなのだが、御影は当然知らない。だから素直に謝る。

「——ごめん」

《解ればよろしい——で、そっちはもう七時半ぐらいだと思うんだがどうだ?》

「——え?」

残る眠気に勝てず、半開きになった目で枕元に置いてある小さなペンギン型の目覚まし時計を見た。——時刻はしっかり七時半を差している。

「う、うそでしょ……なんでもう七時半になってるの!? 昨日ちゃんと目覚ましセットしたはずなのに……!!」

セットした時刻は五時。なのに、何でこの時計は鳴った気配もなく起床《きしょう》予定時刻から二時間

半も過ぎた七時半を示しているというのか。もうそれは変わりようの無い事実だというのに、それでも信じられなくて時計を摑《つか》み取り眼前まで持ってくる。

けどやはり何度見ても時刻は七時半を――いや、今の時間の消費で七時三一分を差していた。

《もはや言い飽《あ》きたんだが御影、今までそれで起きたこと一度でもあった？》

一度もなかった。毎朝毎朝、光輝に起こしてもらっていた。

「どうして、もっと早く起こしてくれないの！」

というわけで毎朝の目覚まし係りに文句を言うと、

《バカヤロ、十分前までこっちは師匠《ししょう》に付き合って遺跡探索していたんだ！起こしてやっただけ有り難く思え！》

逆に怒鳴《どな》り返された。まあ当然である。

「うう……どうしよう、今月三回目のサボりだ………」

星之宮家では朝の五時半から早朝訓練を行う。主に基礎体力訓練だが、基礎を疎《おろそ》かにする者に父、星之宮高楼《こうろう》は厳しい。ちなみにあくまでも、訓練をサボったのが三回であって、遅刻の回数は光輝が海外に行ってから一年と四ヶ月、記録更新中である。

今朝は普段より最悪だった。朝食を食べている時間もない。二十分後には高校の遅刻を免《まぬが》れる最後の電車が舘葵《たちあおい》駅に来る。ちなみにここから駅までの距離は御影の足で走って約十五分、というところだろうか。

《過去は振り返るな。今はとりあえず進め》

「う、うん――」

御影は布団《ふとん》を素早く畳《たた》んで押入れの中に仕舞うと、通学鞄《かばん》を持って自分の部屋を飛び出した。

《制服に着替えてからな》

御影は廊下《ろうか》をすでに五足走った所で、慌《あわ》てて自分の部屋に引き返し、

「お願いだからもっと早く言ってよぉ!!」

と、頭の中で憎たらしいくらいに笑い声を立てている弟に口を尖《とが》らせた。

《ほら、頑張《がんば》れ頑張れ――息継ぎは一定のリズムでスッスッ、ハッハッ》

「ああ、もうちょっと黙っててよ――!」

まだ繋《つな》がっていた弟の戯言《ざれごと》を一言で切り捨て、御影は駅まで急いだ。マラソンランナーのように走ったおかげでギリギリ電車に飛び乗ることが出来た。

「はぁ……はぁ……」

どんなに鍛《きた》えていても、十五分間全速力で走るのは辛《つら》いらしく彼女は息を切らしていた。

《何とか間に合ったみたいだな》

(ねえ……もう周りに人がいるんだからチャネリング切りたいんだけど)

ドアに寄りかかりながら内心でそう言う。車内には学生服を着た人、スーツ姿の人でごった返している。空《あ》いている席などなかった。

《冷たいな……今日はちょっと報告があるっていうのに……》

(報告?　なに?)

《ああ、そっちに一度帰ろうかと思ってさ》

御影は少し驚きの表情を浮かべた。幸い電車の中にはそれぞれ自分の世界に入っている人間が多数なので、訝《いぶか》しげに見られることはなかった。

(へえ、帰ってくるんだ?　精霊術はもう完璧《かんぺき》なの?)

《ああ——師匠《ししょう》が言うにはまだまだだって言うけどな。でも、とりあえず明日一度帰るよ》

(ふーん、解った。楽しみにしてる)

御影は嬉《うれ》しげに顔を綻《ほころ》ばせたが、さっきと同様に訝しく思う者は誰も居ない。

自信に満ちた弟に会える——。姉は心が躍り、今にも身体《からだ》まで動き出しそうだったが、電車内ということを思い出して何とか自粛《じしゅく》した。

《さて、師匠が呼んでるからもう切るな?　あ、そうそう——親父《おやじ》に伝えといてくれ》

(……何て?)

太陽のように明るかった御影の表情は転じて暗澹《あんたん》としたものになった。光輝が家を出て行ったときのことを思い出し、大体何と言いたいか予想してげんなりしつつ光輝の言葉を待つ。

弟の言葉を聞いた姉は悲鳴を上げた。

(言えないって、言えないよ、そんなことっ!!)

《じゃ、伝言頼んだぜ?》

(——えっ、ちょ、ちょっと待って!?)

しかしチャネリングは一方的に切られ、御影はしばし呆気《あっけ》に取られたように沈黙する。思考能力が戻ってくると、光輝の伝言を思い返し――はぁ、と深い溜息をついた。

光輝が海外に修行に行ってから、一年と四ヶ月が過ぎた。

光輝の毎朝の報告によると、彼の修行生活は巧《うま》くいっているようだ。日本で会った老人魔術師には精霊術と魔術の基礎知識を教え込まれ、今はその人の孫に戦闘訓練を叩き込まれながら遺跡巡りの旅をしているそうだ。光輝は知識を教えてくれた老人魔術師を『教授』、戦闘の稽《けい》古《こ》をつけてくれている孫の魔術師のことを『師匠《ししょう》』と呼んでいた。

一方、御影の方はというと去年の四月に高校生となり、今は高校二年生になっていた。陰陽《おんみょう》術《じゅつ》の修行も巧くいっており、光輝が出て行く前と何の変わりもない生活を続けていた。唯一、変わったといえば妖魔の祓《はら》いを任されるようになったことだろうか。まだ拙《つたな》いながらも、『星之宮』の家人と一緒《いっしょ》にこなせるようになっていた。

明日には弟が帰ってくる。御影はそれがとても嬉《うれ》しいのだが――光輝の言葉を父に伝えるのかと思うと途端に気が重くなるのだった。

◇

そしてその日の夕刻。御影は大広間で頭《こうべ》を垂れていた。帰ってくるなり、父である高楼に呼び出され説教を受けているのである。

朝の訓練を怠《おこた》るなと何度言えば解るんだ。朝起きることが出来ないのは精神が弛《たる》んでいる証拠だ。本家の娘であるお前がそんなことでは他の者に示しがつかんだろう——等々。

自分の娘だからといって、決して贔屓《ひいき》しない。光輝の言葉を借りるなら、今や化石のような堅物親父《かたぶつおやじ》——それが星之宮家当主、星之宮高楼である。

袴《はかま》姿の高楼の隣では黒髪を結い藍《あい》色の着物姿の女性が気の毒そうに御影を見ている。高楼の妻であり、御影と光輝の母である星之宮澪《ほしのみやみお》だ。その若々しい肌からは、とても高校生の子供が二人いるとは想像つかない。

「貴方《あなた》、もういいのではないですか？　御影も充分承知したと思いますし」

澪はついに見かねて延々と説教している夫に提言した——が。

「お前は甘すぎる」

彼女の言葉は速攻で玉砕《ぎょくさい》される。しかし澪も負けてはいない。——というか、口で負けるのはいつも口下手《くちべた》な高楼の方なのだ。

「ですが、貴方。そろそろ夕食の時間ですよ」

「それがどうした」

「遅刻を云々《うんぬん》と説教している貴方が遅刻して、皆さんの食事の時間を遅らせるわけにはいかないでしょう」

「……………解った。以後、気をつけるように」

高楼は諦《あきら》めたように溜息を一つついて、そう締め括《くく》る。

「は、承知致しました」

何度目か解らない承知の言葉を口にし、御影は顔を上げる。顰《しか》め面《つら》をしている高楼の隣で、澪が密《ひそ》かにブイサインをしていた。御影が目だけで笑みを返していると、父が立ち上がったので娘は慌《あわ》てて呼び止めた。

「待ってください、お父様。少しお話があります」

「――何だ？」

御影が高楼に話を振るのは珍しく、父は珍妙《ちんみょう》な顔つきで再び腰を下ろす。

「光輝が明日、帰ってくるそうです」

高楼の眉《まゆ》は微《かす》かに動き、澪の顔は見る見るうちに輝き始め凄《すご》い勢いで娘に迫った。

「それは本当なの、ミカちゃん⁉」

「う、うん――本当だよ、今朝《けさ》連絡があったし……」

顔がくっつきそうな距離まで詰め寄ってきた母に首を退きながら、御影は頷《うなず》いた。光輝が家を出て行ったとき、そりゃあもう悲しみに暮れて泣いた、泣いた。だから光輝が帰ってくることを澪に告げたらどれだけ喜ぶことか、解り切っていたことだ。

「それで？　あいつが何か言ってきたか？」

高楼の声に御影は姿勢を正し、澪も娘の隣で正座して話の続きを待った。

「それがですね……ひっじょーに言い難《にく》いことなんですが――」

「遠慮《えんりよ》せず言ってみろ。光輝の言葉として理解するから」

「……はぁ、では――」

深呼吸して、御影は覚悟を決めた。

「『約束通りアンタを倒す。首を洗って待ってやがれ』――だそうです」

――時が凍りついたように場が沈黙した。澪は驚いて、目を見開いて娘の横顔を見た。どれだけ怒るだろう、とびくびくしていた御影は固く目を閉じていたが、

「ほお……そんなことを言ったか。あいつが」

聞こえてきた声に恐る恐る目を開けた。予想に反して高楼は怒っていなかった。それどころか、口元に小さく笑みらしきものさえ浮かべている。

「ならばこちらからも伝えておけ。『やれるものならやってみろ』とな」

「は、はぁ――」

御影はまたもや伝えにくい言葉を頼まれうんざりする。どちらも自分で直接相手に伝えて欲しいものだ。御影が板挟《いたばさ》みの状態である自分の不遇《ふぐう》を嘆《なげ》いていると、高楼は立ち上がった。

「さて、他の者を待たせてはいかんからな。さっさと行くぞ」

「――は、はい」

父が廊下《ろうか》を出て行くのを見送ってから、御影は立ち上がろうとし――

「きゃ――!」

母親に裾《すそ》を引っ張られ、スカートがずり落ちた。反射的にスカートを押さえ、足をピタリと

閉じてしゃがみ込む。

「な、ななな何すんの⁉　お母さんっ！」

「あっ、ごめんなさい、別にスカートを脱がせたかったわけじゃないのよ？」

当たり前だ。そんな意図があってやったのならば、光輝ではないが家を出たい。

「まぁ、それはともかく、本当に明日コウちゃん帰ってくるの？」

乙女《おとめ》の恥を『それはともかく』で済ませて欲しくないのだが――御影はスカートを直しながら頷《うなず》いた。

「今朝《けさ》のチャネリングではそう言ってたよ」

「お父さんに勝負挑むつもりかしら」

「つもり――なんだろうね……きっと」

そこで二人は同時に溜息をついた。

高楼に勝負を挑む。すなわちそれは星之宮家の現在最強実力者に勝負を挑むということであり、今のところそれは自暴自棄《じぼうじき》としか思えない話の類《たぐい》だった。

星之宮高楼は強い。今、家に居る術者全員を束にしてかかっても絶対に勝てない。実子である御影が参加しても五分に届くかどうか――それだけの力を彼は数多《あまた》の修行と実戦の中で培《つちか》ってきたのだ。

そんな人間に光輝が勝てるはずがない。それが母も姉も、恐らくはこの家に居る者全員の見解になるだろう。この家を飛び出したときの彼は呪力《じゅりょく》が皆無であり、呪術は言うまでもなく、体術にしたって並みの人間よりは優れているものの、気闘術《きとうじゅつ》を知っている術者には敵《かな》わない。

気闘術とは名の通り〈気〉を一点に集め、筋力を増大させる体術のことである。つまり〈気〉の操作が出来ていなかった弟は、体術でもここにいる誰よりも劣っていたというわけだ。下手《へた》をしたら術者どころか、体術を極めた一般人にも負けるかもしれない。

このように光輝が勝てる道理はまったくないのだ。以前の彼ならば――。

彼が精霊術を学んでどれだけ成長したかは知らないが、それでもたかが一年と少し経った程度で、高楼を出し抜くほどの術者になるとは考えにくい。

「……ねえ、本当に大丈夫《だいじょうぶ》なの……？」
夕食が終わったあと、チャネリングによってまだ異国の地に居る弟に呼びかける。
《大丈夫だって。明日、絶対勝ってみせるからよ》
頭の中に弟の能天気な声が響いた。

◇

翌日――。弟は予告通り、帰って来た。
「よお、御影」

「――――！」

授業が終わり校門を出ると、ガードレールにもたれている少年が手を挙げて御影に微笑《ほほえ》んだ。御影は最初、誰だか気付かなかった。髪を金色に染め、両耳に二つずつ宝石が付いたピアス――家を出たときの彼からは想像出来ない格好をしていたから。

「……御影ちゃんの知り合い？」

学校から一緒《いっしょ》に出てきた友人の少女に曖昧《あいまい》に頷《うなず》く。

「う、うん――」

「知り合いも知り合い、大知り合い」

金髪の少年がいつの間にか御影のすぐ横に立っていた。黒革のジャケットに破れかけのジーンズ、加えて黒いアンクルブーツ。両腕には蒼《あお》い石を十個ぐらい嵌《は》め込んであるリストバンド。相手を威嚇《いかく》するような格好に友人の少女はさっと御影の後ろに下がった。

黒い長髪でサイドを三つ編みにして垂らしているこの少女――名を高野那美《たかのなみ》といい、外見通り大人しくそして臆病《おくびょう》なのである。怖がっているのを気付いていないわけでもないだろうに、金髪の少年はにやにやと笑みを浮かべながら続けた。

「昔は一緒の布団《ふとん》に入っていた仲だもんな、御影」

金髪の少年は那美に見せ付けるように御影の肩に腕を回した。友人の顔がかあっと赤くなるのを見て、御影はさあっと顔が青くなっていく。

「ちょ、ちょっと、何誤解を招くようなことを言ってんのっ⁉」

「何が誤解なんだ、御影？　お互いに一糸纏《いっしまと》わぬ姿を見せ合ったこともあっただろう？　それは偽《いつわ》りの記憶だっていうのか」

「そりゃあるけど——じゃなくって!!　だからそういう誤解を招くような発言は——」

少年の手を払おうとしていると、サッと後ろから友人が離れていく気配がした。

「ち、違うのよ、那美ちゃん！　この子はそんなんじゃなくて、私の——!!」

振り返った先にはこれ以上ないくらいまでに顔を真っ赤にさせ、一歩、また一歩と御影から遠ざかっていく友人が居た。

「み、御影ちゃん……じゃ、邪魔《じゃま》しちゃ悪いし、わたし……もう行くね？」

「だから那美ちゃん誤解しないでぇ——!!　この子は私の弟なんだってばぁ——!!」

ザザァ——と土煙を上げて駅の方へ逃げていった那美にその声が届くことはなかった。

「五月二十日。今日、御影は友達を一人失くした——可哀想《かわいそう》に。後で励《はげ》ましてやろう」

「こ、光輝……っ!!　何てことをしてくれたのっ!?」

日記を書く振りをして、ふざけたことを抜かす弟——光輝に恨《うら》めしげな視線を送る。

「だって、あの娘《こ》。今時珍しい純情そうな女の子だったからついからかってみたくなって……——って何、泣いてんだよ？」

光輝は思わず息を呑《の》んだ。御影がこちらを睨《にら》みながら泣いていたからだ。

「つい、じゃないわよ……あの娘《こ》は昔、男の人に乱暴されて人間不信になってるのよ！」

「——え」

光輝の顔から色が失せていく。

「その男の人に乱暴されるきっかけを作ったのが友達だと思っていた女の子でね……あの娘は友達にも裏切られて、男だけじゃなく女の人も——完全な対人恐怖症になっているの……私にはやっと最近心を開いてくれたばっかりだったのに……」

つらつらと告白をしていく御影はさめざめと涙を流していく。軽い冗談が予想もしなかった事態に発展してしまったことに、光輝はただ狼狽《ろうばい》するばかりだった。

「ご、ごめん、俺、知らなかったから……」

「知らないで済む問題じゃないよ！　あの娘にとって男女の仲的なことはタブーなの！　それを……光輝は……」

御影から熱い殺気を感じる。普段は大人しく優しいのに、激しく怒ると何処《どこ》までも容赦《ようしゃ》ないという姉の性格を光輝は思い出す。昔、自分の呪力《じゅりょく》の無さを笑った奴らに対して御影がやったことを思い出すと——冗談ではなく全身が粟《あわ》立つ。

「わ、悪かった、本当に……あの娘に謝ってくる——!!」

彼女の姿はもう見えないが、所詮《しょせん》は少女の足だ。走れば難なく追いつけるだろう。

「なーんてね」

ダッと駆け出し、すでに五メートル走っていた光輝は、転じて妙に明るくなった声に急ブレーキをかけて後ろを振り返る。姉の頬《ほお》に流れていた涙はぴたりと止まっていた。そして御影が小さく舌を出して言う。

「う・そ」

「──あぁぁん⁉」

「だから、う・そ。お返しだよ」

御影は得意気な笑顔を浮かべて光輝の隣へゆっくりと歩き、ツンと彼の頬《ほお》を指先で突《つつ》いた。

「チャネリングではやられっ放しの私だけど、忘れた？　直《じか》に会ってるときはお姉ちゃんの方が何枚も上手だって。光輝、表情に弱いもんね」

「──コノアマァ……」

速攻カウンターが来るとは思っていなかった光輝は、にっこりと微笑《ほほえ》んで自身の顔を差している姉を凄《すご》い目で睨《にら》んだ。同じ顔をしているだけに余計に腹が立つ。

「でもあの娘《こ》をこれからあやってからかうのは禁止。あの娘──那美《なみ》ちゃんっていうんだけど、すっごい純情なんだから」

「……解った」

真剣な表情で言われて光輝は釈然《しゃくぜん》としないながらも頷《うなず》いた。弟の返事に満足したように笑うと、御影は光輝の背中をポンと叩いた。

「那美ちゃんに謝るんでしょ、駆け足！」

からかわれたのは腹立たしいが仕方ない。光輝は不服ながらも走って、那美を追いかけた。

途中、光輝は併走《へいそう》する姉が笑ってこちらを見ているのに気付いて、ぶっきらぼうに訊《き》く。

「──なんだよ？」

「いや、どんなに格好は変わっていようとも光輝は光輝だなぁと思ってさ」

皮肉っぽく口が悪いうえに短気。だけど本当は悪いことは悪いとすぐに認める素直さと、謝罪のために懸命に走ることが出来る優しさを持っている弟――見た目は変わっていても中身の、とりわけ大事な部分が何も変わっていない。御影はそれがとても嬉《うれ》しかった。

「お帰り、光輝」

「――ただいま」

姉は再びクスと笑った。妙に恥ずかしくなって、光輝はスピードを上げ御影の先に身体《からだ》を出していった。


二人は紅葉《もみじ》駅のホームに着いていた電車に滑り込むように乗り込み、座席の中央に一人で寂しく座っている那美の姿を見つけると、その両隣に座った。

驚く那美に二人は謝罪の言葉と事情を同時に話して彼女を混乱させてしまった。しかし自分達の『似ている』のレベルを通り越して『全く同じ』顔を間近で見せると、すぐに二人が双子《ふたご》の姉弟であるということを納得してくれ、誤解が解けた。

両隣で二人が同時に安堵《あんど》の息をつく様を見て、那美が小さく笑っていると、駅名を告げるアナウンスが流れた。

「あ、わたしここだから――」

「うん、それじゃね」

那美が席を立つ。御影が手を振り、那美が振り返す。

「本当にからかって悪かった。ごめんな」

「もういいよ。光輝君もバイバイ」

光輝が申し訳なさそうに再度謝罪の言葉を述べると、那美は笑って許し、草由《くさよし》駅ホームに降りていく。座席に残された二人は一緒《いっしょ》に手を振って、電車が動くのを待つ。

ドアが閉じて、電車が動き出すと手を下ろし『はぁ――』と溜息をついた。

「帰ってきて早々何でこんな気疲れを――」

「自分で蒔《ま》いた種だよ。光輝が悪い」

何も言い返せず、光輝はちっと舌打ちをした。御影が席を詰めて、光輝の方へ近寄る。

「でもさ、何でうちの学校の前に居たの？」

「――さすがに一人で家に帰る気が起きなくてな。何気なく御影の気配を探ったら、偶々《たまたま》通りかかった近くの学校にいるみたいだったから待っていたんだ」

二人はチャネリングを使って捜そうと思えば、簡単に互いの位置が解る――が。

(――あれ？　でも私、光輝の声に応《こた》えた記憶が無いんだけど……)

確かにチャネリングを使えば互いの位置を探れるが、相手が反応しなければ解らない。不思議に思ったが、御影は無意識に反応したのだろうと結論付けた。

「いつから待ってたの？」

「十二時ぐらいから、か。通り過ぎる人に変な目で見られる、見られる」

昼から高校の前に十代の少年がぼうっとガードレールに座っていれば、そりゃあ不審がられるだろう。また格好も格好だし――。

「そういえば、その髪とその格好は何？　イメチェン？」

「ああ、これ？」

光輝は金色に染まった髪を摘《つ》まんで視界の中に入れた。

「師匠《ししょう》が金髪でさ、格好良かったんだ。だからそれに憧《あこが》れて髪を金に染めてみたんだけど。似合ってない？」

「似合ってなくはないけど、染めるんだったら眉《まゆ》も染めなよ」

光輝の眉は元の色のまま、黒だった。

「解ってないなぁ……そのアンバランスがいいんじゃないか」

いいのかな？　思ったが御影は敢《あ》えて突っ込まず、今度は服装に視線をやった。

「――で、その格好は？」

「師匠の仕立て。こっちの方が格好いいから、この格好でいろって」

「ふーん……」

確かに見る人によっては格好いいだろう。見る人によっては怯《おび》えるだろうが。ちなみに彼の師匠がコーディネートした服があと十着ほどあるらしい。とりあえず荷物は空港近くのホテルに置いてきたそうだ。

「そっちこそ中学時代のじみーな制服じゃなくて良かったな。可愛《かわい》くていいじゃないか」

光輝が御影の制服を誉《ほ》める。ワインレッドのベストに赤のチェック柄《がら》のネクタイ。ネクタイと同じ柄のプリーツスカート。ベストの胸ポケットに学校のエンブレムが入っている。――確か、私立紅葉学園といったか。姉を待っているときにぼうっと校門を見ていたら、自然と脳が記憶していた。男子の制服は普通の白いワイシャツにベージュっぽい色をしたスラックスと、男を差別したような制服だったな、と思っていると、

「――なんだよ?」

隣の姉は膨《ふく》れっ面《つら》で、光輝を拗《す》ねの入った目で睨《にら》んでいた。

「可愛いのは制服だけですかー?」

「……もしかして、自分も可愛くなったとか言って欲しいとか?」

うんうん、と頷《うなず》く御影。はぁっと溜息をついて周囲に誰も見ていないか確かめると、

「御影も可愛くなったな。見違えた」

視線を逸《そ》らして言った。すると、今度は御影が先刻の光輝のように大きな溜息をつく。

「やっぱ弟なんかに言ってもらっても全然嬉《うれ》しくないや」

「――一発殴《なぐ》らせろ」

「ははっ、ごめんごめん……ありがとう、嬉しい。可愛いって言ってくれて喜ばない女の子はいないよ。たとえ弟からであってもね」

手を合わせて笑いながら言う。しかし光輝は明後日《あさって》の方向を見たままだった。

「俺は姉から格好いいって言われても全然嬉しくないぜ」

「――へえ、そう？」

意味ありげに相槌《あいづち》を打つと、御影は弟の顔を両手で挟《はさ》んでくいっと自分の方に向かせて、

「光輝君、見違えた。カッコいい」

妙に作った声で言う。すると光輝は見る見るうちに顔を赤くさせた。

「あれー、嬉しくないんじゃなかったのかなぁー光輝君？　お顔が赤いですよー」

「う、うるさい！」

光輝は姉の両手を払うと、また明後日の方向を向いた。その背後で小さく声を立てて笑う御影。「カッコいいと思ったのは本当なのにー」と後ろで言うが、光輝は完全に聞き流していた。

舘葵《たちあおい》駅の改札を通って家までの道を二人は並んで歩く。その間、光輝は周囲の風景をきょろきょろと落ちつかない様子で見ていた。

「どうかした？」

「いや……懐かしいなぁ、って」

「でも何処《どこ》か変わっているような気もするんだよな」

光輝は髪をかきあげた。

「――特に何も変わってないよ？　まぁ、所々変わっている所もあるかもしれないけど」

「解っている――。きっと変わっているのは俺の方なんだ」

「……そう？　私には何も変わっていないように見えるけど」

さっきも思ったことだが、光輝は何も変わっていない。姿格好は変わっていても中身は昔のままの光輝だった。しかし、光輝は笑って首を振った。

「変わってるよ。時が経てば少なからず人は変わる——それに俺は変わるために家を出たんだ、変わっていてくれなきゃ困る」

「——」

そうだった。光輝は何も遊びで海を渡ったのではなく、夢を叶えるために海を渡ったのだ。でも性格に何も変わりが無いように、彼の中にある力も何の変わりも無かった。呪術師《じゅじゅつし》ならば心臓が動いているだけで呪力が生成されているものだ。それが一切《いっさい》感じられない——つまり、御影の感じる限りでは光輝は依然呪力ゼロのまま。

「……ねえ、お父さんに本当に勝てるの？」

御影が訊《たず》ねると、光輝はあまりにも軽く言った。

「ああ、そのことなら心配しなくていいぞ」

勝てるかどうかではない。

「倒すって言っても、ちゃんと半殺し程度に留めておくから」

光輝の視線は遠い小山の上——星之宮家に向かっていた。

◇

長い階段を上り、正門から中に入る。すると、門前を門下生の四人が掃除《そうじ》をしていた。いずれも修行僧のような格好の男性で、竹箒《たけぼうき》でサッサッと掃《は》いている。

「あ、お嬢様《じょうさま》、お帰りなさ――!?」

御影の隣にいる金髪の少年を見て、四人は一斉に顔色を変えた。

「こっ、光輝――!?」

名前を呼ばれた光輝は煩《わずら》わしげに四人を見やる。この四人達も昔、呪力の無い彼を笑っていた者達だ。それを思い出したのだろう、光輝は嫌そうに吐き捨てた。

「前々から思っていたんだけど、御影が『お嬢様』で、何で俺だけ呼び捨てにされなきゃならねえの？　まぁ、むさ苦しいお前らに『お坊ちゃま』って呼ばれても寒気がするだけだから別にいいんだけど――」

光輝は昔の腹いせに、さらに彼らの神経を逆撫《さかな》でしていく。

「親父《おやじ》もこんな奴らに掃除させないで、女にやらせりゃいいのにな。帰ってきた早々、こんなむさ苦しい奴らの顔を見なきゃならないなんて。御影、嫌だっただろう？」

「いや、別にそんなことはないけど……」

話を振られた御影はやんわりと否定しながら、門下生が怒りで箒をへし折りそうなぐらいに手に力が籠《こも》っているのを見た。

「――で、何でお前らは俺を睨んでるわけ？　何か怒らせるようなこと言った？」

「充分、言ってるよね……」

溜息混じりに御影が言う。しかし光輝は何の悪びれもなく火に油を注いだ。

「あー、なるほど。人間って事実を突きつけられると怒り出すもんだよな。じゃあ、君達は自分がむさ苦しい存在だと解っているわけだ。偉い、偉い。撫《な》でてあげようか？」

御影はその異変にやっと気付く。以前の弟は術者に対して、こんな挑発などしなかった。姉が弟の変化に気付き始めていると、べきっと四本の箒《ほうき》が同時に折れる音がした。この中でリーダーらしい男が前に出てくる。

「あーあ、器物損壊《きぶつそんかい》……」

当然光輝の言葉は無視されて、殺気の籠《こも》った視線が飛んでくる。

「言ってくれるじゃないか……いつからそんな大口を叩けるようになったんだ？　いつもお嬢《じょう》様《さま》の後ろに隠れていた光輝君がよ……」

凄《すご》みをきかせた低い声で紡《つむ》いだ言葉は、今度は光輝の地雷を強く踏んだ。

（――――っ！）

近くに居た御影はサッと光輝から身を離した。以前だったら御影がこの門下生をしばき倒しているところだが、今回はそれよりも早く光輝から生じた殺気から逃げることを選択した。

――なるほど、確かに弟は変わった。以前の弟ならば、術者相手に殺気を出すなど出来なかった。自分がどれだけ弱い人間かを知っていたから。この溢《あふ》れてくる殺気――まるで澄んだ水を凍らせたように透き通っていて冷たい。下手《へた》に触れれば凍えながら全身を貫かれる。

門下生とはいえ、戦いに身を置く者がこの殺気に気付かないはずがない。しかし彼らには過去の光輝に対する評価があるせいで、殺気に気付かないでいた。

「なぁ、アンタ俺の事を覚えてるか？」

突然の問い掛けだったが、門下生の一人は戸惑うことなくハッと鼻で笑って答えた。

「ああ、覚えているとも。星之宮を名乗る者のくせに呪術《じゅじゅつ》どころか気闘術も出来なかった『弱い光輝君』だろう？」

「そうか——じゃあ、その記憶は更新してくれ」

『——!!』

御影を含める全員が息を呑《の》んだ。口の端《はし》を吊《つ》り上げて笑った光輝の姿が霞《かす》んで消えたのだ。

「光輝君は気闘術が出来るようになりました、ってな——」

「——!?」

背後に現れた光輝の気配に慌《あわ》てて振り向こうとするが、それよりも早く背中を蹴《け》り飛ばされて、リーダー格の男は門に顔面からぶち当たる。白い門に赤を擦《こす》り付けるように彼の顔が地面に落ち、男はピクリとも動かずうつ伏せのまま気絶していた。

他の三人が戸惑うなか、御影は一人だけ冷静にこの状況を見つめていた。

弟は消えたわけではない。動体視力で追えないスピードで門下生の背後まで移動しただけの話なのだ。聞こえた足音からして恐らく二足の踏み込みで背後に回ったのだろう。

御影が冷静でいられるのは、前に一度、父親の高楼がやったのを見たことがあるからだ。冷静ではいるものの、表情に驚きは隠せないでいた。何故なら父の動きをしたということは、光輝の実力は少なくとも父の領域に一歩踏み込んでいるということだからだ。

まだ御影でさえ踏み込んでいない領域に――。

「おう、どうした？　さっきの人を見下しきった目をしてみろよ。俺を弱いって言ってみな――親父《おやじ》を半殺しにする前のウォーミングアップ代わりに遊んでやるぞ？」

光輝は残った三人を挑発するが、誰一人として動けなかった。今更《いまさら》ながらに、光輝から生じる氷のような殺気を感じることが出来たのだ。これほどの殺気に気付かなかった自分達の鈍感さを門下生は呪い、がたがたと震える膝《ひざ》で立っていた。

「――ふん。何だ、弱い弱いって言ってた割にはお前らの方が弱いんじゃないか。これからは立場を弁《わきま》えろよ、『弱い門下生諸君』」

そう罵《ののし》ると三人を無視して光輝は家の方へと歩を進めた。御影も四人のことは自業自得《じごうじとく》だと思い、無視して弟の後を追いかけると期待を込めた声で訊《き》く。

「ねえ、光輝！　気闘術が使えるようになったってことは、もしかして呪力《じゅりょく》も使えるようになったの⁉」

「いや、今も全然使えない。つーか、一生使えないだろうって教授に太鼓判押《たいこばん》された」

御影の期待は一秒も持たずに瓦解《がかい》した。それも未来に繋《つな》がる希望まで――。

「――何だよ、その心底がっかりしたような顔は？」

「いや、別に――」

御影はぬか喜びに酷《ひど》く落胆《らくたん》したが、それでも光輝が気闘術を使えるようになったのは凄《すご》いことだと思い、気を取り直して訊いた。

「でも、気闘術は呪力を持たない人には使えないんじゃないの?」

「御影、それは大きな勘違《かんちが》いだぞ。気闘術で必要なのはあくまでも〈気〉だ。〈気〉は誰でも持っている。〈気〉の操作が出来れば誰だって出来るようになるさ。まぁ、普通に生活している奴が〈気〉の操作なんか出来ないから［気闘術が出来る］＝［呪力を持っている］という固定観念が出来上がってもしょうがないけどな」

へぇ、と感心したように息を漏《も》らす御影に、

「──っていうか自分で気闘術を使っていて知らなかったのか?」

「うぐっ──」

訊くと妙な呻《うめ》きを上げて言葉を詰まらせた。弟はそれに少しだけ笑った。その笑みは先刻の殺気の発生源とは思えないほど、本当に穏やかなものだった。


玄関の前に立つと、光輝はじっと家の景色を眺めていた。

「──懐かしい?」

町の風景を眺めるように見ていたので、御影が後ろからそう声をかけた。光輝は頷《うなず》いて、帰り道を歩いていたときのように、「それでもやっぱり何処《どこ》か違うような気がする」と家の外観に違和感を訴えた。

「ねえ、早く中に入ろう。お母さんが待って──」

御影が前に出て引き戸を引こうとした瞬間、向こうからダダダッと何かが迫ってくる音がして、勢いよく戸が開いた。

「コウちゃーん!!」

「ふぐっ!」

御影は中から飛び出してきたモノに弾《はじ》かれ、光輝はそれに抱きつかれた。

「か、母さん──ど、どうしたんだよ?」

水色の着物を着ている女性──母、澪に抱きつかれて戸惑いながらも光輝は何とか言葉を紡《つむ》ぎ出す。澪は顔をいったん離し、光輝の髪や顔を触ったりすると改めて抱き締めた。

「コウちゃん、コウちゃん……ホントにコウちゃんだー。髪染めちゃったり、耳に穴とか開けちゃってるけど、本当にコウちゃんだぁ」

「あ、ああ……光輝だけど……どうした?」

「どうした、じゃないわよ! 何も言わずにどっか行っちゃって、凄《すご》く心配したんだからね!」

怒った表情をして、澪は光輝を睨《にら》む。御影だったらまだしも、母にだけは何も言い返せない。自分に全く呪力《じゅりょく》が無いと知っても母は御影以上でも以下でもない平等の愛情を持って接してくれていたのだ。だから、光輝はあたふたしながら素直に謝った。

「ご、ごめんな……本当は言おうと思ったんだぞ。でも、母さんに言ったら絶対に止められると思ったから──」

「止めるに決まってるでしょ、馬鹿！」

顔に唾《つば》を飛ばされながら光輝は思う。やっぱり言わなくて良かった。今の澪からは想像もつかないが、実は現役《げんえき》時代は父の右腕を務めていたほどの実力の持ち主なのだ。あのときの光輝なら簡単に捻《ね》じ伏せられていた。——本当に言わなくて良かった。

「あのぉ……お母さん？」

澪は下から聞こえてくる声に気付き、下で仰向《あおむ》けに倒れている娘に視線を向けた。

「あら、ミカちゃん。そんなトコで何してるの？」

「お母さんにタックルされたのっ！」

「そうなの？　ごめんなさい。でも、どうして起きないの？　腰でも抜かした？」

「お母さんが、私の髪を踏んでいるからよ！」

澪は自分の足元を見た。草履《ぞうり》も履《は》かずに飛び出した白い足袋《たび》の下に娘の長い髪がある。

「あっ、ごめんなさい！」

澪が足をどかすと御影は背中を光輝に向けて、手の届かない部分に付いた土埃《つちぼこり》を掃《はら》わせた。

「お願いだから、急に飛び出してこないで。危ないから」

「……はい、ごめんなさい」

しょんぼりとして、澪は自分の娘に頭を下げる。光輝はそれを見ながら笑いを堪《こら》えるのが大変だった。

「どうしたの？」

「――いや、別に」

知らず、にやけていた顔を引き締めると澪に顔を向けて一礼した。

「ただいま、母さん」

「お帰り、コウちゃん」

息子が帰還した嬉《うれ》しさに涙目になりながら、澪は微笑《ほほえ》んだ。

「おや――お父様は居るか？」

その言葉を聞いた瞬間、女二人の表情が固まった。

「う、うん……居るけど……本当にお父さんと戦うつもりなの、コウちゃん」

「ああ」

間も置かずに光輝は頷《うなず》いた。その返事に母は表情を曇らせ、光輝は困って苦笑いを浮かべる。

「そんな悲しそうな顔しなくてもいいよ、母さん。別に殺し合いをするわけじゃないんだから」

「ねえ、別に戦ったりしなくてもいいんじゃない？　お父さんが嫌いなのは仕方ないと思っているけど、だからって何も仕返ししなくても――」

「……駄目《だめ》だよ、母さん」

澪の言葉を息子は遮《さえぎ》った。

「俺、あの人にどうしても勝ちたいんだ。お父様を見返すために俺は修行してきたんだ――だから絶対にこれだけは譲《ゆず》れない」

「………」

澪が困惑顔で俯《うつむ》く。隣の御影は少し悲しげな顔をしていたが、光輝は気付かない。

「大丈夫《だいじょうぶ》、本当にちょっと戦って『ああ、こりゃ楽勝だな』って思ったらやめるから」

「――」

「本当だって。命を奪うことも後遺症を残すような怪我《けが》も絶対にさせない――星之宮の名にかけて誓《ちか》います」

光輝は黙っている母の想いを勘違《かんちが》いしていた。澪は高楼のことを心配しているのではない。光輝の心配をしているのだ。黙っていた姉が母の代わりに反対の声を上げようとしたとき、

「解った――コウちゃんの好きなようにしてみなさい」

澪が静かにそう告げて、光輝を家の中に招き入れた。光輝は嬉しそうに頷いて、ブーツを脱いで上がり框《かまち》に足をかける。澪が承諾したことに御影は驚き、廊下《ろうか》の先を行く母の隣に駆け寄って、後ろの光輝に聞こえないように小声で問う。

「ちょっと、お母さん止めなくていいのっ⁉」

「――止めたいよ」

いつものんびりとした口調ではなく、澪は真剣な声で答えた。

「だったら何で――」

「それだとコウちゃんは納得しないでしょう」

「…………」

「今まで呪力《じゅりょく》を持たないことで散々なことを言われたんだもの。お父さんを嫌う気持ちはよく解るし、反抗したいのもしょうがないと思う。だから──もしそれで納得するなら試合させてあげたいと思うんだ」

「……でもっ」

　だからと言ってそんな危険な試合をやらせるわけにはいかない。光輝の言葉から想像するに、多分最後には弟は試合を忘れて本気で『殺し』にかかるだろう。もしそうなったらどうするのか──御影が不安に思っていると、澪はぎゅっと娘の手を強く握った。

「だから、二人で見守っていてあげましょう。大丈夫《だいじょうぶ》、お母さんとミカちゃんの二人なら何とか止められるわ──多分」

「……た、多分って……」

　観戦者も命を懸《か》けなくてはならない試合なら、ますますさせるわけにいかない。改めて反対しようとしたら「それにね──」と、こんなときだというのに澪は薄《うっす》らと笑った。

「今のコウちゃん、どれだけ強いか見てみたいの。貴方《あなた》達二人を産んでからもう十六年の月日が流れたけど、あんなに自信たっぷりのコウちゃん初めて見た……きっと凄《すご》く強くなって帰ってきたんだと思う。だから、お母さんはそれを見てみたい」

　母が顔を後ろに向けて光輝を見た──とても嬉《うれ》しそうに目を細めて。その嬉しさを伝播《でんぱ》させるかの如く、澪は娘の方を向くと言った。

「ミカちゃんも見たくない？　コウちゃんと仕事するの、夢だったんでしょ？」

「………」

御影もちらっと後ろに目をやった。弟が、平然とした顔で付いて来る。父と会おうとするといつも怯《おび》えていた弟がしっかりと前を見て――。

（――仕方ないな）

御影は澪に視線を戻すとふうっと嘆息《たんそく》し、ぎゅっと手を握り返した。もう言葉は必要ない。全力で、二人は光輝の戦いを見守ろうと誓《ちか》い合う。

廊下《ろうか》を歩いていた三人は一つの襖《ふすま》の前で足を止める。この襖の向こうは大広間――そこに星之宮高楼はいる。

襖を開けると、大広間の中に居た全員が一斉に視線を光輝に向けた。

誰だか解らず戸惑っている者、無礼な者に怒る者、その金髪の少年が誰だか気付き上座に座る当主の顔色を窺《うかが》う者――様々な反応を見せた。十人ぐらいの陰陽師《おんみょうじ》、それも結構なレベルの持ち主が集まっている。何かの話し合いの途中だったのだろう。

まあ、自分には関係ないことだ。光輝は思うと、有象無象《うぞうむぞう》の視線をよそに真っ直ぐ上座に座る人物――星之宮高楼の前に進んだ。そして挨拶《あいさつ》代わりに軽いジャブを入れる。

「首は洗い終わったかいオトウサマ？　見たトコ、まだ垢《あか》がこびり付いてるみたいだけど」

大広間の空気が一瞬にして凍りつく。

「話し合いの途中だ、出て行け」

顔も上げずに、高楼は淡々と言った。空気の体感温度が一層下がったような気がした。

「何の話し合いだか知りませんけど、それは無駄《むだ》なことだから続ける必要はありませんよ。オトウサマはしばらく絶対安静の状態になりますから」

光輝は一分前に約束したことをもうすっかり忘れていた。やはりあれはうわべの言葉だったらしい。御影が後ろで深い溜息をついたが、光輝には聞こえていなかった。

「ほぉ……それは具体的にどういうことだ？」

ここで初めて高楼は顔を上げて、約一年振りに息子の顔を見た。その眼差《まなざ》しは光輝にフラッシュバックを起こさせる。その黒い目に映る、怯《おび》えきっていた自分の顔――。ぎりっと奥歯に力が入り、過去の自分の弱さを振り払うように光輝は叫んだ。

「てめえを半殺しにして、病院送りにして、結界《けっかい》張ってしばらく出てこれねえようにしてやるつってんだよ！　四の五の言わずに表へ出やがれ！」

シンと水を打ったように場が静まった。しかし静まっているのは音だけで、場にいる誰もが暴風の如く吹き荒れる戦慄《せんりつ》を肌で感じていた。

「いいだろう――」

高楼は立ち上がった。横に置かれていた細長い剣を手に携《たずさ》えて。

陰陽師《おんみょうじ》が魔を討《う》つときに使われる――儀式によって星の気を刀身に宿らせた剣、破敵剣《はてきけん》だ。

それも星の中で龍を象《かたど》った、最強の星の連なりと呼ばれる北斗七星《ほくとしちせい》の気を宿らせた『七星《しちせい》』。

『星之宮』の当主に代々伝わる、伝家の宝剣——。

「へえ……最初からやる気満々だったんじゃねえか?」

高楼は答えず、妻と娘の横を通り過ぎ大広間から出て行った。後に続く光輝は通り過ぎるとき、ちらっと二人の顔を見た。余裕《よゆう》を見せ付けるかのように、口元に笑みを浮かべて。

残された二人は顔を見合わせて、言葉のない会話をする。

御影が頷《うなず》く。澪も頷き返すと、大広間にいる全員から集まる奇異の視線を全て無視して、男二人の後を追った。


植林が立ち並ぶ前の裏庭で、二人は対峙《たいじ》した。

両者の距離は約五メートル。光輝は駆け出せるように、僅《わず》かに腰を落とし構えを取っていた。だが高楼の方は構えを取らず、ましてや剣を鞘《さや》から抜くこともしなかった。左手に剣を持ち、ただ静かにそこに佇《たたず》んでいた。

「……剣、抜かねえのかよ?」

「抜かせてみろ」

「——ああ、そうかい」

『本気を出すまでもない』と言われたのと同然の言葉に光輝は静かに憤《いきどお》り、殺気を発した。鋭く研《と》ぎ澄ませ、それだけで相手の肉体を刺し貫くような——呪詛《じゅそ》にも似た凛冽《りんれつ》とした殺気。

しかし高楼はまるで気付いていないかのように平然としていた。当然、気が付いていていないわけではない。高楼が纏《まと》う『絶対の自信』が殺気を受け流しているのだ。

（――ぜってえ、剣を抜かせてやる）

密《ひそ》かに光輝は誓《ちか》うと、両腕、両足に〈気〉を集中させた。


澪と御影が来たとき、裏庭はすでに戦場と化していた。一対一の闘いだというのに、まるで互いに数千の騎兵を引き連れているかのような戦慄《せんりつ》を感じさせる。

御影は、母がまじまじと光輝を見ているのに気付いた。驚いているのだろう、光輝が放つ殺気に。門前ですでに感じていた御影でさえも、再び目を奪われているのだ。無理もない。

これだけ変わっているのだ。父だって光輝が大きな成長を遂《と》げたこと、もう解っているだろう。だからこのまま睨《にら》み合うだけで終わってくれないだろうか、と御影は切に祈るがそれは決して叶わないだろうとも解っていた。御影は手に持った剣を握り締める。高楼が、仕事を始める娘のために儀式を執《と》り行い創っておいた破敵剣――『織女《しょくじょ》』。その堅い感触を確かめながら、御影はいつでも飛び出して試合を止められるよう覚悟を決めた。


ひゅう、っと光輝の正面から吹いてきた風が金色の髪を舞い上がらせた。彼はそれを駆け出すきっかけとした。足に溜めていた〈気〉を一気に爆発させて、地を蹴《け》る。開いた空間に黒い残影を残し、一足の飛翔《ひしょう》で父との距離を詰める。固めた右の拳《こぶし》、狙うは高楼の左頰《ひだりほほ》――。相手の首を吹き飛ばす勢いで光輝は拳を突き出す。

「――――!?」

獲《と》った、と思った。しかし拳に当たった感触は人の肌ではない。冷たくて固い、布の感触――剣の柄《つか》だ。高楼が『七星』を軽く持ち上げ、その柄で光輝の拳を防いでいた。

光輝は舌を鳴らすと、右腕を戻す勢いのまま身体《からだ》を捻《ひね》り左足の回し蹴りを放つ。高楼の右腕によって防がれた。光輝は左足を戻す間も惜しんで、上体を後ろに倒し両手を地面に着け後転。同時に振り上げた右足の爪先《つまさき》で高楼の顎《あご》を狙ったが、父は軽く顔を反らして躱《かわ》した。巻き起こった風で高楼の髪が舞い上がる。

光輝は地に足が着くや否《いな》や、右肩を前に出して体当たりを仕掛けたが、高楼は身体を横に動かして躱す。そして息子が元いた場所に突っ込んでくるのを見計らって――逆手に持った『七星』を上に振り抜く。光輝は下から迫る影に気付くと、左手を出して鞘《さや》を摑《つか》んだ。しかし鞘の勢いは止まらない。光輝の体重など全く無視して、高楼の腕は彼ごと『七星』を振り上げた。

光輝は剣の勢いを身体に乗せたまま、鞘を力一杯突き放す。高楼の頭上を飛び、独楽《こま》のように横回転しながら身体の上下を反転。伸ばした手刀で父の側頭部めがけ一閃《いっせん》を引く。

高楼はそれを屈んで躱す。そして立ち上がりざま振り向き、逆手の『七星』を横に薙《な》いだ。だが光輝の反応も速い。またしても攻撃が空振《からぶ》りに終わったと知ると、両足を振り下ろし、膝を曲げ、宙で胎児《たいじ》のような姿勢を作ると両足の裏を使って鞘を受け止めた。剣と一緒《いっしょ》に振り抜かれる。しかし今度は吹き飛ばされまいと、しっかり鞘を左手で握る。

剣が振り抜かれると、光輝は地と水平になった剣を支えにして蹴りを突き出した。〈気〉を溜めに溜め、限界まで引き絞《しぼ》った弓から放たれた矢のような蹴《け》り。

五十センチもない至近距離、そのうえ剣を振り切った直後だったので高楼の反応が遅れた。咄嗟《とっさ》に右腕で顔を隠し、直撃は何とか防ぐが〈気〉が足りなかった。光輝の蹴りを受け止めきれず、腕はそのまま鼻先に押し付けられ、受けた衝撃が突き抜け顔面に炸裂《さくれつ》した。高楼の足が浮いて、吹き飛ぶ。──が、すぐに右手を地面に着けると身体《からだ》をくるっと返し、ノイズに似た音を発しながら右手と両足で勢いを殺し──止まった。ゆっくりと上がった顔は、まるで何事もなかったように平然としている。

（──今ので、折れなかったのかよ）

光輝は渾身《こんしん》の蹴りを中途半端な状態で受けても折れなかった父の右腕を睨《にら》んで思う。やはりこいつも化け物に近い存在だ、と──。

（だけど、師匠《ししよう》よりは弱い──）

師匠には何度全力で挑んでも、一発だって攻撃を当てることが出来なかった。防御されたのではない。全ての攻撃を悉《ことごと》く、体を捌《さば》いて躱《かわ》されたのだ。だが父、高楼は手や剣を使って防いでいる。ならば、ごく単純に考えて『高楼は師匠より弱い』という不等式が成り立つだろう。不等式が脳裏で成り立ったとき、光輝はこのままいけば絶対に勝てると確信した。

（……全く、教授も師匠も俺を見くびり過ぎなんだよ）

実を言えば、今回の帰国を許して欲しいと二人に申し出たとき、二人は揃《そろ》って首を横に振ったのだ。理由は『まだまだ未熟だから』。

それは認めよう。あの二人に比べれば自分などまだまだ足元にも及ばない未熟者だ。だが、高楼を倒すぐらいの力はとっくに身につけていると光輝は自信を持っていた。何度も何度もしつこく交渉した結果、二人は渋々次の旅が終わったら一度帰国して良いと許可したのだ。

（――まあ待っててくれよ。すぐ楽しい土産《みやげ》話を持って帰ってやるからな）

この話を聞かせたときの二人の顔を想像して、光輝は思わず微笑を零《こぼ》した。

御影はすっかり弟の動きに心を奪われていた。

間を置かない攻撃、相手の攻撃に素早く反応する防御、そして防御からすぐさま仕掛ける反撃――全てが凄《すご》いと思った。その強さは記憶の中にある、一年前の光輝の姿を薄れさせる。

隣に立つ母の横顔をちらっと見る。澪は今まで見たことがないくらいに真剣な表情で二人の戦いを眺めていた。娘の視線に気付くと、表情を和《やわ》らげて感想を言った。

「なかなかやるわね、コウちゃん」

「うん。きっともう私なんかより全然強いんじゃないかな」

御影は素直にそう認めた。父親に攻撃を当てるなど自分には到底出来ない。これならもしかしたら――と思う。

しかし再び真剣に戦いを見守り始めた母の表情に、娘はまだ予断をしてはいけないと悟った。――何しろ父は、まだ本気を出していないのだ。

すでに力を入れすぎて真っ白になっている手に、さらに力を入れて『織女』を握り締める。

――戦いはまだ始まったばかりだ。御影も表情を引き締め、戦いの成り行きを見守った。

先程の蹴《け》りによって、離れた距離は約三メートル。二人にしてみれば無いに等しい、短い距離の先に父が立っていた。両者の間の地面には高楼によって抉《えぐ》られた三本の線が傷跡のように残っている。しかし肝心《かんじん》の父の顔や、攻撃を受けた右腕に外傷は見られなかった。

高楼が昔と変わらない、感情などまるで無いような平然とした顔で光輝を見ていた。弱かった自分を、さらに弱く貧弱に映していたあの黒い瞳で――。

これ以上、その目で見られることに耐えられない。光輝が駆け出そうとした瞬間、

「――少しは、マシになったようだな」

静かな声がかけられた。その言葉は、如何《いか》なる魔術より光輝の心を掌握《しょうあく》し、彼の肉体を強制的に止めた。幻聴《げんちょう》か、とも思う。息子は言葉の続きを待ったが、高楼はそれ以上何も言わなかった。何も言わず、今まで持っていただけの『七星』を鞘《さや》から抜き放つ。己が内以外の〈気〉を感じ取ることが出来ない光輝でも理解させられてしまう清浄なる〈星気《せいき》〉――それが刀身に刻まれている北斗七星から滲《にじ》み出し、ただそこにあるだけで周囲の空気を浄化し、世俗《せぞく》の穢《けが》れを祓《はら》っていく。鞘はその場に突き立て、柄《つか》を両手で握り、剣先を自分の右斜め後方の地面に向けて構える。

語らずとも、その姿が示すことは解った。それまで受け流すだけだった光輝の殺気を、呑《の》み込むように発せられている殺気からも答えは明らかだ。僅《わず》かに首を振り、光輝は心を引き締め

直す。重心を落とし、膝《ひざ》を曲げ、どのような相手の動きにも応じられるように構える。睨《にら》み合う二人――その間で殺気と殺気が、空気を震わすことなく鎬《しのぎ》を削《けず》り合っている。

高楼の後ろに立ち並ぶ木々が微《かす》かにざわついた瞬間――高楼の姿が霞《かす》む。冷静に、耳に伝わる音、肌に感じる異質な風を見極め、光輝は父の動きを捉えた。

光輝が前に跳ぶのと、背後に現れた高楼が刃を薙《な》ぐのはほぼ同時だった。地面を転がり、膝を立てた状態で後ろを振り返った光輝は、父が次なる動作に入っているのを見た。薙いだ動作から剣先を天に向け、『七星』が白く輝く。――秘められた〈星気〉を、解き放つ予兆。

「躱《かわ》せ」

命令するように呟《つぶや》くと、高楼は『七星』を振り下ろした。地を削って振るわれた剣の軌跡《きせき》は、さながら地上に下ろされた白銀の弓張り月。しかしその白銀の残影は消えずに剣の軌跡から飛び出し、光輝を斬《き》り裂《さ》かんとばかりに地を走ってくる――。

光輝は横に跳んで躱す。僅《わず》かな差で彼を捉え損《そこ》なった残影は真っ直ぐに過ぎていき、樹木の一つに当たると霧散して消えた。対象以外には危害を与えない〈星気〉の衝撃波。光輝は技の素晴らしさに内心で驚嘆《きょうたん》していると、

(――――っ⁉)

心臓が大きく脈打って『予感』を知らせた。地に足を着けると、また弾けるように光輝は跳ぶ。空で宙返りをしながら光輝は下を通り過ぎていく白い残影を見た。高楼が連続で放った二つ目の〈星気〉。

二度も音速に近い攻撃を躱して、光輝は油断した。そのため、横から獣のように駆けてくる影に気付くのが一瞬遅れる。だが例えもっと早く気付けたとしても、彼はまだ宙に浮いたまま——格好の的《まと》であったことには変わりない。右から水平に、『七星』が振り抜かれる。

「Algiz《アルジズ》!」

光輝が両手を前に組んで叫ぶのと、剣が彼の身体《からだ》を捉えて斬り飛ばすのはほぼ同時だった。

「——光輝っ!!」

衣服の色を微《かす》かに一線残し植林の方に吹き飛んでいった弟を見て、御影は顔色を変えた。

「待って、ミカちゃん」

すでに数歩駆け出していた娘を澪が止める。

「大丈夫《だいじょうぶ》よ、剣が当たる瞬間、呪力《じゅりょく》を感じたから。多分、加護の符《ふ》みたいなのをコウちゃんが発動させて防いだんだと思う」

確かに言われてみれば、刃に当たったというのに地面には血の跡がない。呪力のない光輝に向けるにはかなり希望的観測だが、何らかの呪術で高楼の剣戟《けんげき》を防いだのだろう。

「でもあんな勢いで吹き飛んでいったんだよ!?　無事で済んでるわけが——」

「無事だと思うよ?」

「どうしてっ!?」

落ち着いた声音《こわね》で断言する澪に、御影は苛立《いらだ》ちを抑えられない。つい詰問《きつもん》するような口調になってしまう。しかし母は気にした風もなく、落ち着いた声音を崩《くず》さないまま答えた。

「だって何の音もしないでしょ」

「――え？」

「もしコウちゃんに無事じゃないことが起きたら、大きな音がするでしょ。木にぶつかる音とか地面を抉《えぐ》る音とか」

「――あ」

御影は澪の言いたいことをやっと理解して声を上げる。あれだけの勢いで吹き飛んでいったのだ。何らかにぶつかれば、激しい音を立てるだろう。それがなかったということは――。

御影が解答に思い当たったとき、澪は子供の成長を喜ぶ母親の笑みを浮かべて言った。

「お父さんも本気じゃないけど、コウちゃんもまだ本気じゃないのね。海外で学んできた精霊術――だっけ？　まだ一回も使ってないでしょ」

御影が木々の方に顔を向ける。すると澪の推測が正しいこと示すように、連なる木々の中から『何か』が飛び出した。

姉はその光景に大きく目を見開いた。飛び出した『何か』は重力に引かれることなく、まるで時が止まっているかのように空に静止したまま、地上にいる敵を見下ろしている。

『何か』は語るまでもない。遠くからでも解る金色に靡《なび》く髪と、紺碧《こんぺき》の空には異様に目立つ黒い衣服――正真正銘《しょうしんしょうめい》間違いなく我が弟、星之宮光輝だった。

地上にいる父を睨《にら》みながら、息子は右腕を持ち上げリストバンドを視界に入れた。そこに嵌《は》め込まれている蒼《あお》い石の一つに罅《ひび》が入っていた。

北欧で開発された魔術文字——ルーンが刻まれた石。さっきはこれから生じた障壁《しょうへき》のおかげで何とか助かった。

「…………」

ルーンが無かったら、今頃二つに分断されていただろう。あの一瞬ではさすがに精霊を召喚《しょうかん》し、結界《けっかい》を創ることは出来なかった。上空に吹く風は強い——罅《ひび》が入って脆《もろ》くなった『Algiz《アルジズ》』のルーンを刻んだ石は粉になって空に流れた。

「そうか……たとえ試合であったとしても、死んじまったらそいつの責任だっていうことか……」

光輝は一人で納得するように呟《つぶや》き、眼に映る風景に赤、青、白、緑の蛍火《ほたるび》を視る。右手を前に出し指を滑らせて、鳴子《なるこ》にも似た音を鳴らした。

「来たれ——四大《しだい》を司《つかさど》る精霊達よ」

精霊達は呼びかけに応じて、眼から光輝の身体《からだ》の中に一度入ると全身から飛び出て行った。エーテル界に召喚され、エーテル体を得た精霊達は姿を示す。赤い炎を纏《まと》った蜥蜴《とかげ》、青く透き通った人魚、白く輝く妖精、緑の帽子を被《かぶ》った老人顔の小さな人——。主《あるじ》の周りをゆらゆらと浮遊する精霊達は、光輝と一緒《いっしょ》に地上に佇《たたず》む敵をきつく睨んでいた。

「場に透過し——指示を待て」

精霊達が散り散りになって、虚空《こくう》に消える。全ての準備は整った。

「さて……じゃあ、本気で行こうか」

光輝は微《かす》かに笑みを浮かべると、彼の周りに風が巻き起こり――そして消えた。

次の瞬間、高楼の目の前に光輝は現れていた。屈《かが》んだ姿勢から右腕を振り上げ、顎《あご》を狙う。

高い金属音が響いた。完全に不意を突いた攻撃だというのに、高楼は眉根《まゆね》一つ動かさず剣を構えて光輝の拳《こぶし》を防いだ。

刃などで防がれたら、素手である光輝の拳は無事では済まない。それが〈星気〉を秘めた破《は》敵剣《てきけん》の刃であるなら尚更だ。毛筋ほどの傷でも負えば、そこから〈星気〉が入り込み、人の肉体など吹き飛ばしてしまうだろう。しかし光輝の拳は無事だった。余程近くに寄らなければ解らないだろう。刃と拳の間に数ミリの隙間《すきま》があることを――。風の精霊が光輝を包んでいるのだ。厚さ数ミリの、鋼鉄よりも堅い風の守護が光輝の身体《からだ》を護《まも》っている。

そしてこの風の効果は身を護るだけではない。不敵な笑みを零《こぼ》した後、彼の左足は高楼の脇腹を捉えていた。動作としては二撃目の手合いと同じ。速度だけが、尋常《じんじょう》に違っていた。纏う風が、ただでさえ素早い光輝の動きを、残像さえ残さない速度までに加速させているのだ。

喰らった高楼は横に吹き飛ぶ。しかしすぐに手を突いて一度跳ね、体勢を立て直すと剣を振って〈星気〉の衝撃を発した。白銀の残影が地を駆け、光輝に迫る。

光輝は避けない。手を前に突き出し、地面に憑依《ひょうい》させた地の精霊達に指示を送る。光輝の前の土が隆起し、壁を造った。残影は土壁の前に霧散して消え、土壁に亀裂《きれつ》が走った。〈星気〉

による衝撃のためではない。割れた土壁は無数の破片となって宙に浮かび——一斉にくるっと、割れて鋭くなった角を高楼に向けた。そして弾丸のような速度で飛ぶ。

高楼は横に跳んで礫《つぶて》の雨を躱し、地に足を着けると大砲のような勢いで駆け出した。一秒とかからず光輝までの距離を詰め、上段に振りかぶった『七星』を振り下ろす。光輝は左腕を前に出し、風の守護で剣戟《けんげき》を防ぐ。反動が高楼の両腕に返る。

光輝は剣を握る両腕の間に拳を滑り込ませ、今度こそ高楼の顎《あご》にアッパーカットを喰らわせた。だが手応えが弱い。完全に顎に入る前に、父は自ら跳んだのだ。

(——やるじゃん、親父《おやじ》。でも……)

無防備な状態で、宙を舞っていることには変わりない。振り上げた拳を開いて返す。父親と一瞬だけ視線が交錯《こうさく》した。

「落ちろっ!」

叫びながら手の平を振り下ろす。その合図に呼応するかのように、上空の空気が鉄槌《てっつい》の風と化して高楼の身体を襲った。高楼は急降下して地上に叩きつけられ、大きく弾む。

「逃がさない——!」

光輝が左手を開いて前に出す。すると高楼を取り囲むように無数の雫《しずく》が現れ、一斉に彼の身体へと集中する。雫は高楼の四肢《しし》を薄く包み——光輝が開いた手を握り締めると凍りついた。

高楼が地面に落ちる。何とか起きようともがくが、氷が手足の自由を束縛《そくばく》して立ち上がれない。

バッと手を上に挙げる。手の先の上空に、無数の紅い炎が人魂《ひとだま》のように渦巻《うずま》いて出現した。

これからの行為に躊躇《ためら》いなどない。

相手が殺すつもりで来たから、こちらも殺すつもりで相手する。ただそれだけのことだ。

「——お母さん‼　何してんのっ、早く止めないと⁉」

光輝の力は想像以上だった。誇張《こちょう》などではなく、本当に父の力を超えていた。このまま放っておいたら光輝は自分の父親を焼き殺してしまう。いくら何でもそれはやりすぎだ。

今こそ止めるときだと思い、御影は必死な形相《ぎょうそう》で母の方を振り返る。

「——お母さん？」

澪は目頭《めがしら》に手を当てて泣いていた。——もう、間に合わないということなのだろうか。いや、そんなはずはない。光輝を叩き飛ばすなり、高楼を担《かつ》いで運んでくるなりすればまだ間に合うはずだ。母を奮《ふる》い立たせようと口を開きかけたとき、澪は涙声で言った。

「コウちゃん……本当に強くなって……お母さん、嬉《うれ》しいわ……」

「んなこと言ってる場合じゃないでしょ‼」

こんなときにまでマイペースでいる母に、今度は娘が泣きそうになった。

「——え、何？　何か言った、ミカちゃん？」

「言ったよ！　早く止めなきゃお父さん死んじゃうって！」

「……どうして？」

澪は心から不思議そうに首を傾《かし》げる。——御影はたまにこの母が解らなくなるときがある。

今がそうだ。困惑して二の句が継げられないでいると、母は手で涙を拭《ぬぐ》いながら続けた。

「お父さん、全然本気じゃないじゃない……あんな火の玉なんか簡単に防いじゃうでしょ」

「――え?」

――直後、背後から爆音と爆風が巻き起こり、二人の髪を激しく煽《あお》った。


「地獄に逝《い》きやがれ!」

光輝は自分の弱かった過去を叩き潰《つぶ》すつもりで、全力を以《もっ》て手を振り下ろした。渦巻《うずま》く炎が隕石《いんせき》群のように空を流れ、宙に紅く軌跡を残しながら高楼に降り注ぐ。落ちるごとに炎は爆発し、大地を揺るがし砂煙《すなけむり》と火柱《ひばしら》を上げていく。

炎が撃ち止めになって、最後の火柱が一際高く上がって消えた。周囲の状況は砂煙のせいでよく見えない。だが光輝は眼に見えずとも自分の勝利が確定したことを信じて疑わなかった。

「――――っ!?」

精霊を介して、砂煙の向こうに立つ影を視《み》るまでは――。

(う、嘘《うそ》だろ……)

幻覚か何かだと信じたい。これが自分の眼で見ているものだったら、信じ込むことも出来た。しかしこの光景は精霊が視ているモノ――完全なる星の傍観者《ぼうかんしゃ》たる精霊が幻覚など視るはずがない。幻でも何でもなく――光輝の正面には、星之宮高楼が立っている。

高楼から放射状に衝撃が放たれる。『七星』に秘められた〈星気〉を展開して創られた障壁《しょうへき》を拡散させたのだ。纏《まと》う風によって衝撃は全て受け流されていくが、精神に襲いかかってくる衝撃は受け流せない。足が一歩下がる。だが光輝は足を下げただけで、後退はしなかった。

（出来るか、そんなこと！）

攻撃を躱《かわ》すわけでもないのに後退するなど絶対に認められない。そんなことをしてしまったら——自分はこの家を出て行ったときから何も変わっていないと証明してしまうじゃないか。

衝撃が砂煙を吹き飛ばし、空気が鮮明になった。高楼が正面に立っている。障壁《しょうへき》を創造し、維持していた『七星』を頭上に高く掲《かか》げて——。隙《すき》だらけだったが、光輝は攻撃を仕掛けなかった。逃げ腰になりそうな自分を奮《ふる》い立たせるのに必死で、そんなことを考える余裕《よゆう》がない。

高楼がゆっくりと剣を前に下ろして、息子を見つめた。

「——これで終わりか？」

「————っ!!」

父の黒い目に自分が映る。そこに映る自分の表情は——。

「——なわけ」

光輝の両手が上がる。右には揺らめく炎、左には渦巻《うずま》く旋風が具現《ぐげん》される。

「——ねえだろっ！」

振りかぶって同時に放つ。炎を風で煽《あお》り範囲と威力を上げる同時攻撃——。

躱されたた。高楼は容易《たやす》く一足で攻撃範囲から横に逃れ出た。後ろに舞い上がる炎の渦など気にもせず、懐《ふところ》に手を突っ込む。取り出されたのは七枚の呪符《じゅふ》。ぱさぁっと扇《おうぎ》状に広げ、光輝に向かって小さく呪を唱え投げる。地と水平に飛ぶ呪符は、光を発し、陽炎《かげろう》のような揺らぎを以て形を造り、やがて地を駆ける背の低い武者となった。

式神《しきがみ》だ。式神は本来、探索・見張りにしか用いられない。一体創り出すのに相当な呪力《じゅりょく》が必要とされる上に脆《もろ》く、攻撃力があまり無いからだ。異形《いぎょう》の魂《たましい》を呪符に透過させて構成すればそれなりに攻撃力は上がる――が、その魂を弄《もてあそ》ぶような行為は『星之宮』では禁止されている。しかしそんなことをしなくても術者の構成が巧《うま》く、呪力を多く費やせばそれなりに強い式神は創造される――こんな風に。

光輝は跳び退《すさ》りながら、手を前に出し地面から槍《やり》を無数に突出。三体が串刺《くしざ》しになって呪符に戻ったが、残り四体が左右に分かれて躱し光輝を追撃する。風の力を借りて速度を上げているにも関わらず、あっという間に距離を詰められ、式神達が刀を振り上げ飛び跳ねる。

「――舐《な》めんな！」

横から吹く風が不可視の刃となって四体の式神を横一直線に斬《き》り払う――が、光輝はすぐにそれを失敗と悟った。斬られた呪符がひらひらと揺れて落ちるその下を五枚の呪符が飛来し、首、両腕、両足を包む風の守護に張り付く。

「しまっ――！」

「バン、ウン、タラク、キリク、アク――！」

近付いてくる足音と声――。五枚の呪符の間に光の線が走り、結ばれ、五芒星《ごぼうせい》の形――陰陽道《おんみょうどう》の呪的文様、セーマンが光輝の身体《からだ》の上に重なり爆発した。風の守護を壊し、有り余った衝撃が光輝の身体を後ろへ吹き飛ばす。落ちそうになる意識を気合で掴《つか》み取り、地面を両手で叩いて受身を取る。素早く上体を起こすが、すでに遅く——。

「——！」

眉間《みけん》の一ミリ先に、『七星』の剣先が突き付けられていた。

「お前の負けだ」

淡々と、高楼はこの結果《けっかい》を解り切っていたように告げた。

「——」

光輝は何も答えない。眼前の剣先に釘付けになったまま、どうすることも出来ず——やがて支える力を失くして顔を下へ落とした。

表情から戦意を完全に失ったことを確認すると、高楼は剣を戻し、突き立てたままの鞘《さや》を回収しに息子から離れていった。

「——光輝っ！」

御影は堪《たま》らず弟の傍へ駆け寄った。光輝は半身を起こした姿勢のまま、項垂《うなだ》れて動かない。

「光輝、大丈夫《だいじょうぶ》！　どっか痛いとことかないっ⁉　光輝、光輝——⁉」

握り締めていた『織女』を放り出して、御影は光輝の両肩を掴《つか》んで揺らした。金色の髪も一緒《いっ》《しょ》に揺れて、垣間見《かいまみ》えた瞳に光は無かった。——海外に行って身に着けた力に余程自信があったのだろう。海外にいる間の声や、今日見せてくれた色んな顔で解る。やっと皆を見返せるようになった――やっとこの家に居ても大丈夫だと安心したのだろう。それが日本に帰ってきて僅《わず》か数時間で崩《くず》されてしまったのだ。ショックは大きいに決まっている。悲しいに決まっている。御影の目から涙が零《こぼ》れた。弟のことを想うと、涙が止まらない。

「光輝……光輝は強くなったよ……本当に強くなった……お姉ちゃん、びっくりしちゃったもん……お父さんには、負けちゃったけど……私と――」

「――てない」

「――え？」

御影の言葉は、光輝の呟《つぶや》きに遮《さえぎ》られた。

「――けてない」

「――光輝？」

「俺は……負けてない……俺は……まだ、負けてない……」

虚《うつ》ろな表情のまま、呟き続ける。光輝は両肩を摑《つか》む姉の手をそっと除《ど》けた。地面に手を突いてよろよろと立ち上がり、遠ざかる高楼に眼を向ける。

「俺は、まだ負けてない……あの男にだけは、絶対に負けるわけにはいかないんだ……！」

激しい怒りに満ちた両眼で、高楼の背中を強く睨《にら》む。ぞくっと御影の肌が粟立《あわだ》つ。

「こう――っ！」

止めようとしたが遅かった。摑まえようと出した手は虚空を摑み、父に向かって駆け出す弟を止められなかった。

光輝は風を纏《まと》い、高楼の背中に向かって跳び蹴りを放つ。高楼は素早く振り向いて、『七星』でそれを防ぐ。——鈍い音が響いた。

「しつこいぞ」

高楼が何を言っているか、光輝の耳には全く届いていない。今、重要なことは一つ。眼の前に立つ男を何としても倒す——それだけだ。それ以外に考える必要はなく、聞く必要もなく、見る必要もない。

押し返されて、光輝は高く跳ねながら後方に宙返る。——が、風を纏った光輝は空中だろうと自由に動き回れる。反転した姿勢という——常識的に考えれば身動きのとれない状態で光輝の姿は消え、次の瞬間には高楼の背後に現れていた。下段蹴りを繰り出すが、振り向きざま下段に出された『七星』に阻《はば》まれる。

——そのあと御影には何も見えず、空気の流れによって何とか知覚出来る光輝の猛攻《もうこう》が続いたが、高楼はその悉《ことごと》くを『七星』で防いだ。

「——いい加減にしろっ！」

『七星』を薙《な》いで光輝を牽制《けんせい》する。光輝は跳ねて後ろに下がる。

いかに星之宮家最強の実力者といえども人間だ。視認《しにん》出来ない攻撃を防ぎ続ければ体力も神経も擦《す》り切れていく。高楼は微《かす》かに息を切らしていた。

光輝は血走った眼を高楼——いや、高楼が正眼《せいがん》に構えている『七星』に向けていた。

「……そうか……それがあるから……」

『七星』を睨《にら》みつけたまま緩慢《かんまん》な動作でゆらりと左手を返して前に、右手を横に上げ、薙いだ。土の飛礫《つぶて》により僅《わず》かに気を散らしていた高楼の手を、横から音速で撃ち、『七星』を弾く。

「なっ――！」

横に飛んだ『七星』を取ろうとして高楼が赤く腫《は》れ上がった手を伸ばす。

光輝が左手を上に曲げる。地上の空気が渦《うず》を巻いて『七星』を天へと打ち上げた。僅《わず》か数センチで届かなかった高楼は悔《くや》しげに上を見上げ、懐《ふところ》から呪符《じゅふ》を取り出して投げる。発光し、揺らぎを纏って成した形は黒い烏《からす》。烏は『七星』に向かって真っ直ぐに飛んでいき、足を開いて柄の部分を掴《つか》もうとする。

「――させない」

光輝は眼前に氷柱を形成して飛ばす。斜めに真っ直ぐ飛んだ氷柱は烏の中心を正確に射止め、呪符に戻した。『七星』がくるくると風車のように空で回り、高楼の顔に狼狽《ろうばい》が浮かぶ。

「おい光輝、やめろ！」

高楼が光輝の方を振り向いて叫ぶ。だが、今の光輝は言葉程度では止められない。左手の二本指の先に摂氏《せっし》二千度の熱量を秘めた炎を具現化させて――投げた。

「やめろぉぉ――――!!」

炎は三日月《みかづき》形の刃となり、空で回る風車――もとい『七星』の中心を溶かし斬《き》る。

「――――っ！」

二つに分かれた『七星』は、地面で二、三度軽く跳ねて――打ち捨てられたゴミのように転がった。高楼は膝を突き、震える両手で『七星』の残骸《ざんがい》に触れる。

その光景を、光輝はへらへらと笑って見ていた。

「さぁーて、これでやっと得物《えもの》無しの真剣勝負が出来るな。さあ、第二ラウンド始めようぜ?」

高楼は何も言わない。光輝の戯言《ざれごと》など聞こえない。二つに分かれた『七星』を手元に手繰《たぐ》り寄せ、震える目で見つめていた。光輝はそれに気付かない。状況の解ってない笑みを浮かべながら構えを取り、高楼が立ち上がるのを待っている。

「――どうしたんだ、親父《おやじ》? さっさとしないと――」

光輝が駆け出した。

「こっちから行くぜ!」

鎌《かま》のような弧を描く右フックが、しゃがむ高楼の横顔を殴《なぐ》った。小気味いい音が響く。しかし、光輝の顔は驚愕《きょうがく》に染まる。

その拳《こぶし》の先に、高楼がいたから――。まるでダメージを受けていない。衝撃に首を動かすとも、痛みに表情を曇らせることもしていない。〈気〉を練《ね》りに練り、当たる瞬間〈気〉を放散させた容赦《ようしゃ》のない、渾身《こんしん》の一撃だったというのに。

さっきまでは確かに自分の攻撃が効いていたはずだ。あれは演技だったのか――いや、待て。光輝はそこで今までの過程を全て思い出し――疑問が浮かぶ。

（親父が今まで、ダメージを受けていた様子があったか？）

こちらの攻撃で吹き飛んだことはあった。だけどダメージを受けたような――苦悶《くもん》の表情を浮かべたことが一回でもあったか？　――記憶にない。あの四肢《しし》を締め付けた氷の枷《かせ》にしたってそうだ。たとえ氷の厚さは薄くとも、そこに費《つい》やした水の精霊の数は、ここで召喚《しょうかん》出来る最大数だった。それを父は、どうやって壊したというのだろう――。

陰陽師《おんみょうじ》は基本的に呪符を用いない、呪術は使えない。いや、使えることは使えるのだが、効果があまり期待出来ない。西洋の魔術師達は違うが、日本の呪術は伝統である。その伝統を塗り変えるような訓練をしないため、呪符を使用せずに呪術を用いても、その効果は呪符を使用したときの十分の一程度の効力しか発しない。あの状態で呪符が使えたとは思えない。だから、高楼は〈気〉を練りに練った四肢の力だけで氷の枷《かせ》を壊したということになる。ということは――父は今まで気闘術すらも本気を出していなかった？

その解答を導き出したと同時に、突き出したままの右の手首が急に締め付けられて、光輝は意識を引き戻された。気付けば高楼の手が、風の守護ごと彼の手首を摑《つか》んでいた。

（――っ、何だ、この力……!?）

まるで万力《まんりき》に締め付けられているようだ。振り払おうとするが、びくともしない。一ミリだって動けない。そうしている間にも、高楼の握力が強まっていく。

（――――っ!?）

高楼がこちらを振り向いた。

その瞬間、光輝の意識は恐怖に支配された。高楼の血走った目が——怒りを噛《か》み締め、覗《のぞ》く歯が——師匠《ししょう》と旅に出て遭遇《そうぐう》したどの魔物よりも魔物めいて見えたから。

怖い、怖い、怖い、怖い、怖い————。思い出した。思い出された。昔、自分がどうしてこの男に怯《おび》えていたのかを。どれだけ恐怖していたのかを。身体《からだ》がガタガタと震えてきた。

《——ア、アアアアアァ……！》

頭に響く声にハッとする。風の精霊が悲鳴を上げていた。精霊は光輝にとって、ただの魔術を構成する因子ではない。向こうがこちらを精霊の眷属《けんぞく》だと認めているように、向けている感情は仲間に近い。その仲間が悲鳴を上げている——しっかりしなくてどうする。

震える身体に喝《かつ》を入れ、光輝は自身を包んでいる風の精霊を解放した。風の精霊が驚いている。だが光輝だって、考え無しで解放したわけではない。高楼が、光輝の手首を直接掴《つか》む——リストバンドごと一緒《いっしょ》に。光輝はダイレクトに伝わる痛覚に耐えながら、叫んだ。

「hagalaz《ハガラズ》！」

高楼の手の中で、石が蒼《あお》く輝きルーンの意味を具現《ぐげん》させた。掴んでいた高楼の手が弾かれる。その隙《すき》に光輝は跳び退って父と距離を取る。光輝の手首からポタポタと血が滴《したた》り落ちていた。彼の血ではない。ルーンが具現した雹《ひょう》の散弾が高楼の手を貫き、そのときにかかった血だ。

手首にかかった血を見ても相当な出血量だ。それでも高楼はふらつくことなく立ち上がった。血が滴る左手など、まるで気に留めていない。

ただ敵を、星之宮光輝を鬼神の如き形相《ぎょうそう》で睨《にら》んでいた。

「そうか……得物《えもの》無しの、私の力を見たいか……」

怒りで押し殺された低い声が、自身を奮《ふる》い立たせようとする光輝の気力を剝《は》ぎ取っていく。握力の拘束《こうそく》から抜け出せたというのに、今度はこの殺気の蝕《むしば》みに囚《とら》われていく。光輝の放つ凜《りん》冽《れっ》の殺気を瞬時に溶かす、灼熱《しゃくねつ》の殺気が蛇《へび》のように絡み付いて放さない。

「ならば見せてやろう――」

弓に矢を番《つが》えるように――血塗られた左手は広げられ狙いを定めるように前へ、拳《こぶし》の固められた右手は奥に引かれる。精霊が伝達してくる、右手にかかる〈気〉の奔流《ほんりゅう》。そこに呪力が加えられ、竜巻のようなうねりをさらに加速させて威力を上げている。

圧倒的だった――自分ではどうあっても防ぎきれない圧倒的な力を見せ付けられ、光輝の身体は自然と戦慄《わなな》く。思考はすでに恐怖に支配され、何も考えることが出来なかった。

「今だけはお前が息子であることも、人であることも忘れ――本気で相手をしてやる。覚悟はいいな?」

防御策も、回避策も思い浮かばず――光輝は怖れに泣き出しそうな眼で高楼を見ていた。

カッと、高楼の目が大きく見開かれた瞬間――光輝の身体は折れ曲がって吹き飛んでいた。精霊と繫《つな》がった眼を以《もっ》てしても高楼の動きは視えなかった。本当に空間を切り裂いてきたかのように、光輝の前に現れ、彼の腹に拳を減《め》り込ませていた。

光輝の意識が完全に飛ぶ。植林の中に入るが、今度は精霊に受け止めてもらうなどという芸当は出来ない。光輝の身体が立ち並ぶ木々の幹を貫いていき、その木々はけたたましい音を立てながら長い一生を終えていった。その犠牲《ぎせい》のおかげだろう。やがて推進力を衰えさせ、いつ終わるとも知れなかった光輝の滑翔《かっしょう》は地表を削って止まった。

「光輝っ!!」

御影が叫んで、植林の中に駆けていった。通り過ぎるとき、高楼に一睨《にら》みして。高楼はそれには反応せず、足元に落ちた白い紙切れを見ていた。

「何故、邪魔《じゃま》をした?」

近寄ってくる足音に問いかける。その足音の主――澪は珍しく険しい表情を浮かべていた。

「当たり前です。あのまままともに受けていたら光輝は死んでいたではないですか。『星之宮』の理念云々《うんぬん》の前に、我が子を殺すなど人としてどうかしています」

光輝の腹に拳が突き刺さる直前――本当に間一髪《かんいっぱつ》のタイミングで澪が投げ飛ばした加護の呪符が、小さいが光輝が纏《まと》っていた風の守護より頑丈《がんじょう》な障壁《しょうへき》を創り出していたのだ。それでもなおあの威力だったのは――高楼の力がそれほどまで凄《すさ》まじく、本気だったということだ。

「――あの馬鹿は『七星』を折ったのだぞ!? そんな不届きな行為、いくら子供でも許せるか!!」

あれは『星之宮』という家が発生したときに初代当主が製造し、長い年月をかけて北斗七星の〈星気〉を蓄《たくわ》えてきた宝剣なのだ。まさに『星之宮』の象徴と言ってもいい。それを折ったのだ。高楼の言い分も解る。しかしそれさえも、澪は切って捨てた。

「そんなの、新たに打ち直せばいいだけの話ではないですか。〈星気〉は失われていないのでしょう？　それに貴方《あなた》は僅《わず》かに油断していたでしょう、全てを光輝に押し付けるのは不条理もいいところです」

「――しかしっ！」

「しかしも案山子《かかし》もありません。前々から貴方の光輝に対する態度には思うところがあったのです。これ以上、光輝を責めるようなことがあれば――」

澪の身体《からだ》から呪力が膨《ふく》れ上がり――射抜《いぬ》くような視線が夫に向けられる。

「この私が、お相手しますよ？」

「……ふん」

高楼は鼻を鳴らすと澪に背を向けて、二つに分かれて無残に転がっている『七星』を拾った。

「――これが折れてしまったということは、アレの封印が解けてしまったかもしれん。何人か連れて見てくる。他の仕事はお前が指示しておけ」

「解りました――ところで、貴方《あなた》」

屋敷に向かっていた高楼を澪が呼び止める。振り返ると、険しかった表情は普段の温和なものへと変わっていた。澪はにこりと笑って問いかける。

「光輝は強くなりましたか？」

「――――全然」

それだけ言うと、後ろでくすくすと立てる笑い声を無視して高楼は屋敷に戻って行った。

☯第二話☯ shadow light 飼い犬になった少年

父と弟の試合から三日経った月曜日の朝——御影《みかげ》はいつものように遅刻ぎりぎりの電車に飛び乗った。そしてドアに寄りかかるようにして立ちながら、心持ち緊張の表情で目を閉じる。

（光輝《こうき》、光輝……何処《どこ》にいるの？　返事をして……光輝！）

弟の魂《たましい》を想い、繋《つな》げようと試みる。——しかし今日も反応は無い。

何度呼びかけても無反応な弟の魂に、御影はやがて諦《あきら》めて目を開け、溜息と共に集中させていた意識を散らした。ドアに嵌《は》め込まれている硝子《ガラス》——そこに自分の顔が、流れる町の風景に重なって薄く映っている。

（……光輝……）

否が応でも弟を連想させる顔だ。この顔のおかげでどんなに長い間離れていても、弟の顔を忘れるなんてことはないだろう。

——でも、忘れなければ寂しくないというわけではない。声を聴けるなら聴きたいし、会えるのならば会って話がしたい。日本に帰ってきていると解っているのなら、尚更《なおさら》だ。

（……光輝……光輝はお父さんを倒すためだけに強くなったわけじゃないんでしょ？）

窓硝子に映る顔に問いかけるが、当然答えは無かった。

植林の中に倒れていた光輝は不思議と外傷も無く無事で、ただ気絶しているだけのようだった。御影は安堵《あんど》し、彼の部屋へ運んで寝かせると澪《みお》と二人で目覚めるのを待った。

意外と早く光輝は目覚めたが、母と姉がそれを喜ぶ間《ま》はなかった。止める間すら与えずに、彼は家を飛び出していったのだ。

まさか父に再戦を挑みに行ったのか、と御影は本気で心配したが、外から帰ってきた父に澪が訊《たず》ねてみたところ、どうやら彼の前に姿を現しはしなかったようだ。

御影は胸を撫《な》で下ろしたが、彼女の心配はまだ尽きない。次の日から光輝の連絡が途絶えたのだ――毎朝欠かさずにしてくれていたチャネリングによる連絡が。何度こちらから呼びかけてみても弟の魂は何の反応もせず、チャネリングを拒絶するようになっていた。

◇

紅葉《もみじ》駅の改札を通って外に出ると、見覚えのある後ろ姿を二つ見つけた。電車の中で考えていたことを忘れるように駆け足で二人に近付く。

「おはよ、那美《なみ》ちゃん、菜緒子《なおこ》」

肩を叩かれた二人は驚いたように振り返ると、御影の姿を見て強張《こわば》らせた顔をホッと溶かす。

「なんだぁ、御影ちゃんか。もう、驚かさないでよー」

三つ編みをしている少女、高野《たかの》那美が抗議をする。

「まったくまったく。今ので寿命《じゅみょう》が、そうねえ……三日ぐらい縮んだわ」

ショートカットの少女が頷《うなず》いて、冗談めかして言った。彼女の名前は桜塚《さくらづか》菜緒子といい、二年生にしてソフトボール部のキャプテンを務めている。

那美とは高校一年からの、菜緒子とは中学のときからの友人である。那美とはクラスが一緒だが菜緒子とは違い、休み時間に昼食をとるときぐらいにしか会えない。朝は部活もしているので、こうして通学路で話すのは久し振りだった。今日は少し体調が良くなかったので朝練は休みにしたらしい。

三人が並んで通学路を歩いていると、菜緒子が御影に話題を振った。

「そういえばさ、光輝君帰ってきたって本当なの？」

折角《せっかく》忘れかけていたのに早速《さっそく》それですか——御影は内心を悟らせまいと必死に面《おもて》を作って受け答えた。

「うん、そうだけど。何で知ってるの？」

「さっき、金曜に会ったって那美が言ってたから」

御影は那美の方を振り向く。余計なことを——とは思わなかったが、どう話したのかは微妙に気になるところだった。

菜緒子は中学時代からの御影の友人であるから、彼女の弟である光輝とも面識がある。傍目《はため》からすると『会えば少し話をする程度』の間柄だったが、御影は知っている。菜緒子が光輝のことを密《ひそ》かに想っているということを。

「光輝君、うちの学校の前にいたっていうじゃない。惜しかったなぁ、あたしも部活さえなければ会えたのに」

「会いたかったの？」

意地悪く御影が訊《き》くと、菜緒子は赤面して――

「そ、そりゃあ……折角《せっかく》日本に帰ってきたんだし」

あらぬ方向へ視線を送りながら呟《つぶや》いた。御影は目を平たくさせて、隣の友人を見る。

「……言っとくけど中学時代からの親友である菜緒子にでも私の光輝は渡さないからね？」

菜緒子がゲホゲホッと咳《せ》き込んで解りやすい動揺《どうよう》を示した。

「な、何でそういう話になんのよ！」

「あれ、違ったの？　今、乙女《おとめ》チック全開の眼差《まなざ》ししてたからてっきりそういう意味だと――ねえ、那美ちゃん」

話を振られた那美は菜緒子のことを気遣いつつ、「ま、まぁそんなカンジだったよね」と頷いた。菜緒子の顔がさらに赤くなった。

「な、何よ――だ、大体そっちだってブラコン丸出しのくせに！」

「そうよ。同じ日に産まれた私の大切な弟だもん。必要以上に愛していて当然でしょ」

言い切られてしまった菜緒子は何も言うことが出来ず、前途多難なものを感じて大きく溜息《ためいき》した。御影はそれを目ざとく見つけ、擡《もた》げかけた寂しさを隠すように突っ込む。

「その溜息が怪しい……」

「えーいしつこい！」

菜緒子は振り返って怒鳴《どな》る。——すると、那美が何か脅《おび》えるように前を見ているのに気付く。

「那美、どうかし——ああ、あれか」

那美の視線の先に目をやって、菜緒子は小さく頷《うなず》いた。三人の前を、やたらとたくさんの鞄《かばん》を持った紅葉学園の男子生徒が歩いている。三人はその男子生徒の真後ろを歩いているのでその表情を見ることが出来ない。だが背中からして苦痛を感じているのは明白だった。

「随分大荷物ね……相当な勉強家と見た」

「そうなのよ、彼って常に学年トップをキープしているの。それはあの五個の鞄に詰まっている教材が秘訣《ひけつ》なのね——って違うわ！」

御影はボケをかまし、菜緒子は無駄にノリツッコミという高等技術を見せた。ちなみに今のは、気分を紛《まぎ》らわせようとするものではなくただの天然ボケである。

「周り、よく見てみなさいよ」

小声でせっつかれ、御影は男子生徒の周りを見てみた。——彼の周りには四人の男子がいた。どれも軽薄そうな顔をして、中心の男子生徒を罵《ののし》っている。

「おら、京一《きょういち》。もっと速く歩けよ、遅刻しちまうだろうか」「おいおい、ふらついてんぞ。この程度で倒れちゃうのかなー、京一君？」と野次《やじ》る声が小さく聞こえる。

「──何、あれ？」

御影は眉《まゆ》を顰《ひそ》めた。言葉にも不快の色が滲《にじ》み出る。

「周りの奴が鞄を持たせてんのよ。典型的ないじめってやつね」

いじめ、か──。小さく御影は呟《つぶや》いた。それならば、那美があの様子を見て脅えるのは仕方ない。本人から直接聞いたことは無いが、彼女は中学のときにいじめられていたらしい。那美の家に遊びに行ったとき、彼女の母からこっそりと教えてもらった。

いつかの自分を重ねてしまうのだろう。視界の中に入れないように、那美は俯《うつむ》いてしまった。

（……なんというか、見てるだけで嫌な気分になってくるなぁ）

御影はこういうのを見ると、弟と重ねて見てしまう。呪力《じゅりょく》が無かったことでいつも笑いの種にされていた弟と──。だから自然と次の御影の行動は決まっていた。

「──私、ちょっと行ってくる」

五人の所へ向かおうとすると、御影の袖《そで》を引っ張る者がいた。

「だめ、御影ちゃん」

「那美ちゃん……」

振り返ると那美が必死の形相《ぎょうそう》で御影を引き止めていた。

「ああいうの、下手《へた》に関わっちゃだめなの。──自分も標的にされちゃうから」

「でも──」

「那美の言うとおりよ」

御影の言葉を菜緒子が遮《さえぎ》った。

「それにさ、あたし達がアレを助けてやる義理はないでしょ」

アレ、と視線で示した方向を見る。確かに今日、初めて見たような見ず知らずの男子生徒なのだが――。

「まあ、確かにそうなんだけどさ……」

でも放っておけない。弟と重ねているだけではない――何か嫌な予感がするのだ。どくん、と大きく脈打つ、代々陰陽師《おんみょうじ》であった家系の血が訴える予感。

「そ、れ、に。ああいうのはさ、自分で何とかしないとだめなんだよ」

「――自分で?」

「そう。自分から変わらないと、ずっとあのままなんだって」

御影は改めて弟を思い出す。何度か励《はげ》ましてあげたし、何度となく庇《かば》ったりもしたけど、それが本人の直接の助けになったことはない。弟が今の力を付けたのは、魔術師に出会えたという幸運も大いにあるが、それでも自分から行動して身に着けたものであることには変わりない。

菜緒子の言っていることは納得出来たのだが――それでも何処《どこ》か、しこりのある感覚が残った。

そうこうしているうちに男子生徒は校門前まで行っていた。学内に入るとき、横顔がちらっと見えた。その顔は無理矢理な笑顔を浮かべて、辛《つら》くないと自分を騙《だま》すように繕《つくろ》っていた。

通学路を行き交う学生達もそのことに気付かないわけではないだろう。皆、視界に入っているのに誰も気付かない振りをしている。

(——本当にそれでいいの?)

御影は自問する。心臓はまだ嫌な予感を訴え続けている。

「御影はお人好しだねぇ……ほら行くよ。そんな他人の事で悩んだってしょうがないじゃない」

菜緒子の声にハッとし、御影は曖昧《あいまい》に頷《うなず》いた。——今は様子見ってことにしておこう。彼女は隣で元気を失くした那美に声をかけて、菜緒子の後に続いた。校門の内に入ると、もう彼らの姿は見えなかった。

◇

長くて退屈な四時間が過ぎて、紅葉学園は昼休みに入っていた。

「おーい、お昼行くよぉー!」

いつものように御影と那美のクラスに菜緒子が呼びに来て、三人は食堂へと向かった。

紅葉学園の食堂は自販機で食券を買い、カウンターの小母《おば》さんに見せてトレイにメニューを配膳《はいぜん》してもらうというシステムだ。

食堂には学校の生徒が全員集まっているのでは、と思われるほど混雑していた。だからこの食堂で何かを食べるには、必ず作業を分担する連れが必要だった。じゃんけんで食券購入係とトレイを運ぶときの補助係、席を取っておく係を決める。順に御影、那美、菜緒子で決まった。

「じゃあ、よろしくね」

「はいはい」

御影は食券を買いに自販機の列に並び、そろそろ買えそうだなと思ったところでカウンターの列に那美が並ぶ。食券を無事、三人分買うことが出来た御影は、カウンターに並んでいる那美にそれを渡す。役割を三分担することで食事にありつけるまでの時間を大幅に短縮することが出来るのだ。一人で来ている人間にしてみれば小賢《こざか》しいことこの上ないが、結果的にはこうしてもらった方が自分の番が早く回ってくるので黙認《もくにん》している。それは食堂の人達も同様である。

「御影ちゃん、持って」

「うん」

順番が回ってきて那美が列の外で待っている御影を呼んだ。那美に二つ持たせるのは危なっかしいので、御影が自分の分と菜緒子の分を持つ。この混雑した食堂では、いかに家で鍛えている御影でも落とさないように運ぶには二つが限界だ。これ以上持ったら絶対に落とす。そう思いながら菜緒子の待つ席まで歩く御影の前を、四つのトレイを同時に持って通り過ぎる男子生徒がいた。

「へぇ——今の子、ウェイターのアルバイトでもしているのかな?」

「……違うと思うよ」

御影の天然ボケを否定する那美の声は沈んでいた。気になって見ると、彼女はその男子生徒の姿を目に入れないよう頑《かたく》なに顔の位置を固定していた。バランスを崩《くず》さないようにふらふらと歩く男子生徒をもう一度見てみる。

（――ああ、なるほど）

今朝《けさ》見た、件《くだん》の男子生徒だった。彼の向かう先を見てみると男子生徒が四人固まって座っている。運んでいる男子生徒の席が無い。数えてみれば、トレイの数も四つで数が合ってない。運んでいる男子生徒の分が無いのだろうと容易に想像出来た。

男子生徒を待っている四人はへらへらと笑みを浮かべて、彼を見ている。

その光景が、どうしようもないくらい御影をムカつかせた。

自分も標的にされちゃうから――。

ああいうのはさ、自分で何とかしないとだめなんだよ――。

今朝の二人の言い分が思い出される。その通りだと思う。だけど、やはり納得は出来ない。

それに――ここで助けなかったら、あとで絶対に後悔《こうかい》すると、理性ではなく本能が心臓を大きく高鳴らせて訴えているのだ――今朝と同様に。

「御影ちゃん、いこ？」

彼女は不安げに声をかける。しかし御影はそれに応えず視線を少し廻《めぐ》らし、食器をカウンターに片付けて教室に戻ろうとしている男子生徒二人を見つけると呼び止めた。

「ねえ、ごめん。ちょっとそこの君達」

男子生徒二人は不思議そうな顔して振り返った。都合のいいことにクラスメイトだった。

「悪いんだけどさ、これこの娘と一緒《いっしょ》にテーブルに運んどいてくれない？」

「——え、自分でやれよ。それぐらい」

「タダでやれなんて言わないよ。次の休み時間にでもジュース奢《おご》ってあげるから。ね、お願い！」

整った目鼻立ちをしていて、加えて長い黒髪も真っ直ぐなさらさら——絵に描いたような美少女に微笑《ほほえ》まれると男子二人は断れず、「しょうがねえな」と呟《つぶや》きながら手を差し出した。

「ありがとう！　気をつけて運んでね！」

出された手の上に一つずつトレイを乗せると、御影は二人の男子と那美に背を向けた。

「御影ちゃん！」

ガシャン、と後ろで音がして御影の袖《そで》は強く引かれていた——那美の両手に。

「行っちゃ……だめ……」

「那美……ちゃん？」

必死だった。今まで見たことがないくらい必死の形相《ぎょうそう》で御影の腕を掴《つか》んでいる。彼女の足元にはトレイごと料理が落ちていた。

「行ったら、だめ。絶対だめ——関わったら自分が標的にされる……」

「……大丈夫《だいじょうぶ》だよ、関わるのは私で那美ちゃんには何の関係もないんだから」

「あいつらにそんな区別ない——捌《は》け口は何でもいいの。標的に当たらなかったらその近くの物に当り散らし始めるの……だから、絶対に行かせない」

(手を出したら那美ちゃんにもちょっかいがくるかもしれないってこと——?)

那美の身体《からだ》が小刻みに揺れていた。

「………」


——そんな他人の事で悩んだってしょうがないじゃない。

そうだ。彼は結局のところ他人だ。自分が優先しなければならないのはそんな何の関係もない他人のことか? いや、大切な友人を悲しませないことだ。

「……解った、ごめんね那美ちゃん。私は行かないから、安心して?」

御影が那美の肩に手をやりながら言うと、揺れていた身体がゆっくりと落ち着きを取り戻す。

(そう……これがいい判断なんだ)

御影は自分に言い聞かせると、場を和《なご》ませるように無理に明るい声で言った。

「あーあ、御飯落としちゃったね。ごめん、そこのカッコいいお二人さん。それ運んだ後、これ片付けるのも手伝ってくれないかな? ジュース一本のところを二本にするからさ」

先程トレイを渡した男子二人は妙な空気を感じたのか、戸惑いながらも承諾《しょうだく》してくれた。

御影はカウンターにいる小母《おば》さんの元へ行き、掃除《そうじ》用具の貸し出しを頼むと親切な小母さん達は自ら出て片付けてくれた。

那美を菜緒子が待つテーブルに座らせると、彼女の昼食を買い直すために御影はまた食券を買い、カウンターに続く列に並んだ。順番を待つ間、御影はちらっといじめられている男子の方へ目をやった。脅《おび》えて身体が逃げ腰になりながら、精一杯の作り笑いを浮かべて四人の男子の機嫌を取ろうとしている――。

(情けないな……)

それはいじめられている男子に対してか、いじめている四人に対してか、それとも間違っていると解っているのに何もしてやれない自分に対してなのか。

内心で呟《つぶや》いた彼女自身にも解らなかった。

◇

それはいつ始まったのか、長村京一《ながむらきょういち》本人も覚えていないし多分あの四人組も覚えてはいないだろう。気がついたら自分は標的にされていて、周りからは見て見ぬ振りをされる存在となっていた。今朝《けさ》も駅で待ち構えていた四人に鞄《かばん》運びをさせられた。家で勉強などしていないだろうに何故こんなに重いのだろう。左右の肩に二つずつ提げた鞄のせいで肩が外れそうだった。

「おら、京一。もっと速く歩けよ、遅刻しちまうだろうか」

「おいおい、ふらついてんぞ。この程度で倒れちゃうのかなー、京一君?・」

自分を取り囲むように歩く大柄な男達の言葉に京一は謝るしかなかった。

「ご、ごめん……」

「はぁ⁉」

後ろにいた一人に後頭部を思い切りはたかれた。

「ごめんじゃねえだろ。謝る時はごめんなさい、お前何様のつもりなんだ⁉」

——お前らの方こそ何様のつもりだよ。思うが決して口に出してはいけない。言ったらどんな目に遭《あ》うか、想像に難くない。

「ごめんなさい……」

言い直しても、後ろにいた別の一人が彼の頭をはたいた。

「ごめんで済んだら警察なんかいらねえんだよ！　ほら、もっときびきび行けよ、きびきびよぉー。ホンットにノロマでグズなヤローだな」

京一は耐えた。耐えるしかなかった。自分には助けてくれる人もいないし、逆らえるほど強くもないのだから。

校門の中に入る。周囲にはたくさんの学生。沢山《たくさん》の人が楽しげに笑っている。こんなにも沢山の人がいるのにどうして誰も助けてくれないのだろう。皆、目に入っているはずだ。自分達は見えない存在にでもなってしまったのだろうか。いじめは良くないことだと皆、解っているはずなのにどうして誰も助けようとしてくれないのだろう。京一は四人に囲まれて、解放される教室に行くまでの間、答えの出ない問題をずっと考えていた。

解放といってもそれは一時的なものだ。昼休みになればまた四人に囲まれて、食堂へと向かう。食堂へ着いた途端、彼らは京一に注文を言いつけて自分達はさっさと空《あ》いている席を見つけて座ってしまう。京一は今日もまた食券の自販機に並んだ。二つしかないためいつもここは長蛇《ちょうだ》の列が出来る。順番が来た。言われたメニューの食券を買う。勿論《もちろん》、この金は自腹だ。

四人の食券を買って、今月の昼食代として親から貰《もら》った金は半月も待たずして全て消えた。また今月も貯金を下ろさなくては駄目なのだろうか。重い溜息《ためいき》をついて、彼はカウンターの列に並んだ。小母《おば》さんに四枚の食券を差し出して、四つのメニューをトレイに配膳《はいぜん》してもらう。いっぺんに持っていこうとする京一に小母さんは不安げな顔で訊《き》く。

「だいじょうぶなのかい？」

「大丈夫《だいじょうぶ》ですよ」

愛想笑いを浮かべて言う。全然大丈夫なんかじゃない。毎回落とさずに持っていけるか、不安になる。不安だが、やってみれば何とか持っていけるので毎回こうして持っていく。一人でも遅れて持っていったら、差別だの何だのとうるさいからだ。

「へぇ――今の男の子、ウェイターのアルバイトでもしているのかな？」

運ぶときにすれ違った少女が――顔は見ていない。視界の端に映った長い髪と声でそう判断した――後ろで寝惚《ねぼ》けたことを言っていた。

（ウェイターか……もしバイトをしてみるならそんなのもいいかな）

京一は四人の元へ行くまでの間、そんなことをボンヤリと考える。それは無慈悲《むじひ》なる四匹の悪魔に会うまでの僅《わず》かな逃避だった。

四人が座るテーブルの傍《そば》に立ったとき、四つの野次《やじ》が否応《いやおう》なく京一を現実に引き戻す。

「おっせーよ、京一！」

「ご、ごめんなさい……お待たせしました」

いつものように頭を下げながら、四人の前に慎重にトレイを置く。

「──おい、これこぼれてんじゃねーか！」

見ればセットで付いている味噌汁《みそしる》が少し零《こぼ》れて碗《わん》を濡らしていた。

「ご、ごめんなさい……」

今日、謝るのは何回目だろう。きっと、二十は越えているに違いない。

「ったく何やらしてもてめーはグズだよな」

「………ごめんなさい」

いい加減、謝るしか出来ない自分が情けなくなってきた。いや、自分が情けないと思ったのは今が初めてというわけでもない。この四人とこういう関係が始まってから、毎日のように思っていたことだ。だから自分が情けないと思うことにも慣れてしまった。

しかし慣れるのと、それに無感情で居られるかどうかは別である。京一は下唇を噛《か》んで悔《くや》しさに耐える。その痛覚が泣き出してしまいそうな心を引き締めている。

そのとき京一の背の方、カウンター辺りからガシャンと音がした。誰かがトレイを落としたようだ。周囲の人間はそっちの方へ目を向けているが、京一は決して振り返らない。

それは所詮《しょせん》他人事《ひとごと》だから。自分がどうこうするつもりもないのに、わざわざ振り返って視界に入れる必要もない。

（――ああ、そうか）

京一は失笑した。所詮、他人事――皆、自身のこと以外はそう思っているというわけだ。ならば自分のことを助けようと思ってくれる人なんているはずがない。自分だけが可哀想《かわいそう》な奴、周りの奴は何て薄情な奴らなのだろうと勝手に思っていたけど、結局は自分だって薄情な人間ではないか。人をとやかく言える立場じゃない。――それでも。

「なににやにや笑ってんだよ、気持ちわりぃなぁ！」

「な、何でもないよ」

「ああっ!? てめえ、誰に向かって口を利《き》いてんだ!?」

胸倉を摑《つか》まれ男子の醜《みにく》い顔が間近に迫った。

「な、何でも……ありません」

恐怖に震える声で京一は訂正した。摑まれていた胸が解放される。

「ったく、いい加減口の利《き》き方覚えろよな」

「だめだめ、村木《むらき》」

胸倉を摑んだ男子の前に座っていた、茶髪の――いかにもお調子者といったカンジの男子が手を横に振った。

「そいつは人語を喋《しゃべ》ってるってのも不思議な知能しか持ち合わせていないんだぜ？　そのうえ、礼儀《れいぎ》を求めるなんざムリムリ」

四人が一斉に笑った。それに混じって京一も笑った。ここまで言われて何も出来ない、しようとさえ思わない自分が馬鹿みたいで笑った。

人をとやかく言える立場じゃないのは解っている。――それでも誰か助けてくれてもいいのではないか。心の中の訴えは誰にも届かない。口にしたって届かないだろうが。


変わらない日々が続いていた水曜日のことだった。

学校の帰り道、いつものように四人の鞄《かばん》を持たされて京一は駅まで歩いていた。

「なぁ、最近ムカつくこと多いよなぁ――」

誰かがそう言うと他の三人も頷《うなず》いた。こんなに好き勝手やっていてどうしてムカつくことがあるのだろうと京一は不思議に思う。

「だからさ、ゲーセンいかねえ？」

「おっ、いいね」

「もちろん、京一君の奢《おご》りだよな？」

「――え？」

何故、と思うが答えは無い。彼らは自分の都合の良いように物事が進めばそれでいいのだ。

駅近くのゲームセンターに入った。耳が麻痺《まひ》しそうな騒音と煙草《たばこ》の匂《にお》いが充満していて、中に入った瞬間、京一は顔を顰《しか》めた。四人は最近入荷したばかりらしい格闘ゲームの台に座ると早速《さっそく》始めた。——京一の金で。まだ慣れていないのか、四人はあっさりとコンピュータが操るキャラクターに負けてすぐに二巡した。

「おい、金」

ゲーム台に座った男子が京一の方に手を出した。びくびくと震えながら、京一は、「もう無いんです」と答えた。「——はぁっ⁉」と男子が唸《うな》る。

「無いじゃねえよ、とっとと出しやがれ！」

そんなこと言われても無い物は無い。毎日の四人の昼食代で京一の財布《さいふ》はすでに底を尽きかけていたのだ。有るはずがない。

座っていた男子が立ち上がった。殴《なぐ》られる——そう思った京一は瞬間的に目を閉じた。

「じゃあ、しょうがねえな」

その返事に京一は耳を疑った。あまりにもあっさりと引き下がったから。

（——やっと、解放される）

京一は内心で安堵《あんど》の息を漏《も》らし——それは束《つか》の間《ま》のものでしかなかったことをすぐに悟る。

立ち上がった男子は京一の胸倉を摑《つか》んだ。

「——え？」

左右にいた男子からも腕を摑まれて拘束《こうそく》される。胸倉を摑んでいる男が悪魔のように歪《ゆが》んだ笑みを近づけて言った。

「お前でストレス解消すればいいことだ」

陽が西に落ちた夕方――ゲームセンター横の路地裏で京一はやっと解放された。身体《からだ》中に痣《あざ》を作って。全身を蝕《むしば》む痛みで、立ち上がることすら出来ない。

「ふぅ……さて、ストレスも解消出来たことだし帰ろうぜ」

「おー、いやぁ今日はいい運動した」

「はは、確かに。これ、これから定期的にやんない？　こいつの調教にも役に立つだろうしよ」

「いいね、賛成」

けらけらと頭上で笑う悪魔達。京一は野良犬《のらいぬ》が野たれ死んだような格好でアスファルトに倒れていた。

「じゃあな、京一君。またサンドバッグになってくれ、よ――っと！」

「――!!」

最後に腹に一蹴《ひとけ》り浴びせて、四人は帰っていった。呻《うめ》きなどもはや上げることも出来ない。

意地でも吐き出すことはしなかったが、口の中は迫《せ》り上がってきた血で満たされていて気持ち悪かった。足音が去ったのを感じて、京一はやっと口の中に溜めていた血を吐き出した。

「げほ、げほっ――げほ！」

アクション映画などではよく見る光景だったが、口から血を吐き出すなんて現実は初めてだった。自分はそれほど現実離れした酷《ひど》い目に遭《あ》っているのか、と力なく笑った。痛む身体を何とか仰向《あおむ》けにして、空を眺めた。路地裏に倒れて見た狭く区切られた空は、赤く染まっていた。視界が曇った。何故だろう、と思った京一は、微動するだけでいちいち痛む手で目元を触れてみた。湿っている――。自分は涙を流しているのか。決して泣くまいとしていた自分が。常に自分を殺していた自分が――。

「――――っ。――――ぁぁ」

泣いていると気付いた京一は堰《せき》を切ったように涙を流し始めた。自分を殺し切れなかった彼はもう泣くことしか出来ない。惨《みじ》めで悔《くや》しかった思いが溢《あふ》れ出て、彼は泣いた。

野良犬が野たれ死んだように――？　違う。自分は負け犬そのものじゃないか。強い者には決して逆らえない弱くて惨めな負け犬だ。

「いやだ……負け犬は……いやだ……」

小声で呟《つぶや》く。路地裏に風が無音で通り過ぎていく――。

「強くなりたい……強い力が欲しい……あいつらを殺せるぐらいの強さが……」

瞬間、その呟きに反応したかのように風が止まった。

《そうか、お前は力が欲しいのか？》

声が路地裏に響いた。淡々とした抑揚《よくよう》のない小さく低い声。イメージは影に近い。影のように平板《へいばん》で不気味でありながら、どんな壁にも黒を映すように浸透する声。

驚いた京一は目だけを動かして声の出所を見つけようとする。しかし誰も居ない。誰かが存在している気配も感じない。

《答えよ、お前は力が欲しいのか？》

再度の問い掛け。京一は半身をやっとの思いで起こしてから、周囲を睨《にら》む。やはり誰も居ない。自分は幻聴を聞くほど壊れてしまったのかと思う。しかしそれが幻聴でも構うものか。何かを期待させるその問い掛けに京一は答えた。世界に訴えるように。

「ああ、欲しい！　力が……あいつらを――いや、自分を見なかった奴らが振り向かざるを得ないほどの力が欲しい……！」

京一の声に、路地裏の空気が笑った。

《よかろう。お前に力を与えてやる》

ただし、条件があると影のような声は言った。その条件は今の京一には何らの代償でもないことだった。だから逡巡《しゅんじゅん》する素振《そぶ》りも見せずに頷《うなず》く。

「そんなことでいいのなら、その条件を呑《の》む。だから、力を、早く力を――」

《急《せ》くな。すぐにお前の身体《からだ》に宿してやる》

渇望《かつぼう》する京一に声は苦笑を洩《も》らし――それは起きた。ひゅうっと風が吹いたかと思うと、京一の周りに黒い霧が立ち込めた。彼にとってそれは恐怖の対象ではない。霧が目、口、皮膚《ひふ》の汗腺《かんせん》など至る所から侵入してきても、恐怖を感じることは無かった。

人間は異物に対して激しい拒絶反応を起こすものだ。しかし京一は黒い霧が体内に宿るのを、快楽に近い感覚で見つめていた。背筋をぞくぞくと這《は》う冷たいモノ。その冷たいモノの定着が、自分に力が宿った証拠だった。

「これが、これが――力なのかい！」

《そうだ、お前が求めていた力だ。中でもお前に相応《ふさわ》しい力をくれてやったぞ》

京一は解っている。自分の力がどういったものかを――。これは声の主の皮肉か。だが、確かに自分にはこれ以上相応《ふさわ》しい能力はない。

負け犬だった自分が、獣になり代わるために必要な力としては――。

《そのチカラを以《もっ》てお前の望むことをやってくるがいい――我からの要求を忘れるなよ》

「解ってるよ」

力を得たことで声の主がいる方向が感覚で解る。京一は立ち上がってその方向に向かって感謝の意味で頭を下げると、歩き出した。

身体はもう痛まない。あの黒い霧が体内に定着したと同時に癒《い》えてしまっている。

「さあってと、じゃあ早速《さっそく》あいつらを始末しようか。お礼返しは基本だもんね」

ぴゅうっと口笛《くちぶえ》を吹いた。京一の足元にぬうっと現れた〝そいつ〟は主《あるじ》の汚れた制服を嗅《か》ぎ回る。幸い、匂《にお》いは吐き気がするほど染み付いていた。〝そいつ〟は匂いを覚えると、風に漂う人間の匂いを嗅《か》ぎ分けて主を招くように先を歩き出した。

「はぁ……待っててよ、君達。君達が僕の日常を食い潰《つぶ》したように――」

恍惚《こうこつ》と息を漏《も》らして、彼は〝そいつ〟の後に続いた。

「今度は僕が君達を食い潰《つぶ》してあげる」

◇

学校から帰って二時間ほどが経過していた。彼は家に戻ると、自室に戻って夕食が出来るのを待っていた。ベッドに転がって適当に雑誌に目を通しているとチャイムの音が聞こえた。誰か来たらしい。チャイムの音は二度、続けて鳴った。

「ちょっと、タカヒロ。いま、お母さん手離せないから出てよー!!」

遠くから叫ぶような母親の声が聞こえた。音楽を大音量で聴いていなかったことを後悔《こうかい》する。

「……うっせえなぁ……」

母親に対してではなく、チャイムを鳴らし続けている人間に対しての文句だった。タカヒロは自分の時間を害されたことに不快感を覚えながら自室を出た。廊下《ろうか》のすぐ右が玄関だ。

「はーい?」

不機嫌を隠そうともしない声をドア越しにかける。どうせ新聞の勧誘《かんゆう》かなんかだろう。

「紅葉学園の長村と申しますが息子さんは——もしかして君?」

タカヒロは一瞬誰かと思った。彼の頭に登録されている長村京一は、自分の家を訪ねるような度胸を持ち合わせている人物ではないからだ。

（親と一緒《いっしょ》に文句でも言いに来たか？）

タカヒロは面倒なことになりそうだな、と予感してドアの前に立ち尽くす。だが、その予感は当たらなかった。面倒だと感じる暇すらない。

「――――!?」

何故なら次の瞬間にはドアは爆発したように突き破られ、タカヒロの首には黒い犬が噛《か》み付いていたからだ。突き破ったのは今自分の首に噛み付いているこの黒犬。ドアから飛び出てきた犬は、一度足を下に着け二度目の跳躍でタカヒロの首に唾液《だえき》で光る牙《きば》を当てた。

「――っ、――っ!!」

精一杯抵抗してみるが、金属のドアを突き破ったほどの筋肉の持ち主が、一介《いっかい》の高校生程度の筋力で放されるわけがなかった。

「――、――!!」

犬の牙が喉《のど》の奥にどんどん深く喰い込む。叫び声を上げたくても、喉を押さえられていて果たせない。犬が唸《うな》っているのが、触れている手に伝わる振動で解る。ガチャとドアの方で、音がした。音に反応して彼が見ると、人の腕が穴から出て鍵《かぎ》を外しているところだった。

ドアが開かれる――。そこには幽霊が――いや、幽霊のような不気味さを纏《まと》った人間が立っていた。放課後、容赦《ようしゃ》なく痛めつけたはずの長村京一は何処《どこ》も痛まないように平然としていて――犬に組み伏せられているタカヒロを見下ろして冷たく笑っている。

「ああ、君だったんだ。中川《なかがわ》って表札は出ていたけど、君達の名前なんていちいち覚えていなかったから解らなかったよ」

「────、────!!」

タカヒロは必死に目で懇願《こんがん》していた。タスケテクレ、マダシニタクナイ──と。目には涙が溜まっている。だが京一は慈悲《じひ》の意志を見せるどころか、ますます残酷《ざんこく》に顔を歪《ゆが》めて笑った。いつかタカヒロ達が京一に向かって浴びせていた嘲笑《ちょうしょう》。

京一は近付くとタカヒロの顔を踏みつけた。蟻《あり》を踏み潰《つぶ》すように躊躇《ためら》いなく、何度も何度も──。足を上げる度《たび》に、赤くなっていく顔を見てますます京一は笑った。

「ははは──なるほどね、僕、君達の気持ち今やっと解ったよ！　人を痛めつけるのって楽しいね！　弱い人間を踏み潰す感覚は何にも換え難い麻薬だ──!!」

笑いながら、彼は足を何度も何度も踏み下ろした。鼻骨が折れ、眼球も潰れ、赤い血で塗《まみ》れたぐちゃぐちゃの顔を見て、京一はやっと足を止めた。悲哀に思ったからではない。単に飽きただけだ。タカヒロの意識はとうに飛んでいる。

靴《くつ》の裏にこびり付いた血糊《ちのり》をタカヒロの着ている服に擦《こす》り付けて拭《ふ》く。

そして最後に──。足を高く上げて、気合《きあい》と共に全体重をかけてタカヒロの胸を踏む。肋骨《ろっこつ》と肺を踏み潰した感触。どうにか燃えていたタカヒロの命も完全に踏み消された瞬間だった。犬が噛《か》み付いている箇所から空気の抜ける音がした。

「ふふ、ふははははっ！　ひゅう、だって！　あはははははっ！　ははっ、あーはははっ！」

それが壊れたエアーポンプみたいで可笑《おか》しくて、京一は笑声《しょうせい》を上げた。気の済むまで笑い続けると、彼はお預けをしていた犬に許しを与えた。

「喰っていいぞ。骨の髄《ずい》まで喰ってやれ」

突き刺しただけで止まっていた牙が動く。血を辺りに撒《ま》き散らせながら人肉を噛《か》み千切《ちぎ》る。生肉を口に含み、もぐもぐと充分に咀嚼《そしゃく》して飲み込む。くちゃくちゃ、もぐもぐ、ごくん——。

その行程を繰り返して首の周りの肉が全部削《そ》がれ、犬は次に骨にも牙を当てた。がりがり、がりがり——肉よりも固くてたいして美味《うま》くもないのか犬の食は進まなかった。

「一匹じゃさすがに遅いね。君達も食べて構わないよ」

彼の足元からすうっと湧き出るように、さらに二匹の犬が出てくる。二匹はそれぞれ腹部と足に分かれ、三匹で仲良くタカヒロの身体《からだ》を貪《むさぼ》っている。その光景を微笑《ほほえ》ましく見ていると、奥からスリッパの足音がした。

「タカヒロ、お友達でも来たの——」

奥のリビングへ続くドアが開かれる。タカヒロの母親と京一の目が合った。母親は不審そうに眉根《まゆね》を顰《ひそ》めたあと、京一の足元に目をやり——。

「——!?」

目を大きく開けて悲鳴を上げた。いや、上げようとした。彼女の首には新たに出現した黒い犬が噛み付いている。たとえここで生き延びたとしても、もう二度と声を出すことは出来ないだろう。犬の体重と勢いで彼女も仰向《あおむ》けに倒される。床に強く頭を打ち付けて意識が飛びそうになるが、不幸なことに彼女の意識は残ってしまった。

「初めまして、貴女《あなた》が中川君のお母さんでいらっしゃいますか」

丁寧《ていねい》な口調で近付き、微笑んで見下ろす京一。

「そうですか、貴女があのムカつく中川君を産んでしまったお母さんですか。まったく不幸ですね、子供が目の前で犬に嚙み殺されていく様を眺めながら死んでいくなんて」

「——、——!?」

京一は母親の髪を摑んで持ち上げる。母親の視界の中に肉を削がれ白骨を空気に曝《さら》しているタカヒロの姿を入れた。

「————、————!!」

彼女は今にも正気を失いそうなほどに唸《うな》る。

「こんなに人の良さそうなお母さんなのに——どうしてあんなろくでもない子供が出来ちゃったんでしょうね。貴女のお子さんは僕にいじめをしていたんですよ。そりゃもう、日々涙を流さないように耐えるのが大変なぐらいにね。でも、僕は本当についてます。こういう力を手に入れて、逆に貴女のお子さんを殺して差し上げることが出来ましたし」

そうだ、と思いついた京一は母親の髪を離すといったんタカヒロの傍に戻って——ガン、と曝《さら》けだされていた首の骨を折った。体と首が分離する。

「僕はあなたのお子さんみたいに無慈悲《むじひ》ではありません。ですからせめて息子さんに見つめられながら殺して差し上げましょう」

髪を摑んでタカヒロの首を持ち上げる。母親の元に戻った京一は彼女の顔の真横に息子の首を置いてやった。犬に齧《かじ》られ頬骨《ほおぼね》と潰《つぶ》れた眼球が丸出しの首を真横に、息子に見つめられるようにして——。

「——!! ——!!」

目を見開き、口を裂けそうなくらいに開けて母親は絶叫した。もう彼女の精神は崩壊《ほうかい》している。ボロボロの声帯から引き絞《しぼ》ったような悲鳴が耳に届き京一は満足そうに微笑《ほほえ》む。

「子を思う母の絶叫ですか？　最高ですね、お母さん。じゃあ、殺してあげます。貴女がいなければあのろくでもない子供はいなかったというわけなんで……恨むのなら自分の育て方とかを恨んでくださいね」

京一の足元からまた犬が二匹現れて、容赦《ようしゃ》なく鋭い牙《きば》で母親の肉体に嚙み付く。

くちゃくちゃ、もぐもぐ、ごくん——。

「魂《たましい》、喰い忘れるなよ——それがお前達を授かった条件なんだから」

——数十分後、タカヒロの父親が帰宅して、同じように京一は黒犬を使って喰い殺す。

そして、彼は次の場所に向かおうとし、犬に居場所を嗅《か》ぎ分けさせていると携帯が鳴った。母親からだった。こんな時間まで何やっているの。早く帰ってきなさい。そんな内容だった。

(——仕方ない。今日はもう帰るか)

出来れば今日中に残り三人を殺してやりたかったのだが、仕方がない。自分にも生活がある。携帯を仕舞うと、彼は街灯の灯る夜道を歩いて帰路についた。

（――そうだ）

駅まで歩いている途中、彼は思いつくと足元から無数の黒犬を呼び出す。

「お前達、そこら辺の人間を喰らってこい」

無差別な殺人だと思わせるためにも、あの声の主との契約を果たすためにも丁度《ちょうど》いい。指示を受けると犬達は一斉に跳ねるように駆け出して散開した。あの犬達には思念で指示を送ることも出来る。三十分ぐらいしたら帰還することを指示してやればいい。

犬達が散らばるのを見送って京一は一人駅まで散歩のように優雅に歩いていった。

◇

「ああ、もう――完全に遅刻だぁ……」

御影は電車の座席に座り込んで、一人頭を抱え込んでいた。周りにその呟《つぶや》きを聞きとがめる者はいない。完全な無人というわけではないが、一つの座席に人が一人ずつポツンポツンと座っているぐらい。いつもの電車より三十分も遅れてしまうとこんなにも空《す》いているのだ。

（……ああ、これも昨日事件起こした奴のせいだ！）

昨夜、御影は午後七時頃に起きた大量無差別殺人の調査に駆り出されていたのである。陰陽《おんみよう》師《じ》が駆り出されるということは、無論妖魔《ようま》絡みである。一度に三七軒の家の住人が一斉に襲われたのだ。死体――といってもほとんど骨しか残っていなかったが――には獣が噛《か》み付いたような傷跡が残っており、警察は即座に人間の手に因《よ》るものではないと判断。警察が調べ始めたのが午後九時で、その約一時間後の午後十時頃に、国家退魔師《たいまし》――陰陽師に協力が要請された。

御影も父と家の陰陽師何人かと共に現場を調査して回ったが、立ち込める妖気が全部同じで、全身粟立《あわだ》つほどの邪念に満ちたものであるということが解ったぐらいで他に進展はなかった。なかったのだが――事件には何の関係もないが御影はそのとき気付いたことがあった。

（……そういえば昨日のお父さん、怖かったな）

高楼《こうろう》は仕事をしているとき――いや、仕事をしていなくても――大抵、無表情で淡々と仕事をこなしている。それが昨日は珍しく感情を面《おもて》に出していた。この妖気の持ち主を憎んでいるような、苛立《いらだ》っているような――そんな表情をしていた。だからどうというわけでもないが、そんな風にいつもと違う顔を見せられると意外と気になるものである。

全ての現場から妖気を辿《たど》っていくと近くの駅前に集まるのが解った。妖気はそこで途絶えてしまっている。時間が経ってしまったためだろう。

そこから推測出来たのは、実際に殺害をしたのは使い魔だろうということ。死体の歯型からみて恐らくは犬の使い魔――犬神《いぬがみ》のようなもの。犬神とは、犬を首だけ残して地面に埋め、恨みを抱かせたまま殺し、怨念《おんねん》に染まった霊体を使役《しえき》する呪術《じゅじゅつ》のことである。

駅前に妖気が集まっているのは、そこに帰還したのではなくそこから犬神が発生したからだ。人間を喰い散らかした犬神はそのまま霊体となって、主の元へ帰ったのだろう。霊界に入られると妖気はいかなる霊能者でも感じにくくなる。現在も他の陰陽師が薄く残った妖気を辿《たど》って主の居場所を突き止めようと励《はげ》んでいるが、難航しているようだ。

あと犬神を使役《しえき》している者自体はそんなに大した妖気を持っていない——もしかしたら犯人は妖気が憑依《ひょうい》した人間なのかもしれない、ということも推測が立った。

というのも、妖魔というのは妖気そのものであり、実体を持って行動しているのなら、駅前から妖気の残滓《ざんし》を辿っていけるはずなのだ。しかし、使い魔である犬神の妖気は強く残っているのに、その本体とも言うべき主の妖気は僅《わず》か数時間程度で消えてしまうほど薄い。これは妖気を持っているのがあくまで犬神であって、本体ではない——つまり人間である可能性が高いというわけだ。

（だけど犯人は犬神使いってわけでもない）

犬神使いも、邪法《じゃほう》ながら国家退魔師に属している。犬神使いの名前は国家によってリストアップされていて、昨夜のうちに警察が全国の犬神使いを調べ上げたようだが、誰一人として容疑者になりえる者はいなかった。大体、犬神は妖魔ではなく亡霊に属するものだから感じるのは人と同じ霊気である。どちらにしろ、犬神使いでは無かったというわけだ。

（あー、もう！　わけの解んない事件のうえに、人を遅刻させるなんて……！）

電車が紅葉駅に到着し、ドアが開いた。御影はひとまず思考を中断させてホームに降りる。

彼女以外ホームに降りる者は誰もいなかった。

改札を出て、空を仰《あお》ぐ。天気は今日も快晴だった。

いつも学園の生徒に混じって歩く通学路を、御影は一人で歩いた。学園までの暇潰《ひまつぶ》しがてらに中断していた思考を再開させる。

とにかく昨夜の事件で何が一番問題になっているのかというと、妖気が辿れないということなのである。何故いきなり三七軒もの家を襲ったのかなど、動機ははっきり言ってどうでもいいことなのだ。御影達が追う妖魔絡みの事件というものは、大抵明確な動機などなく、殺したいから殺す、喰いたかったから喰い殺すみたいなものなのだから。

妖気さえ辿ることが出来れば、あとは犯人を見つけ、その妖気を祓《はら》ってしまえばいい。しかし犯人が妖気を極限まで抑えているのか、または結界《けっかい》でも張っているのか、昨日ウチに仕事が回されてからずっと『星之宮《ほしのみや》』の陰陽師が歩いて探っているのだが、どうしても辿れない。おまけに『星之宮』で一番妖気に敏感である父は、この件には昨日一回関わったのみで、今日からはまたここのところずっと携《たずさ》わっている別件の仕事に戻るようだ。

——一体何の仕事だというのだろうか。御影は父が携わっている仕事に関して、何も聞いていなかった。澪や他の家人達にも訊《き》いてみたのだが、皆『大したことではない』と口を濁《にご》すばかりで御影に何も教えようとはしなかった。この事件を差し置くぐらいだ、大したことに決まっている。御影は気になったが、澪を含めて家の者は皆、教えるつもりがなさそうだったので、しつこく訊こうとはしなかった。

それよりも問題は今回の事件についてである。学校が終わり次第、御影も妖気探索に繰り出すことになっているが、今探索している者達で妖気を探れないのであれば彼女が参入しても結果は同じだろう。御影は生成出来る呪力《じゅりょく》の最大量は大きいが、霊気や妖気、呪力などを探る第六感的能力は普通の陰陽師《おんみょうじ》と変わらないレベルなのである。そのような人材が一人入ったところで事態が好転するとは思えない。

自分より鋭敏な六感を持っている人材が必要なのだ。例えば——そう、光輝のような。弟は呪力に関しては生成することも感じることも全然才能を見せなかったが、霊気や妖気を感じることならば誰よりも鋭敏に感じることが出来ていた。その弟ならばもしくは——と思う。しかし光輝とは結局、あの日から五日間何の連絡も取れないままである。何処《どこ》で何をしているのか、全く解らない。さっきも家を出る前にチャネリングで呼びかけてみたのだが、また拒絶された。——ここまでされると本気で泣きたくなってくるが、彼女は泣かない。泣きたいのはむしろ光輝の方なのだから、自分が引っ張っていかなくては——。

(——よし)

御影は握り拳《こぶし》を作って一人、自分自身に決意する。今日、何が何でも光輝に会ってこの仕事を手伝わせよう——と。今、弟は父に敗れ、自分は何も変わってない、弱いときのままなんだと思い込んでいる。決してそうではないと教えてやりたい。そしてもし弟自身の手によってこの事件を解決すれば、少なくとも自分は『星之宮』の仕事が手伝えるぐらいの力は付けているんだと、自信を持ち直してくれるのではないだろうか。

(——私って天才?)

これならば疎遠《そえん》になりかけていた光輝と話をするきっかけにもなるし、自信を付けさせることも出来るし、もしかしたら長引きそうだった事件も早期解決出来るかもしれない。一石で二鳥にも三鳥にもなるのだ。なんて素晴らしい案なのだろう――。

思いついた名案に思わず顔に笑みを浮かべて学園の敷地内に入る。校庭では体操着を着た生徒達が準備運動を始めており、そこでやっと自分は大遅刻している身の上だということを思い出し、俯《うつむ》きながらその横を早足で通り過ぎ、そそくさと校舎の中へ入っていった。

◇

ビジネスホテルではないが、そう高級なホテルでもない。そんな極々庶民《ごくごくしょみん》的なホテルの一室に光輝は部屋を取っていた。

（……はぁ、これからどうすっかな……）

この五日間、ずっと自分自身に問いかけてきたことを改めて問う。しかし今回も答えは出なかった。何もやる気が起きない――というか、何をすればいいのか解らない。解らないままベッドに転がっていると、そのまま時間が無為《むい》に過ぎていく。

今回の一時帰国、当初の予定では父親を倒したあと母や御影に向こうでの話をして、一週間ぐらいのんびりと旅の疲れを癒《いや》したら帰るつもりだった。それが父親を倒すところで躓《つまず》いてしまったのである。全く、情けない。

家を飛び出していざ父親の気配を探し出し再戦を申し込もうとしたら、身体《からだ》が震えて近付くことも出来なかった。頭ではどんなに否定しようとも、身体があの恐怖を覚えていた。

このままでは勝てない——悔《くや》しいがそう認めるしかなかった。だったら教授と師匠の元へ戻ってまた一から修行をしなおすか、とも思うのだが、

(………ぜってえ、笑われる)

教授は普通に迎えるだろうが、師匠は絶対馬鹿にする。あの人はそういう人だ。目を閉じればにやにやと意地悪く笑う顔がありありと浮かぶ。

(——ああ、何か笑い声まで聞こえてきやがった)

あいつは決して大声では笑わない。ふふん、と薄く開いた唇から零《こぼ》すように笑うのだ。そうした方がこちらの神経を逆撫《さかな》ですると知っているからだ。

(ああ、ムカつく!)

苛立《いらだ》ちから乱暴に仰向《あおむ》けに寝返りを打つと、天井に四色の精霊が揺らいでいた。

(——精霊術、か……)

師匠に言われたことがある。光輝の精霊術は本当に不思議だ、と。

本来、星の傍観者《ぼうかんしゃ》たる精霊達が人間に語りかけることはないし、自ら動いて魔術師を庇《かば》おうとすることもない。だけど、光輝は精霊術を習得する前から精霊から語りかけられているし、指示もしてないのに精霊達が勝手に動いて救われたことも何度だってある。

父に吹き飛ばされたときだってそうだ。あのとき、光輝は衝撃で意識を落とされ精霊術など行使出来る状態じゃなかった。それでも彼が今こうして五体満足でいられるのは、精霊達が宙

で受け止められなくても、身体を護《まも》ってくれたからだ。――全く感謝してもしきれない。

そして師匠は同時にこうも言った。でも光輝の精霊術はまだまだだ、と。

精霊術は基本的に支配出来る数によって効果が変わってくる。多ければ多いほど強力な攻撃が出来るようになるし、強固な結界《けっかい》だって創り出せるようになる。光輝はその『アストラル界を視《み》る眼』のおかげでいつでも何処《どこ》でも無制限に召喚《しょうかん》することが出来るから、この点では最強だ。しかしそれだけではまだまだなのだ。数を集めるだけでなく、精霊達を綿密に構成しなければ真の精霊術には成り得ないのだそうだ。事実、光輝は自分が召喚した精霊より少ない精霊で創り出した教授の結界に、攻撃を凌《しの》がれたことがある。教授の構成が頑丈《がんじょう》で、光輝の纏《まと》まっていない、ただ多数の精霊より勝っていたという証明だ。

――これからどうすればいいというのだろう。

「ああ、もうっ――！」

光輝は頭の中に渦巻《うずま》くもやもやから逃れるように、寝返りを打った。

（――修行、し直すか）

明日、イギリスに戻って修行をし直そう。師匠に笑われるのは確実だろうが、それは仕方ない。このまま煩悶《はんもん》して一生親父《おやじ》に勝てないままでいる方がよっぽど癪《しゃく》だ――。

そう決心して薄く目を開けると、窓から紅く染まった空が見えた。いつの間にか、夕方になっていたらしい。今日もまた時間を無為に過ごしてしまった。

「――――ん？」

視線を僅《わず》かに落とすと、ベランダの手すりに小さな鳥が止まっているのが目に入った。

雀《すずめ》だ。雀がこちらに顔を向けて止まっている。──そして気のせいかもしれないが、じっと見られているような気がする。光輝は不審に思い、半身《はんみ》を起こして雀を見返す。

──やはり見られている。別に妖気は感じないから妖魔の類《たぐい》ではなさそうだが、雀は警戒心の強い動物だ。人間と目が合えばさっさと逃げ出してしまいそうなものだ。起き上がって窓の方に近寄ろうとしたら、コンコンと後ろのドアがノックされた。

「すみません、お客様。ルームサービスでございます」

「…………」

勿論《もちろん》、そんなものを頼んだ覚えはない。──というか、あいつは声で気付かないとでも思っているのだろうか。この声は聞き間違いようがない──姉の御影である。

そこで光輝はハッと気付いて、後ろを見た。

(あの雀、式神《しきがみ》か──!?)

恐らく大量の式神を投じて空港近くのホテルを捜索したのだろう。呪力《じゅりょく》を感じることが出来れば一発で看破《かんぱ》出来たのだろうが、生憎《あいにく》と光輝は精霊無しでは呪力を感じることが出来ない。

(しまったな……まさか、直接ここに来るとは思わなかった)

光輝が焦っていると、ドアがまた静かにノックされた。

「星之宮光輝様、いらっしゃることは解っているんです。開けていただけませんか?」

冗談じゃない。試合前にあれだけ大見得《おおみえ》切っていたくせに無様に負けて──そんなカッコ悪い姿を見せられるか。

光輝がくるっと反転して窓に走り寄ろうとしたのと、その声が聞こえてきたのは同時だった。

「開けていただけないようですね。でしたら——勝手に開けさせていただきます」

陰陽道《おんみょうどう》に鍵《かぎ》開けの呪術などなかったはずである。どうやって開けるつもりかと気になって、光輝は窓を開けながら後ろを振り向く。

ドアの隙間《すきま》から白い紙切れが滑り込んできた。ドアの向こうで呪を紡《つむ》ぐ声が聞こえてくる。すぐに紙切れは白く光り、揺らぎを纏《まと》って修験道《しゅげんどう》の護法童子《ごほうどうじ》に似た形を創る——式神《しきがみ》だ。童子の姿をした式神は浮遊すると、内鍵を外した。ドアがバタンと勢いよく開かれる。

「見つけたよ、光輝っ！」

満面の笑みを浮かべた姉がそこに立っていた。手には細長い紫色の竹刀《しない》袋を持っている。御影は弟の姿を見つけるや否《いな》や、〈気〉を足に込めた走りで部屋の中に踏み込んできた。

だが遅い。すでに風の精霊を纏《まと》っていた光輝は手すりを蹴《け》って空へと飛翔《ひしょう》した。それで逃げおおせたと思い、余裕《よゆう》の表情で下を見て——光輝の心臓は凍った。

御影の身体《からだ》が宙にあった——光輝を掴《つか》まえようと手を必死に伸ばした体勢で。浮揚《ふよう》しているわけではない。手すりを足場にして跳躍しただけだ。〈気〉を込めているだけあって、その跳躍力は大したものだ。五メートルは軽く跳んでいたに違いない。

だがある高さまで来ると、彼女の身体は前へ緩い弧を描きながら落ちていった。

光輝が取っていた部屋は七階にあった。高さ約二十メートル。そんな高さから落ちれば、どんなに〈気〉を練《ね》った筋肉だろうと無事では済まない。光輝は急停止すると、惰力《だりょく》をも殺す勢いで御影の下へ急降下した。両腕でしっかりと姉の身体を抱き止める。地上まではまだ十メートルの高さがあったが、光輝にしてみればゆとりのある距離ではなかった。

ふうっと、安堵《あんど》の息をつく。凍っていた心臓が、胸に感じる温かさによって溶かされていく感じがした。シャツの胸辺りをぎゅっと掴《つか》まれて、下に視線を向ける。自分と全く同じ顔をした姉が、自分とは似ても似つかないぐらい可愛《かわい》らしい笑顔を浮かべて言った。

「掴まえたよ、光輝」

「――ったく、たまに信じられないことをするよな、お姉様って」

光輝は呆《あき》れ気味に言ったが、その口元は微《かす》かに笑っていた。

◇

「――さて。どうしてこの五日間、何の連絡もなかったのか聞かせてもらいましょうか?」

部屋に戻ってくるなり、御影は有無を言わせない微笑を浮かべて光輝をベッドに座らせて問い詰める。

「まさか、チャネリングが通じなかったわけじゃないよね。こっちの魂《たましい》を意図的に遠ざける感覚があったもん。魂は繋《つな》がっていないのにはっきりと解ってしまうあの拒絶の意志――お姉ちゃん、とっても悲しかったなぁ……」

「……わ、悪かったよ」

　そっぽを向いて光輝が小さく謝る。しかし、今日の御影はとっても意地が悪かった。

「ううん？　お姉ちゃん、謝罪の言葉が聞きたいわけじゃないんだよー？　どうして、連絡をお姉ちゃんにもお母さんにもよこさなかったのか、を聞きたいんだけどなー」

　光輝の顔を両手で挟《はさ》んで、視線を戻させる。弟は目を上下左右、あらゆる方向に動かして姉の追及の目から逃れようとしたが、やがて苛立《いらだ》ちの方が強くなったのだろう、御影の両手を摑《つか》んで離すと髪をぐしゃぐしゃと掻《か》きあげ、半ば自棄《やけ》気味に白状した。

「ああっ、もう!!　カッコ悪かったからに決まってんだろ!?　あれだけ自信満々なことを言っておきながら負けちまったんだぜ!?　一体、どんなツラ下げて会えって言うんだよ!?」

「私と全くおんなじ顔で」

「…………」

　御影は自分の両頰《りょうほほ》に指を添えて言った。あどけない表情に光輝は毒気を抜かれたのか、何も言い返してこない。

「まあ、その前になんだけどさ、光輝――」

　御影は光輝の隣を座ると、足をぶらぶらと揺らし、それを見つめつつ言葉を紡《つむ》いでいく。

「私達、姉弟でしょ？　どんなにカッコ悪い姿を見せられたって私は光輝のことを嫌いにならないよ。光輝だってそうでしょ？」

　姉が隣に視線をやって、弟の横顔を見つめる。しかし、光輝はそっぽを向いてしまった。

「そりゃそうだけど……だからといって、そう易々《やすやす》と無様な格好を曝《さら》せるか」

御影は弟の不貞腐《ふてくさ》れた声に思わずくすっと笑ってしまった。

（——ああ、やっぱ男の子なんだなぁ）

以前の光輝だったら、こんなにあからさまな強がりは見せなかったのに。

「でも、もうバレちゃってるよ？」

「…………」

「もうバレちゃっているのに、それをまだ必死に隠し続けようとするなんてさ——そっちの方がよっぽどカッコ悪くない？」

「…………」

「負けたことを認める——そっちの方が潔《いさぎよ》くてカッコよくない？」

「——ああっ、もううるさいなっ!!」

身体《からだ》ごと詰め寄ってくる御影から逃げるように、光輝は立ち上がった。

「ちょっと連絡を取らなかったぐらいで何でそんな風に責められなきゃなんねーんだよ!?」

「……別に責めてるつもりはないんだけど」

「解ったよ、これからはまたちゃんとチャネリングする。またいつものように毎朝叩き起こしてやる——それでいいんだろ!?」

光輝は荒い口調でそう締め括《くく》った。御影は叱《しか》られているわけではないのに——どちらかといえば叱っている立場なのに、シュンとなって「……うん」と頷《うなず》いた。

弟は姉の悲しそうな表情に気付かずに話を続ける。

「それにな、俺は完全に負けたわけじゃねえよ」

「――――え？」

御影は言葉の意味が解らず、顔を上げて光輝に説明を求めた。

「確かに俺はこないだの試合では負けたよ。だけどな、それは完全な負けを表しているわけじゃない。だって、俺はまだ生きていて、これからもっともっと強くなれる――次こそはあの親父《おやじ》をぶっ倒してみせる!!」

ぎりっと奥歯を噛《か》み締め、拳《こぶし》を眼前に掲《かか》げて言う光輝の顔はとても怖かった。

「……どうしてそんなにお父さんに勝つことにこだわるの？」

御影は真剣に訊《き》く。光輝は『何を今更《いまさら》？』というような表情を浮かべて答えた。

「――決まってんだろ？　嫌いだからさ！」

光輝は叫んだ。

「俺は親父が嫌いだ……あの弱かった自分を映し出す黒い目が嫌いだ。弱くて、いつも震えていた昔の自分が嫌いだ。昔の自分は変えられない――だから代わりに親父をぶっ倒す。そして倒れた親父を、いつもそうされていたように見下して笑ってやるんだ……」

「……光輝の今、一番の夢はそれなの？」

「ああ……絶対に勝たなきゃ……俺はそのために向こうへ行ってきたんだから……」

光輝は噛み締めるように言った。それを御影は何とも言い難い表情で見つめていた。強《し》いて言うなら、悲しみと怒りが綯《な》い交《ま》ぜになっているような——そんな表情。

「光輝……光輝は、カッコ悪いことが嫌いなんだよね」

光輝は一つ頷いて答えた。

「だったら——そんなカッコ悪いことしないでよ」

「——あ？」

光輝が射抜《いぬ》くように御影を見た。

「そんなカッコ悪いことしないで。昔やられたことをやり返すために戦うなんて、そんなカッコ悪いこと」

「カッコ悪い……俺が……？　何でだよっ⁉」

落雷を纏《まと》った暴風のように、光輝が叫ぶ。

「俺はあの親父にいつもいつもそんな風にして見られていたんだ！　それをやり返して何が悪い⁉　どうしてカッコ悪いことになるんだよっ⁉」

受けて立つように御影も立ち上がって怒鳴《どな》った。

「それをして、光輝は満足するのっ⁉　そんなことをしていたら、今度は光輝がお父さんみたいに誰かに憎まれる存在になっちゃうんだよ⁉　光輝、それでもいいのっ⁉」

「————っ！」

光輝がハッと目を見開いて息を呑《の》む。御影は畳《たた》み掛けるように言葉を続けた。

「憎いから相手にやり返す。やり返された方も憎しみを抱いてまたそれをやり返す——その繰り返し。そんな憎しみの輪の一つになるなんて凄《すご》くカッコ悪いよ」

御影は諭《さと》すように、きつくなっていた口調を和《やわ》らげて言う。――しかし、弟は姉の言葉を拒《こば》むように首を振った。

「じゃあ、どうしろって言うんだよ……?」

「……お父さんを許しなさい、とは言わないよ。憎しみを捨てなさい、とも言わない。だけど――その憎しみを返すようなことはしちゃいけないんだよ」

俯《うつむ》いた光輝の肩に触れようと手を伸ばす――が、それは弾かれた。部屋に反響するほどの、弟の強い拒絶だった。

「そんなの理想だよ……」

光輝は涙を堪《こら》えているように、喉《のど》を振り絞《しぼ》るように苦しげに言った。

「解るわけない……御影みたいに元から強かった奴には解るわけがない……!」

顔を上げた光輝は怨嗟《えんさ》を孕《はら》んだ目で、先刻よりももっと強く、強く御影の目を睨《にら》んだ。

「御影は一度でも蔑《さげす》まれたことがあるか⁉　一度でも孤独を感じたことがあるか⁉　無いだろう⁉　あるはずがないよな⁉　生まれつき他人の二倍、呪力《じゅりょく》が生成出来るんだからな‼」

「――――っ‼」

場がシンと静まり返る。それは禁句だったはずだ。まるで他方から根こそぎ奪い取ったかのように、一流の陰陽師《おんみょうじ》二人分の呪力を生成出来る御影に対して、その言葉は残酷《ざんこく》すぎるから。

光輝は禁句を口にしてしまったことにばつの悪そうな顔をした。しかしそれでも尚、弟は姉を傷つけるだけでしかない言葉を呟《つぶや》いてしまう。

「……そんなことを知らないような奴が……知った風な口を利《き》くんじゃねえよ……」

「――――」

やがて御影は項垂《うなだ》れた。前髪で隠れている顔を、さらに隠すように手で覆《おお》った。

痛かったのだ。耳は殴《なぐ》られ、脳は揺さぶられ、胸の中央は握り締められているように――痛い。痛くて、痛くて――上体を真っ直ぐに保てない。目から冷たい涙が流れた。泣いてはいけないと解っているのに――泣きたいのはいつも弟だったのに――どうしても涙が止まらない。

「ねえ……光輝……」

嗚咽《おえつ》は隠せている。しかし寂しさに濡れた声は隠せなかった。隠せずに――そのまま御影の言葉は続く。

「……光輝は……私と仕事をするために……海外に行ったんだよね……?」

「――――!」

光輝はハッと何かを思い出したように、眉《まゆ》を動かした。動かしたが――五秒待っても、十秒待っても、御影が言って欲しかった言葉は紡《つむ》がれなかった。

「――帰るね」

別れの言葉を発すると同時に踵《きびす》を返して、御影はダッと部屋を飛び出して行った。

沈黙で凍りついた空気から――自分との夢を見失っている弟から逃げ出すように、姉は全力でホテルの廊下《ろうか》を駆けていった。

走る勢いで靡《なび》く黒髪。それはさながら後ろ髪を引かれているようであったが、姉は止まらず、綺麗《きれい》な黒髪も向こうへと消えていってしまった。

光輝はしばらくその場に立ち尽くす。しばらくがどれほどだったか、彼には解らない。時間感覚などあやふやだ。ただ永遠と思えるほど長かったことだけは確かだ。耳の奥でこだましていた、ドアが強く閉まった音がようやく薄れてきた頃、光輝はベッドに倒れ込んだ。

腰の辺りが少し暖かい――御影がちょうどこの辺りに座っていたことを思い出した。

（……少しは強くなったつもりでいたんだけどな）

全然変わっていなかった。未だに呪力《じゅりょく》が無いことを気にしていた自分が余りにも情けない。情けなさ過ぎて笑えてくる。

「――――っ!!」

苛立《いらだ》ちのまま、ベッドを殴《なぐ》る。ドスン、と重たく響き、天井の照明が激しく揺れて埃《ほこり》が雪のように降ってきた。――そして、遅れてカタッと足元で音がした。

「――――？」

光輝は起き上がって足元を見る。そこには紫色の竹刀《しない》袋が転がっていた。ベッドに立てかけられていたのが、振動によって床にずり落ちたのだろう。

（――御影の破敵剣《はてきけん》か？）

光輝はこの剣の存在を今、初めて知った。御影がこの剣を授かったのは光輝が飛び出して行った晩のこと――彼が知るはずがない。しかし、陰陽師《おんみょうじ》がこの剣をどれだけ大切にしているかは知っている。そんな大切なモノを忘れていくなんて、よっぽどショックだったのだろう。

光輝は、少女が持つにしてはかなり重量のある剣を持ち上げた。口を結んでいた紐《ひも》を解き、黒い鞘《さや》が少し見えるぐらいまで引き出す。柄《つか》を握り、鞘から刀身を現す。

刀身の鍔《つば》のすぐ上辺りに、『織女《しょくじょ》』と名前が刻まれていた。

織女――一年に一度しか会うことを許されない恋人を一途《いちず》に想い続ける星の名前。御影にはぴったりの星だと思った。これを持ってきたということは、御影はこれから仕事をするつもりだったのだろうか。仕事の前にわざわざ彼女はやってきたのだ。

どうしてそんなときに――？　考えるまでもない。決まっているじゃないか。

夢を叶えるためだ。俺達二人の――。

「――よし」

光輝は決心すると剣を仕舞い、すうっと大きく息を吸い込んだ。

◇

薊《あざみ》へと向かう電車の中、えっくえっくと嗚咽《おえつ》が響く。

両手を顔に押し当て、泣いているのは他の誰でもない――御影である。

車内の誰もが、隅の席に座って泣き続ける彼女を見ていた。しかし当の本人は気付かない。

まさに人目を憚《はばか》らずといった感じで涙を流し続けていた。

（——光輝……光輝……光輝っ!!）

内心で弟の名前を叫び続けながら。

光輝が『家』で抱えていた孤独、二人の夢を薄れさせてしまうほど深い父への憎しみ——その全てが悲しすぎて御影は泣いていた。改めて自分がどれだけ恵まれた存在だったのかを思い知らされた。気闘術も陰陽術《おんみょうじゅつ》も始めから御影は出来ていた。それらは御影にとって手を動かすのと変わらないぐらい簡単で自然なことだったのだ。光輝はその簡単で自然なことが出来なかったのだ。その絶望、空虚——自分には一生解らないだろう。

それを本来ならば護《まも》られるべきであるはずの父親からずっと失望の眼差《まなざ》しで見られ続けていたのだ。憎いに決まっている。

私は光輝が好きだ。誤解を恐れずに言うならば、愛しているといってもいい。母だってそうだろう。だが、それがどれだけ光輝を救えただろう。母と私、たった二人の愛情が、父をはじめ『星之宮』の者、何十人に対する憎しみをどれだけ抑えることが出来たのだろう——。

御影はいつ止まるとも知れずに泣き続ける。乗り込んだ電車はすでに五駅を通り越していた。いい加減車内の人間が鬱陶《うっとう》しそうに彼女を見始めた——そのときである。

《みぃーかぁーげぇー!!》

周囲に漏《も》れるのではないか、と思うほど大音量で名前を呼ぶ声が頭の中に響いたのは。

「……こ、光輝?」

さっき最悪な雰囲気《ふんいき》で別れたばかりなのにどうして――戸惑う姉は弟の呼びかけに対し、つい声に出して返事をしてしまった。車内の人間が一様に驚いてサッと身を引かせるが、彼女は気付かない。

《――おし、見つけた！》

「――え、え……光輝？」

チャネリングが切られた。それからは何の反応も無い。一体、何だというのだろう。それからこちらから何度も呼びかけてみたが、拒絶こそされないが返事は返ってこない。拒絶されなくても何も答えがないのは不安になる。

揺れていた電車が徐々にスピードを落としていき、御影は電車が駅に停まったのだと解った。電車の扉が開く。御影のすぐ近くの扉から、誰かが凄《すご》い勢いで入ってきた。

金色の髪に黒い服、そしてどれだけ離れていようと解る自分と同じ顔をした少年は、酷《ひど》く焦《あせ》った表情を浮かべていた。

金髪の少年――どれだけ拒絶されても、愛《いと》しい我が弟は通路の乗客を押し退けて、脇目も振らず真っ直ぐに自分の元へ駆け寄ってくる。

弟――光輝は目の前に立つと、腰を直角に曲げ、頭を深々と下げた。

「ごめんな、御影」

光輝の気持ちをろくに解っていないまま、好き勝手なことを言っていたのは自分の方だというのに、それでも光輝は自分から頭を下げて素直に謝った。

「さっきは言い過ぎた。本当に……ごめん」

謝罪の言葉を何度も何度も光輝は口にした。

「俺さ、親父《おやじ》のことになるとどうしても駄目なんだ。自分がどれだけ屈辱《くつじょく》を味わったのかって思い出すと、どうしても親父のことは許せないし、この憎しみをぶつけたいって思うんだ。さっきのことは言い過ぎたと思うけど、それでもやっぱりこの気持ちは御影には絶対解らないと思う――だけど、これだけは信じて欲しいんだ」

下げていた頭を上げ、光輝は真っ直ぐ真摯《しんし》に御影の目を見つめて言った。

「親父に勝つつもりだったのに負けちまって――それが悔《くや》しくてさっきまで忘れかけていたけど、俺が向こうで精霊術を学んできた一番の目的はお前の言ったとおりだよ」

弟はそう――さっき期待していた言葉を言ってくれた。

「俺は御影と一緒《いっしょ》に仕事をするために精霊術を学んできたんだ。親父を倒すことも一つの目標だったのは事実だけど、それは一番じゃない。もう信じてもらえないかもしれないけど、少なくとも向こうで修行している間は、御影と一緒に仕事をしている場面ばかりを思い浮かべていた。親父を倒そうって浮き足立ち始めたのは、本当につい最近のことだよ」

光輝が素直な気持ちを一生懸命伝えようとしているのが解る。

「俺が凄《すご》く馬鹿で、いつも御影を傷つけてばかりで、本当にどうしようもない姉不孝な弟だって解ってる――でも。それでもどうか――」

弟は再び頭を下げて、祈るように言葉を姉に捧げた。

「どうか……俺を嫌いにならないで欲しい……」

御影の胸が一際《ひときわ》高く跳ね上がった。鼻の奥がツンとして、両目がじわじわと熱を帯びていく。止まっていた涙がまた溢《あふ》れ始めて、頰《ほお》を伝う。手で拭《ぬぐ》おうとは思わなかった。何故ならば、これは温もりのある涙――嬉《うれ》しくて泣いているのだから、隠す必要などない。

御影は飛び込むように、光輝を強く抱き締めた。弟の右肩に顔を押し付けて、黒革のジャケットに涙が染み込んでいく。

行動に遅れて、言葉の答えを返す。喉《のど》は引き攣《つ》ってしまい言葉にならないだろうから、世界でただ一人にしか伝わらない魂《たましい》の声で言葉を紡《つむ》ぐ。

(信じるに決まっているじゃない――光輝のことを嫌いになるわけないいじゃない)

「……よかった」

光輝は心底ホッとしたような声で答えた。時折咽《むせ》る姉の背中を、擦《さす》ってやりながら。

まるで結界《けっかい》を張ったように二人の声しかなかった空間が徐々に溶けていき――二人の耳に遠ざかっていた周囲の音が戻り始めた。電車が揺れる音に混じって車両内にアナウンスが流れ、次の停車駅の名を知らせた。

「――さて、降りるか」

光輝が呟《つぶや》くと、顔を離した御影は不思議そうに問いかけた。

(……どうして？　まだ薊《あざみ》じゃないでしょ？)

「薊ではないが降りよう。というか、降りたい」

（……何、トイレ？）

御影のボケには突っ込まず、光輝は簡潔に言った。

「周り見てみろ」

言われたとおり、御影は車両内に視線を廻《めぐ》らせる。サッと、乗客が一斉に顔を背《そむ》けた。——何なんだろう、この非常に居心地《いごこち》の悪い空気は。少し離れた所に立っていた自分と同い年ぐらいの少女に至っては、薄く頬《ほお》を染めていた。どうして、と思ったと同時に一つの推測が立ち、御影の表情が引き攣《つ》り始める。その傍《かたわ》らで光輝が平然と言ってのけた。

「絶対恋人だと勘違《かんちが》いされているんだろうなぁ、俺達」

御影の顔が瞬時に赤くなった。パチパチとショートを起こした脳はただでさえ少ない冷静さをさらに削《そ》ぎ落とし、バタッバタッと凄《すご》い勢いで両手を振るわせた。

「ち、違うんです……！　この子は、わた——んんっ⁉」

「はい、降りるぞー」

もう二度と会うことはないだろう乗客全員に対して言い訳を始めようとした姉の口を塞《ふさ》いで、光輝は開いたドアから御影を押しやるように降りていった。

途中下車した駅を出ると外はすっかり暗くなっていて、まばらに浮かぶ星と真円《しんえん》に近い月が空に浮かんでいた。二人は近くにあった公園に行くと、水飲み場の蛇口《じゃぐち》を捻《ひね》って御影が涙でぐちゃぐちゃになった顔を洗う。

「ほらよ」

水滴を滴《したた》らせながら顔を上げた先に差し出されたのはハンカチ——などと気の利《き》いたモノではなく、紫色の竹刀《しない》袋だった。御影はやっと思い出したように「——あ」と小さく声を上げると、隣に立つ光輝の顔を見た。

「忘れ物だ。こんな大事な物、忘れていくなよな」

「ありがとう」

御影は照れるように笑い、まだ濡れている手で『織女《しょくじょ》』を受け取った。とてもとても大事そうに、両手でしっかりと握り締めて——。

「——で、俺に頼みたい仕事って?」

「——え?」

先回りして光輝が訊《き》くと、御影は目で『どうして解ったの?』と問いかけてきた。

「弟の様子を見に来るだけでわざわざ破敵剣《はてきけん》持って来る奴なんかいないっての。仕事の前にただ立ち寄るだけなんて考えにくいしな。何か、俺に頼みたいことがあったんじゃないのか?」

「——さすが、光輝……昔からそういう鋭いトコがあったよね」

御影は頼もしいとばかりに微笑《ほほえ》んで、昨夜薊市の白詰《しろつめ》の町で起きた事件の詳細を話した。

「……犬が人間を喰らう……か……」

光輝が反芻《はんすう》するように事件の概要《がいよう》を口にした。

「うん。それでね、昨日の調査で何となく、妖気憑《つ》きの人間が犬神《いぬがみ》みたいなものを使役《しえき》して人を襲ってるんじゃないか、ってとこまでは推測が出来たの。で、今もウチの人達が犯人を捜しているんだけど、妖気を限界まで抑えられているのか、結界《けっかい》でも張られているのか——全然妖気を感じることが出来ないの」

「ふーん……」

　しかし光輝は疑問の声を上げた。

「まあ、中には妖気を完全に隠すことが出来る妖魔もいるにはいるけどさ、相手は妖気を憑《つ》かされた人間だろ？　だったらその異質を巧《うま》く使いこなせなくて僅《わず》かなりとも妖気をちらつかせてんじゃねえの。結界にしたって『星之宮』はその道のプロだ。『気付かないこと』にだって気付けるだろ」

　結界には大きく分けて四つの種類がある。今、二人が言っているのはそのうちの一つ、『隠《いん》蔽《ぺい》結界』と言い、『内に在るモノを外に在るモノに気付かせない』という結界のことなのだが、それを知識として知っている者なら、手品師のタネを知って見ている観客のように『気付かないこと』に気付けることだってあるのだ。ましてや『星之宮』はそういった呪術《じゅじゅつ》のプロである。本来ならば、容易《たやす》く気付いてもおかしくないのだが——。

「むぅ……悪かったね、どうせ私達は鈍感ですよぉーだ」

　御影が頰《ほお》を膨《ふく》らませて、拗《す》ねの入った視線を投げつけた。その顔がとても可愛らしくて光輝は思わず苦笑する。

「じゃあ親父《おやじ》は？　あの人だったら、御影にも、気付けない結界だろうと気付けそうなもんだけどな」

「あの、フォローのつもりなんだろうけどそれだけ強調されて言われると皮肉に聞こえるから」

「だって皮肉だし」

ますますムッとした視線を向けられて、光輝は小さく笑った。

「――で、親父は？」

「……お父さんは、別の仕事してる。何でもそっちの方が重要らしくて、最近は昼も夜もずーっと外に出っぱなしだよ」

御影の声には不機嫌の色が強く残っていたが、光輝は慣れたのか特に気にすることなく「ふーん……」と頷《うなず》くだけで、話を先に進めた。

「じゃあ、つまりだ。要はその妖気を憑《つ》かせている人間を探し出せばいいんだな？」

「やってくれるの⁉」

打って変わって弾む御影の声に、光輝は軽く頷いた。

「まあ、他ならぬお姉様の頼みだし……こうして御影と仕事をするってのは夢だったからな。――親父に内密で、っていう約束を守れるならやってやるよ」

最初の言葉は嬉《うれ》しかったのだろうが、最後の言葉には疑問を持ったのだろう。姉は複雑な顔をして光輝を見た。

「――どうしてお父さんには言っちゃいけないの？　『星之宮』で働いていけるほど強くなっ

たんだってお父さんにアピール出来るチャンスなのに……」

「別にそんなことアピールしたくねえよ。──『星之宮』に関係のない者が関わったと知ったら、あとでぐちぐちとうるさそうだからな、親父には絶対言うなよ」

「……解った。じゃ、そうしよ」

御影はポケットから携帯電話を取り出して、ダイヤルボタンをプッシュして言った。

「もしもしお母さん──うん、そう。光輝が手を貸してくれるの、だから他の人には別行動を取るって伝えておいて。あ、あとそれから──」

御影はちらっと光輝の方を見ると、ささっと距離を離して小声で何事か話していた。その話の途中、御影は何故か悪戯《いたずら》っぽく笑っていた。

「うん、それじゃこれから仕事に入るから──うん、バイバイ」

そう言って御影は電話を切った。携帯をポケットに仕舞いながら、弟の元へ戻ってくる。

「なぁ、最後何、話していたんだ?」

光輝は気になって、訊《き》いてみる。しかし御影はまたその笑みを浮かべて、

「うん? 乙女《おとめ》同士の会話に立ち入るなんて、それは野暮《やぼ》ってもんだよ、光輝君」

はぐらかされた。

「さて、薊に戻ろっか。電車にまた乗るのも嫌だし、駅前でタクシーに乗る?」

「いや、わざわざタクシーに乗る必要はないだろ」

「──じゃあ、どうやって行くつもり? ……まさか、ここから歩いていくとか?」

「冗談——そんなかったるいことやってられるか」

想像しただけで疲れ、光輝は嘆息《たんそく》混じりに首を振る。次々と意見を却下《きやっか》されて、ムッとした御影が半眼《はんがん》で弟を睨《にら》む。

「じゃあ、どうすんのよぉ？」

「あのさ、御影。どうして俺がお前の乗ってた電車を先回り出来たんだと思う？」

「………？」

御影は首を傾《かし》げる。一向に答えを出す気配がない。その間に光輝はざっと周りを見てみた。

（人は——いないな）

確認すると、光輝は御影を前に抱きかかえる。

「え、あ、ちょっとなに——!?」

突然の行動に御影は顔を赤らめてじたばたする。すぐ下にある姉の紅潮した顔に、弟はさも可笑《おか》しそうに笑うと、答えた。

「決まってるだろ、空を飛ぶのさ」

地上から天へと螺旋《らせん》を描く風を身に纏《まと》うと、戸惑う御影をよそに夜空へ飛翔《ひしょう》した。地上の建造物が全てミニチュアのように見える高さまで身体《からだ》を上げると、薊市の方向に向き直り一直線に飛んで行く。「うわぁ……」と腕の中で御影が感嘆《かんたん》の息を漏《も》らした。眼下に広がる夜景に目を奪われたようだ。だがすぐに冷静になって光輝を見上げて問う。

「ねえ、これって人に見られたらまずいんじゃない!?」

「ん？　ああ、大丈夫《だいじょうぶ》、結界《けっかい》張ってあるから」

「結界……？」

御影は眼を廻《めぐ》らせてみるが、結界は視《み》えない。

「……本当に視えなくなってるの？」

「ん？　もしかして、お前結界が視えないのか？　まぁ、元々精霊は異質なモノじゃないから気付きにくいって言えば気付きにくいんだけど、よく視りゃ気付けるはずさ」

御影は眼を凝《こ》らして視てみる。――しかし、やはり彼女の眼には視えなかった。これは自分が修行不足というわけなのだろうか。腕の中で姉が沈んでいるのを見た光輝は、

「……まぁ、そのうち視えるようになるさ」

苦笑して言った。

◇

長村京一は自室の窓からそっと抜け出した。そんなささいな未体験のことにも心臓の鼓動が激しくなった。昨日の晩、初めて人を殺したときのように――。

今日、学校は仮病を使って欠席した。あいつらの顔を見たらきっと自分は歯止めが効かなくなって、その場で殺してしまうだろう。それでは昨日無差別殺人を装《よそお》った意味がない。

自分の理性を保つためにも今日は欠席という手段を取った。

窓から外に出ると、音を立てないように門を小さく開ける。身体《からだ》を滑り込ませるようにして道路に出た。閉めるときも気を使う。

京一はほっと息をついた。自分の部屋が一階で本当に良かった。二階だったらとてもじゃないが外に出るなんて不可能だった。自分の運動能力の低さなど自分が一番よく解っている。

「さて、行くか」

呟《つぶや》いて彼は蛾《が》の群れる街灯の下を歩き始める。今日の目的地は昨日のうちに決めておいた。今日は自宅から一駅しか離れていない、枯品《からしな》に行こうと——。枯品にいるあいつと誰か達を殺しに行こうと——。

「おい、そこの少年」

歩き始めてまだ数歩も進んでいないうちに、彼は後ろから呼び止められた。

◇

陽車《ひぐるま》の町に降り立った二人は一軒の家の前で張り込んだ。

「ここなの——?」

「ああ、感じるだろう? 吐き気がしてくるほどおぞましい妖気がさ」

御影は視線を家に合わせて探ってみる。確かに、昨日と同じ妖気を感じた。本当に、微《かす》かな妖気を——。これだけ禍々《まがまが》しさを放っているというのに言われなければ気付けなかった。

あの後、薊市の適当なマンションの屋上に降り立った光輝は適当な数の精霊を召喚すると、町に散開させて妖気の調査を開始させた。——時間にして、十分も経っていなかっただろう。

それだけのごく僅《わず》かな時間で、弟はこの妖気を見つけ出したのだ。

こうして近くに来るまで御影は半信半疑だったのだが、結果として前の家から妖気を感じる

——弟が向こうで上げてきたのは、戦闘能力だけではなかったようだ。

二人は犯人が動き出すのを、結界の中で待つ。

「お、動くぞ」

光輝が言うと門の前に人影が近寄った。音を立てないよう小さく門を開け、少年が道路に出る。少年の後ろ姿が街灯の下に照らされたとき、御影は一瞬、自分の目を疑う。

「——え、あの子は……？」

「知ってる奴？　表札に載ってる名前から考えると多分長村京一って奴だけど」

「ながむら……きょういち……」

彼の姿を目で追いながら、名前を口にしてみる。

いじめていた四人組が詰《なじ》りの言葉と一緒《いっしょ》に呼んでいた彼の名前と同じだった。

「う、うそ……だって、そんな……」

そういえば今日の昼休み、彼と四人組の一人がいなかった。あの日から何となく目で追うようになっていたから覚えている。四人組のうちの一人は昨日の時点で殺されたのだろうか——。

姉のおかしな雰囲気《ふんいき》を感じると、光輝は御影から離れた。

「あいつ呼び出してくる。向こうに公園があったからそこに人払いの結界を張っておけ」

光輝は人影を——長村京一の後を追っていった。

（どうして……貴方《あなた》にそんな妖気が宿っているの……）

『星之宮』の血が訴えていたのはこういうことだったのか——御影は悔《くや》しそうに奥歯を噛《か》むと、光輝が示した公園に向かった。

◇

京一は声に反応して振り返る。背後の街灯の下、金色の髪が鮮やかに輝く男が立っていた。見たことのない少年である。しかし何処《どこ》かで見たような顔をしていた。少年と呼んで自分を呼び止めたくせに、彼自身も少年だった。

「あの、何か？」

内心の動揺《どうよう》を隠すように努めて静かに声を出す。金髪の少年はこちらが警戒したのに気付いたのか、穏やかに笑ってみせた。

「大した用じゃないよ。君、長村京一君だろ？　君に会いたいって人がいるんだ。ちょっと付き合ってくれないか？」

凄《すご》く胡散臭《うさんくさ》い言葉だった。会いたいのなら人を使わずに自分で来ればいい。それにこっちはそんなに暇でもない。

「悪いけど急いでいるんだ。また今度にしてもらえる？」

京一は金髪の少年に背を向けて駅へと足を向けた。

「その力、何処《どこ》の誰から受け取った？」

京一は足を止めて振り返る。穏やかな笑顔はそこにはない。ただ京一を冷たく見ていた。

「何のことですか？」

「惚《とぼ》けたって無駄だ。お前、自分で自分の妖気が解らないのか？　かなり目立つぞ」

「そ、そんなはずは――」

京一は言いかけて、舌打ちした。カマをかけられただけなのだ。あの声の主に『退魔師《たいまし》に気をつけろ』と注意されて、限界まで妖気を抑えていた。家の前をその手の人間が通り過ぎても気付かれないほどに。

この金髪の少年がその『退魔師』だというのはもう何となく想像が出来た。しかし彼はあの微弱な妖気を感じ取ったというのか。ここを通り過ぎた退魔師が気付かなかったほどの妖気を――。いや、そもそもこちらも退魔師の持つ呪力《じゅりょく》を感じることが出来るのだ。何故、こっちは気付けなかったのか。こうして対峙《たいじ》している今も彼からは呪力を感じない――。

「さて、来てくれるよな。お前に会いたがっている人がいるってのは本当なんだ」

口で答える代わりに京一は行動で答えることにした。足元の影から黒犬を呼び出し、矢のような素早さで突進させる。相手は何の反応も見せずに喉笛《のどぶえ》を噛《か》み切られる――はずだった。

襲い掛かった犬が真横に吹き飛ぶ。側壁に重い音を立ててぶつかりずるずると下に落ちた。

京一は倒れた犬を凝視《ぎょうし》する。――首が無かった。首の破片らしきものは道に散らばっていて、半透明のゼリーみたいな固形物に変わっていた。

「エクトプラズムを媒体《ばいたい》として妖気で犬の形を造っていたのか。なかなか面白いな」

京一は声の方に視線を移す。そこには右の拳《こぶし》を裏拳《うらけん》気味に振り抜いた姿勢で金髪の退魔師が立っている。彼は京一本人でさえよく解っていないこのチカラの仕組みを理解したようだった。

（まさか、殴《なぐ》ったっていうのか……殴って犬の首を砕《くだ》いたっていうのかい……？）

京一の目には見えなかった。退魔師が腕を振り抜いた瞬間を――。京一には信じられなかった。ただ殴るだけで本物の犬以上に頑丈《がんじょう》な黒犬の頭蓋《ずがい》を吹き飛ばした退魔師の右手を――。

「それで本人の意志とは関係なく、妖気を消されない限り自動で再生を行う、と――」

道に散らばっていたゼリーの破片が動き出し、犬の首の断面に集まる。数秒で首の再生は終わり、半透明だった色も黒く色付く。犬は立ち上がって退魔師に向かって唸《うな》りを上げた。

「や、やれっ――！」

京一が叫ぶ。同時に彼の足元から新たな犬が三匹飛び出し、合計四匹の犬が同時に金髪の退魔師に襲い掛かる。しかしそれでも彼は微動もせず、代わりに風が動いた。

一条の風が退魔師を中心にして弧を描く。――斬《ザン》、と静かな音が響いたと思ったら、四匹の犬の首は刎《は》ね飛ばされていた。首も身体《からだ》もそのまま半透明のゼリーと化して動かない。

「な、なんで再生しないんだっ――早く再生してそいつを喰え！」

「そりゃ無理だろう」

退魔師が髪をかきあげて、言った。

「身体を構成していた妖気を全部祓《はら》ったから。——あ、でも心配しなくていいぞ。エクトプラズムはちゃんと戻ってお前の身体の一部に定着するから」

道路に横たわる犬だったモノがフッと消えて、退魔師がエクトプラズムと呼んだ物質が自分の身体の中に戻ってきたのが解った。

「アンタ……何なんだ?」

自分の能力を自分以上に知っている風なのが気に入らなかった。京一は金髪の少年を睨《にら》む。

「俺? 俺のことはどうでもいいんだ。とりあえず、付いて来てくれよ——」

退魔師は京一に背を向けて歩き出した。

「あ、そうそう……一つだけ教えておいてやるけど」

ふと立ち止まって振り返ると、彼は笑ってこう言った。

「これはこの国に限ったことじゃないんだけどな、妖魔に憑《つ》かれた人間ってのは妖魔と同等の存在と見なすって裏の法律で決まってるんだ——お前、この意味解る?」

ぞくり、と全身が恐怖で蝕《むしば》まれる。心から可笑《おか》しそうに、彼は続ける。

「よかったなぁ、『星之宮』の区域で。他だったらとっくに殺されてるぜ、お前」

その言葉はつまり、退魔師にしてみれば自分など簡単に殺せる存在だということだ。たとえ一夜に百人近くの人間を殺した存在であったとしても——。

京一はこの力を渡されて、恐怖など二度と感じることはないだろうと思っていた。それがたった一日で覆《くつがえ》された。京一は再び絶望の闇の中に足を踏み入れる——。

仕方なく退魔師の後に続く。向かった先は家の近くにあった公園。

その中央に彼女は立っていた——。

「……星之宮……さん……？」

京一は驚きながら彼女の名字《みようじ》を呟《つぶや》く。金髪の少年が、『星之宮』と口にしていたが、まさか彼女が退魔師の家系にある者だったとは——。剣を持つ少女は驚いたようにこちらを見る。

「私のことを知ってるの？」

「紅葉学園で貴女《あなた》のことを知らない生徒はいませんよ」

星之宮御影。紅葉学園で一番の美少女。男女問わず、人気がある彼女の名前を知らない生徒はいないだろう。そういう噂《うわさ》には滅法疎《めつぽううと》い自分が知っているのだから。ハッと気付いて御影の隣にいる金髪の少年の顔を見る。誰かに似ていると思ったら彼女に似ているのか、と京一は一人納得した。姉弟なのかもしれない。

今の彼女はカジュアルな姿。その姿は新鮮で紅葉学園の彼女のファンならきっと羨《うらや》ましがるだろうな、と京一は思った。そして、対峙《たいじ》してこの人を圧倒するような強い呪力を感じられることももしかしたら羨ましがるかもしれない。

「そう……私も君のことは知ってたよ……朝とか昼休みとかいじめられているの、よく見かけていたから」

「——」

こんな美少女にそんな恥ずかしい場面を見られていたのかと思うとたちまち顔が赤くなる。

「……その力、どうやって手に入れたの？」

「姿を見せない悪魔から貰《もら》ったんだよ。力が欲しいかと訊《き》かれたから欲しいって即答したんだ。そしたら気前良くくれたよ」

御影の問い掛けに、京一は悪びれずに答えた。

「……その力で何をしたの？」

「人を喰った。四人のうちの一人を家族もろとも喰ってやったよ。そのあと、無差別に見せかけるためと、契約の代償として他人も喰った。魂《たましい》ごとね」

御影の問い掛けに、京一は楽しげに答えた。

「……そんな憎かったの？　あの四人を、その残酷《ざんこく》な力で殺したいほどに」

「……当たり前だろ」

御影の問い掛けに、京一は吐き捨てるように答えた。

「星之宮さんも見てたなら知ってるでしょ？　僕があいつら四人からどんな扱い受けていたか……星之宮さんはそれを見て何も思わなかった？　自分はあんな立場にいたくないな、とか思わなかった？　自分だったら逃げ出したいと思わない？　自分だったらあの四人に殺意を抱かない？　この手で……殺してやりたいとか思わないのっ⁉」

御影は静かに首を振って答えた。

「私は、君じゃないから解らない……君みたいに弱かったことがないから、私は解ったようなことを言っちゃいけないんだと思う……。でも今、君を食堂で見かけたとき何が何でも関わるべきだった、って凄《すご》く後悔《こうかい》しているのは本当のこと……」

御影は悔《くや》しそうに唇を嚙《か》みながら剣を鞘《さや》から抜いた。白銀の刃が公園の外灯に照らされて眩《まぶ》しく輝く。

「そうすれば妖魔に付け込まれるほど、心が弱くならなかったでしょうしね」

鞘を投げ捨てて、切っ先をこちらに向ける御影の表情はとても悲しげだった。今まで一度も口を利《き》いたことがないのに、まるで数年来の友達の不幸を悲しむように。

それが紅葉学園の生徒ならば誰もが憧れ噂をする、星之宮御影の優しさだった。

「長村京一――貴方《あなた》の中に巣くう妖気を祓《はら》います。抵抗しないでください、『星之宮』の名を穢《けが》したくありませんから」

御影は両手で正眼《せいがん》に構えた。彼女の呪力と、剣に宿る星気が膨《ふく》れ上がる。

『星之宮』の名を穢したくない、ということは裏を返せばこう言っているのと同じだ。――抵抗するならば容赦《ようしゃ》なく殺す、と。

御影に京一を殺すつもりなどさらさらない。ただの脅《おど》しだ。殺気が放たれていないことからそれは明らかだ。しかし戦闘において全くの素人である京一は解らず、俯《うつむ》いて力なく笑った。

「……本気、なんだ。当たり前か、僕昨日だけできっと世界のどの犯罪者よりもたくさん人を殺しただろうし――でもさ」

そして、御影と金髪の退魔師に訴えるように叫ぶ。

「そんなに、僕は悪いのかな⁉　そんなに、僕がしたことって許されないこと⁉　僕はあいつらにいじめられ続けて、何度も心を殺されたよ！　何度も心を殺された！　それをやり返しただけ！　確かに僕は無関係な人を殺したよ！　だけどそれって僕が学校でされていたことと何が違うのっ⁉　僕はあいつらに心を殺され続けていたんだ。それを通り過ぎていく人達は見殺しにしたんだ！　それをやり返して何が悪いっていうのっ⁉　僕だけが悪者かい⁉　いじめていたあいつらや、僕のことを見て見ぬ振りをしていた人達――星之宮さん達は本当に何も悪くないのっ⁉」

御影はただ悔《くや》しそうに――金髪の退魔師は顔を顰《しか》めて少年の叫びを聞いていた。

御影は答えられなかった。助けようと思っても、理由はどうあっても、彼女が助けなかったのは事実だ。つまり、彼女達は彼を見殺しにした。京一はそれをやり返した。

だからといってそれが人を殺していい理由にはならない。そんなことは解っている。しかし、御影は自分がそれを言える立場でもないことも解っていた。京一にとってみれば彼女も加害者の一人だ。そんな人間が説教を垂れたところで、彼の心には何も響かないだろう。

京一は死なない。それが『星之宮』の理念であるから――。彼は『星之宮』が管理する『在る場所』に連れて行かれて、二度と妖魔に憑《つ》けこまれないよう心を強くさせられる。

だけど彼のように罪を罪として認めないような人間の場合だと――『長村京一』という人格を持って外に出ることは二度とない。全ての記憶を封じられ、偽《いつわ》りの過去と人格を持たされて外に出される――御影はそれが堪《たま》らなく悔しかった。

両者共に言葉を発せず、共に動けない。まるで時が止まったかのような空間――。夜風さえも吹きこまない、世界からも見捨てられたその空間で――凍結した時を砕《くだ》く声がした。

「さて、と……言いたいことはもうないか？」

光輝だ――光輝が鋭い眼で京一を睨《にら》んでいた。時が止まっていたように感じたのも、世界から見捨てられたように感じたのも、全ては下らない錯覚《さっかく》だったと醒《さ》めさせる眼だった。

「光輝……？」

御影が不思議そうに呟《つぶや》くが、光輝の耳には入っていないようだ。視線を動かさず、真っ直ぐと京一を睨み続け――

「ないのか？　ならもういいな、お前の中にある妖気を祓《はら》ってやる。死ぬわけじゃないから安心しろ。もっとも――お前という人格は殺されるかもしれないけどな」

――凜冽《りんれつ》たる殺気を放った。傍に立つ御影の肌が瞬間的に粟立《あわだ》つ――向けられている京一は恐怖に正気を失う一歩手前の顔をしていた。空気は次第に光輝の色に染め上げられ、急速にその温度を低下させていく――。

「う、うわあああああああっ!!」

公園に絶叫がこだまし、京一の影から黒い犬が飛び出してきた。その数、ざっと五十以上。

――しかし、その犬の群れは一瞬にして半透明の残骸《ざんがい》となった。ブン、と唸《うな》りを立てて横なぎに振るわれた不可視の刃がどの犬も差別なく斬《き》り裂《さ》いたのだ。

地面に転がったエクトプラズムは溶けるように消えて、京一の身体《からだ》へと定着する。

「――っ、――っ、――っ!!」

京一はもう解っているのだろう。自分に勝機が完全にないことを。それでも身を震え上がらせる恐怖が、次々と犬を造り出させる。

その全てを、光輝は御影に手出しをさせないまま風の刃で斬《き》っていった。

光輝は苛《いら》ついていた。話を聞いていて、こいつが自分と似たような境遇を抱えていたというのは何となく解った。

(――俺とこいつが似ている?)

自分を蔑《さげす》んだ奴らへの復讐《ふくしゅう》――その点だけを見れば確かに似ているかもしれない。ただそうなると、光輝は今自分がこいつに対して抱く感情もそのまま自分に向けなくてはならない。

(――この俺が無様《ぶざま》……だと?)

手に入れた力を復讐のために振り翳《かざ》し、人を殺していったこいつの姿は果てしなく無様なモノに見えた。御影の言ったとおりだ。本当に――なんて格好悪い存在なのだろう。

(……違う……!)

光輝はそれを必死で否定した。俺がこいつを無様だと感じたのは決して、同じように蔑まれて、同じように復讐に力を振り翳しているからではない。

俺はこいつみたいに努力もしないで力を手に入れたわけじゃない。

俺はこいつみたいに何の関係もない人間にまで手を出したりはしない。

俺はこいつみたいに復讐する為だけに力を手に入れたんじゃない――。

その違いがこいつを無様なモノに感じさせているんだ、と光輝は強く自分に言い聞かせた。

「――ったくよ、負け犬が飼い犬になったところでいつまでもキャンキャンと騒ぐんじゃねえ、鬱陶《うつとう》しい」

光輝が嫌気《いやけ》を吐き出すように言った。恐怖に歪《ゆが》んでいた京一の顔がぴくんと反応する。

「ぼ、僕が……飼い犬……？」

「ああ、そうだろ？　お前は報復のために妖魔の飼い犬になったんだ。何の努力もしないで手に入れられる力が欲しくてな！」

苛立《いらだ》ちをぶつけるように、光輝は犬の身体《からだ》を斬《き》り飛ばしていく。

「別に復讐するな、とは言わねえよ。だけどな、何の関係もない人間まで巻き込むんじゃねえ！」

風などという生易しいものではなく、炎で一気に焼き払いたい。それほど彼は苛立っていた。だが、それをするとエクトプラズムまで蒸発させてしまい、京一の身体を何割か消失させてしまうから、欠片《かけら》ほどの理性で自粛《じしゆく》した。

「復讐したかったら自分の努力で力を付けろ！　他人に迷惑をかけんな！　それが出来ないんだったら最初から復讐なんて考えるんじゃねえ！」

どんなに違う点を見つけても、結局やろうとしていたことはこいつと同じで――自分も無様な存在だ。それが解っているから、光輝はこれ以上この場にいることが耐えられなかった。

腕を振るって放たれた風の刃が犬の首を刎《は》ね飛ばした。それが最後の一匹だったと、妖気を感じて光輝は解っていた。

「――な、何で……出てきてよ……早く出てきて、あいつらを喰え!!」

だが当の本人はまだ気付かない。もう犬を構成するほど、自分の身体の中に妖気が残っていないことに――。光輝はその僅《わず》かな妖気を消し去ろうと、手を振り上げる。しかし――御影がその腕を掴《つか》んで止めていた。姉は静かに首を振る――。

「……もういい……もういいから……後は私に任せて、ね?」

これ以上、弟が京一に自分を重ねて祓《はら》う姿を御影は見ていられなかった。何かを訴えるように見る姉の目を光輝はジッと見つめ返した後、猛《たけ》りによって乱れていた息を整え、

「ん――じゃ、任せるわ」

手を下げ、一歩退く。御影は頷《うなず》くと懐《ふところ》から五枚の呪符《じゅふ》を取り出し、扇状《おうぎ》に広げた。

腕を横に振るって投げる。呪符はまるで意志があるかのように散開し、叫ぶ京一を中心に五《ご》芒星《ぼうせい》の――セーマンの頂点を取る。

「バン、ウン、タラク、キリク、アク――」

御影が指でセーマンの形に印を切ると、呪符の間に光の筋が走りセーマンの結界が構成され、薄い光の壁が牢獄《ろうごく》のように京一を囲んだ。

「な、何を――や、やめて！　僕からこの力を取らないでっ!」

光の壁を叩きながら、彼女は御影に向かって叫ぶ。しかし彼女は呪を紡《つむ》ぐのを止めない。

京一が、人間として強く生きるために。

「木火土金水――五行《ごぎょう》の理《ことわり》を以《もっ》て、汝《なんじ》を封じ、汝に憑《つ》く妖を祓《はら》う！」

気合《きあい》の掛け声と共に、真っ直ぐに伸ばした指で宙に描いたセーマンの中心に点を打つ。

「や、やめて――!!」

囲む結界《けっかい》が眩《くら》むような光を発して、内にある邪《よこしま》なる気を完全に祓い去っていった――。

◇

『憑き物処理』の連中に後始末を任せて、二人は早々に公園を出た。

光輝が「送ってやる」と言ったきり姉弟には何も会話がなく、空も飛ばずに歩き続けていた。考え事をしているとき、人は歩きたくなるものなのだろうか。

――やがて御影が、先を行く光輝の背中に向かって声をかけた。

「ねえ、大丈夫《だいじょうぶ》――？」

弟はぴくっと背中を僅《わず》かに反応させると、何でもないような顔を作って振り返った。

「何が？」

「何が、って、その……あの……さっきから何か沈んでいるような気がするから……」

はっきりと、自分の鏡像を見て辛《つら》くなかったか、と言えるはずがなかった。

「別に――何ともないけど」

「――そう」

弟の惚《とぼ》けるような返事にそれ以上御影は何も言うことが出来ず、話しかけたことを後悔《こうかい》した。視線を前に戻した光輝は、そのまま背中越しに問う。

「それよりも、お前の方は大丈夫か?」

「――え?」

「お前のことだからさ、いじめられている場面を見ておきながら助けられなかったことに余計な気負いをしてるんじゃねえかな、って思ってさ」

仕返しのつもりではないのだろうけど、光輝ははっきりと物事を訊《き》いてくる。

「――余計、じゃないと思うよ。私が彼を助けられなかったのは事実だし、そういった意味では私も加害者の一人であることに変わりないから」

「だから、気負いすぎなんだよ。何の関係もない奴を救う必要が何処《どこ》にあるよ? 苦しんでいる姿を見て、誰かがすぐに手を差し伸べてくれる世界だったら苦労しねえよ」

「でも、それが私達の仕事だから――ね。こういう後悔が出来なくなったら、私は『星之宮』を出て行かなきゃいけないんだと思う」

「――御影は優しすぎるよ。仕事で人を救うのと、個人で人を救うのとはわけが違う」

「ありがとう。それって誉《ほ》め言葉だよね?」

小さく笑って言うと、「呆《あき》れ言葉とも言うがな」と光輝は憎まれ口を叩いた。

「でも——光輝だってそうでしょ？　きっと見知らぬ他人でも救えなかったら、凄《すご》く後悔すると思う。光輝も優しすぎるから」

「ハッ、馬鹿言え。この俺だぞ？　見ず知らずの他人を救えなかったことで後悔するかよ」

「見ず知らずの女の子の誤解を解くために一生懸命走った光輝君なら、後悔すると思うよ」

御影は光輝が帰ってきた日のことを思い出して、くすっと笑った。

「……で？　じゃあ何か、お前は今回のことをずっと引き摺《ず》っていくわけか？」

笑ったのが癪《しゃく》に障《さわ》ったのだろうか、問いかける光輝の声は刺々《とげとげ》しい。だが御影は特に気にせず、向こうには見えないだろうけど首を縦に動かして頷《うなず》いた。

「うん。もう二度とこんな後悔をしないようにしよう、と思って生きていくことを引き摺っていくと言うのなら、きっとそうなんだと思う」

光輝が振り返って、肩越しにちらっと御影を見る。そして、何か小さく呟《つぶや》いたような気がしたが、御影の耳には何と言ったのかまでは聞き取れなかった。

「……今、何て言ったの？」

聞き返すが光輝は「何でもない」と静かに首を振るばかりで、白状するつもりはないようだ。だが、代わりに最初に問いかけたことに対する答えらしき話が振られた。

「そういえば、ホテルで御影に言われたことだけどさ——」

「——うん」

「何となく、意味が解ったような気がするよ」

「──そう」

御影は嬉《うれ》しくて、弾む声で頷いた。

「ま、だからといって親父《おやじ》に勝つことを諦《あきら》めたわけじゃないけどな」

前言を撤回《てっかい》するようなことを弟は言うが、姉はそれでもいいと思った。だって、憎しみを無くして、ただ父に認められたくて試合をする分には一向に構わないのだから。

御影は笑いながら光輝の後ろを付いて行く。──すると、

「なあ、御影──」

光輝はくるっと振り返って、言った。

「そろそろ飛んでいくか」

そう言う光輝の顔は、久々に見る優しい笑顔で──ただでさえ似ている姉の顔により酷似《こくじ》していて、まるで鏡に向かってするように御影は頷いた。


空を飛べば、電車で三駅離れた距離も僅《わず》か二、三分で着いてしまう。

小山の上の『星之宮』の灯りの漏《も》れた玄関前に光輝は降り立ち、御影はそこに下ろされた。

「ありがと、光輝」

「送るぐらい、別に普通だろ?」

御影はううん、と首を振った。それに合わせて長い黒髪が揺れる。

「これは今夜、仕事を手伝ってくれたことに対するお礼だよ。光輝がいてくれなかったら、ま

た誰かが亡くなっていただろうから」

「それにしたって別にいい。――これが俺の夢の一つだったんだから」

「光輝……」

照れたように言う光輝を、御影は愛《いと》しげに見つめた。その視線が気恥ずかしいのだろう、顔を少し背《そむ》けた彼は場をもたせるように話した。

「本当は今回の帰国じゃ、御影と一緒《いっしょ》に仕事するつもりはなかったんだけどな」

「……え、そうなの？」

「ああ、だって一度やったらまた一緒に仕事したくなるだろ。だから本当に向こうでの修行を終えるまで、この夢は叶えるつもりはなかったんだ」

「――でも、叶えちゃったね」

「ああ。明日、戻るのが辛《つら》くなっちまったな」

「………………え？」

光輝の言葉に、御影は驚いて目を大きく開いた。

「明日――もう、戻っちゃうの？」

そう訊《たず》ねる御影の声は震えていた。当然だ。光輝がそうであるように、夢を叶えてしまった今、弟を再び何処《どこ》か遠くへ行かせるのは一年前よりも寂しいものだから――。

光輝も辛そうだったが――やはり男の意地というものがあるのだろう。はっきりと頷《うなず》いた。

「ああ。このままだらだらと日本にいても親父《おやじ》には勝てないし――だったら師匠《ししょう》の所に戻って修行を再開させた方がまだ実のある話だろ?」

「――そうだね」

また、寂しくなる――いっそ泣き落としでもして引き留めようかとも思ったが、弟の成長を姉である自分が止めていいはずもない。御影は何とかその衝動を堪《こら》えると、泣きそうになる顔を無理矢理笑顔にして言った。――あの日と同じように。

「――いってらっしゃい、光輝」

「ああ、今度こそ戻ってくるときは親父をぶっ倒すほど強くなってくるから、楽しみに待っててくれよ」

結局はそれかい――。御影は内心で突っ込むが、これはもうしょうがないことなのだろう。今回のことで光輝も少しは憎しみを抑えて戦うってことをしてくれるだろうし、もし解っていなかったらそのときはまた話し合えばいいだけの話だ。

苦笑しながらそんなことを考えていると、御影はあれ? と心に引っかかるものがあった。

(えっと――何だっけ?)

何だろう――別に私は止めるつもりないけれど、光輝はこのまま真っ直ぐイギリスに帰れないような……そんな予感がした。――何か重大なことを忘れてる……。

御影は難しい顔をして忘れた何かを思い出そうと、必死で記憶の糸を辿《たど》る。しかし光輝は姉の表情に気付かずに、湿っぽくなった場を和《なご》ませるよう、手を上に挙げてうんと背伸びをした。

「さて、じゃそろそろホテルに戻るか——まだ夕飯も食ってねえことだし」

そのときだ。忘れた何かが小さな歩幅で門の方から歩いてきたのは——。

「あら？　じゃあ、今日は腕に縒《よ》りをかけて作っちゃおうかしら？」

突然湧いた声に光輝が驚いて振り向く。そこに澪《みお》の姿があった。御影は「あっ」と声を上げ、仕事に入る前に母と電話で仕組んだことを思い出す。

「か、母さん——？　こんな時間に何処《どこ》へ——って、あああああっ⁉」

光輝は澪が持っている物を見て、絶叫した。

「俺のトランク⁉　どうして、母さんがそれを——っ⁉　まさかっ⁉」

「うん、ホテルチェックアウトしてきちゃいました」

光輝が努力するまでもなく、澪の悪戯《いたずら》っぽい台詞《せりふ》で今までのシリアスな雰囲気《ふんいき》は完膚《かんぷ》なきまでにぶち壊された。

「折角《せっかく》、帰ってきてるんだもの……いつまでもあんな所に居ないでお母さん達と一緒《いっしょ》に暮らせばいいでしょ？」

「い、いや……母さん？　俺がこの家で暮らせるわけないだろ？　——っていうか、俺、まだまだ未熟だって解ったから明日には師匠の所に帰ろうって思ってたんだけど——」

「ええええっ⁉　コウちゃん、また海外に行っちゃうの⁉」

ここが山の上で良かった。住宅地だったら何十軒という家庭から苦情が飛んで来ただろう。

澪はトランクを投げ捨てると、

「――ふぐっ！」

五日前ここに帰ってきたときのように突進して光輝をぎゅうっと抱き締めた。

「コウちゃん、コウちゃん――!!　確かにコウちゃんはまだまだ未熟かもしれないけど、だからってすぐに戻っちゃうってことはないんじゃない!?　この一年と四ヶ月、お母さんがどれだけ寂しい気持ちでコウちゃんの帰りを待っていたことか……帰ってきたら帰ってきたでお母さんにろくに顔を見せないし……コウちゃんはそんなにお母さんのことが嫌い？」

「い、いや……そんなことはないけど……」

いったん顔を離してうるうる目で言う母に対し、腕の力がきついのか苦しそうな顔をして返す弟――。さっき空想したような風景を見て、御影ははっきりと自覚した。

（ああ、私の行動パターンってお母さんと同じなんだ……）

息子の返事に澪は満足そうに輝く笑顔を浮かべると、

「じゃあ、いいじゃない！　あと一週間ぐらい出立《しゅったつ》延ばしたって平気でしょ！　さ、さ、早く家に入ろう！」

腕を絡めてずるずると光輝を引き摺《ず》っていく。光輝はもう諦《あきら》めたのか、抵抗する素振《そぶ》りを見せずにがっくりと項垂《うなだ》れて母に引かれるまま歩き、ついには帰るのを拒《こば》んでいた家の敷居《しきい》をまたいでしまった。

御影はそれを苦笑して見送り――転がった光輝のトランクを拾って家の中に入っていった。

◇

彼が目覚めたとき——そこは見知らぬ部屋だった。

木目の天井に、畳《たたみ》の上に敷かれている布団《ふとん》——さして広くもない部屋にある調度品《ちょうどひん》は全て和風な趣《おもむき》をしていた。間違っても自分の部屋ではない。半身を起こして、自分は何でこんな所にいるのだろうと記憶を模索していると、正面の襖《ふすま》がノックされ静かに開いた。

「……お、起きていたかね？」

見たことのない男がそこに立っていた。男は作務衣《さむえ》を着ていた。髪は短く刈り込んである。歳《とし》は——自分の両親ぐらいだろうか。

男は彼の近くに寄ると、畳の上に胡坐《あぐら》をかいた。

「どうだね？　昨夜はよく眠れたかね？」

男は親しげに話しかけてくる。彼は不審も露わに身を固くした。

「貴方《あなた》——誰ですか？」

「……？　何を言ってるんだ、君は？　もしかして寝惚《ねぼ》けているのかい？」

誰何《すいか》する男に首を傾《かし》げられた。改めて記憶を模索してみるが、やはり自分がどうしてここにいるのか彼には解らない。——すると男は静かに首を振った。

「——まぁ……それも仕方がないのかもしれないな。向こうでは大変だったそうだし」

「――え？」

「いじめに遭《あ》っていたんだろ？」

「――――っ!!」

　その言葉が引き金となって、彼は全ての記憶を思い出した。

　そうだ。自分は前にいた学校でいじめに遭っていた。そしてそれがいつ終わるとも知れず、続いていたある日――自分は精神をやられて倒れてしまったんだっけ。

　それで両親に自分がいじめに遭っていたことがばれてしまい、心配した両親は神社の神主《かんぬし》を務めている父の友人に自分を預けることにしたんだった。ここで神社の修行を積むことによって、弱った精神を一から直すために――。

「修行は厳しいぞ。少なくとも生半可《なまはんか》な気持ちで出来るモノではない」

「――はい、解っています……だけど……もう……」

　彼は伏し目になって、答えた。

「もう……弱いのは嫌だから……」

　男は「ふむ……」と頷《うなず》くと、立ち上がった。

「修行は明日から始める。今日はまずこの場所に慣れることに努めなさい――着替えたら広間に来るように。朝食を用意してあるから、一緒《いっしょ》に食べよう」

「はい、解りました」

　彼が頷くのを見ると男は頷き返して部屋を出て行った。

彼はうん、と背伸びをすると立ち上がって布団《ふとん》を畳《たた》んだ。そのとき、部屋に明るい陽光が射しているのに気付いて、視線を横に向ける。白い壁の上の方に、空気の入れ替えのためだけに取り付けたような小さな窓があった。

そこから遥《はる》か下の方に港町が見えた。港にはすでに帰ってきた後なのか、それとも古くて今はもう使われていないものなのか、漁船が何隻《せき》か停泊していた。

(——ここで僕は強くなるんだ)

朝陽に顔を白く照らされながら彼——長村京一はそう心に強く願った。


「彼の様子はどうでしたか?」

『はい、三日間の記憶の封印、記憶の捏造《ねつぞう》、どちらとも完璧《かんぺき》です。この島から出ない限り、彼が事件のことを思い出す可能性はほとんど零《ゼロ》だと思われます』

「そうですか……無理を聞いてくれてありがとうございます」

『いえ、お嬢様《じょうさま》の頼みとあればこれしきのこと——それでは失礼します』

電話越しだというのに、御影は丁寧《ていねい》にお辞儀《じぎ》をして電話を切った。御影が息をつくと、

「——いいのかよ?」

後ろの壁に寄り掛かって電話の内容を聞いていた光輝が呆《あき》れ顔でいた。

「あいつ、罪の重さに耐えられそうな奴じゃないだろ? 記憶の封印を解除したとき自殺しねえだろうな」

『我らの力は人を救済するためのもの。故にたとえ妖魔に憑《つ》かれた者であろうとも、可能な限りこれを助ける』──『星之宮』のたった一つしかない理念である。

憑かれた者はある島の更生所に護送される。そこで事件に関する記憶のみを封印し、真実に近い捏造された記憶を植えつけられて精神の修行を始める。そして心が強く保たれたと判断されたとき、記憶の封印を解除し己の罪と向き合わせるのだ。しかし長村京一のように自分の罪を認められそうにない人間の場合は、記憶を全て封印し、人格さえも捏造されたものを植えつけるのだ。つまり、命こそ奪わないが人格は殺されてしまうのだ。

「大丈夫《だいじょうぶ》──きっと、彼は心が強くなるよ……ううん、そうなってほしい」

「……やっぱ、御影は優しすぎる」

呆れたように、だけど何処《どこ》か嬉《うれ》しそうに弟は言った。その言葉を受けた姉は照れたように笑うと、すぐに表情を引き締めて言った。

「さて、これから彼に妖気を憑かせた妖魔を捜さなきゃ──あの妖気からしてかなり強力な奴だと思う。──なのに、全然妖気が摑《つか》めない。強力な上にかなりの知能犯……考えただけで嫌気が差してくるよ」

そこで御影は言葉を切って、壁に寄り掛かっている弟に期待の目を向けた。

「──手伝ってくれるんでしょ、光輝?」

「……仕方ないな」

光輝は肩を竦《すく》めて、少しだけ顔を緩《ゆる》ませて請け負った。

第三話 恋人を奪われた少女

shadow light

分厚《ぶあつ》い雲が瞬く星と静かに光る月を隠す空の下。

少女が立っている。その無言の背中はとても痛々しくて——すぐに抱き留めなければ彼女は今にも落ちてしまいそうだった。

彼女は今、病院の屋上のフェンスの向こう側にいる。何をしようとしているかなんて、この場面を見た者であれば簡単に推察出来るはずだ。

彼女の恋人であり、彼女の身に何が起きたかを知っている——白崎雪里《しらざきせつり》ならば尚更のことだ。

「何してるの……羽織《はおり》……?」

極めて慎重に雪里は彼女の名前を呼ぶ。自分が初めて心の底から愛したと自信を持って言える少女の名前。それを雪里は初めて怖れの色で、震える声で呼んだ。

「何でそんな風に呼ぶの、雪里……? 何でそんな怖いモノを見るように声が震えているの?」

怖いに決まっている。雪里は今、世界で一番大切なモノを失おうとしているのだ。この状況が怖くないわけがない。しかし彼女は別の意味で取ったようだ。

「そんなに……こわいかな……。わたしはもう……そんなによごれてる……?」

「ち、違うの、羽織! 私は──」

雪里の言葉は止まってしまった。羽織が振り返り、頬《ほお》に幾筋の涙を流すその表情を見てしまったから──。

「もうだめだね……雪里にそんな顔されるようじゃ……わたし……生きていけないよ……」

「違う、違うよ、羽織! 私が羽織のことを拒絶するわけないいじゃない!?」

今にも宙に身を投げ出しそうになる恋人を止めようと必死に叫ぶ。

「本当に……本当に、そう思うの?」

一度俯《うつむ》かれた顔があがって、羽織は雪里を泣き腫《は》らした目で射抜《いぬ》くように見た。

「じゃあ早く抱き締めてよ……ぎゅうっと強く抱き締めて……いつもしてくれてたみたいにくちづけをしてよ……こんな金網《かなあみ》、わたしでも乗り越えられたんだもの……ソフトで鍛えている雪里だったら、楽勝でしょう?」

そうだ。早く乗り越えて、彼女の身体《からだ》を抱き締めなくては──。このままでは本当に彼女を失ってしまう。しかし雪里はそれが出来ない──解っている。あそこにいるのは自分が愛《いと》しくてたまらない──自分の命より大事な存在と言っても過言ではない少女だ。

それなのに……何故、自分の身体はこうも頑《かたく》なに動いてくれないのか……。

「早く来てよ……両腕で強く抱き締めて……その白い指でわたしの涙を拭《ふ》いて……『愛してる』って囁《ささや》いて……早く、早くこっちに来てよ!」

恋人が沈痛《ちんつう》な叫びをあげる。それでも雪里は身体を動かせなかった。

「ほら、ね……」

羽織が力なく笑った。何もかもを、もう諦めてしまったように。

「言葉ではどんなに言い繕《つくろ》っても、身体は正直でしょ……？　心の何処《どこ》かで……わたしを……」

嗚咽《おえつ》に言葉が堰《せ》き止められる。雪里は聞きたくなかった。永遠に言葉が詰まって彼女が次の言葉を口にしなければいい——そう強く思った。だけど、流れる時はすぐに羽織の喉《のど》の痙攣《けいれん》を取り払い、彼女に声を与えてしまった。

あまりにも、胸に残酷《ざんこく》に響く言葉を紡《つむ》いでしまう悲しげな声を——。

「わたしを……穢《けが》らわしいって……思っているんだよ……」

「そんなことっ……!!」

ない、とは言い切れなかった。

言葉にすれば陳腐《ちんぷ》なものにしか聞こえないが、本当に羽織は雪里の愛《いと》しい少女なのだ。その彼女が風に煽《あお》られながら、今にも倒れそうに独《ひと》り泣いているというのに——何故自分の身体は全く動かないのか。

どうして彼女を抱き締めてやれないのか。

どうして彼女の涙を拭《ぬぐ》ってやれないのか。

どうして彼女にくちづけてやれないのか。

それは彼女の言う通り――羽織を心の何処かで穢らわしいと思っているからじゃないのか。

「気に、しないで……それが、当然の反応だもの……」

恋人からも拒絶されて、もう心はずたずたに引き裂《さ》かれているはずなのに。羽織は精一杯の虚勢《きょせい》の笑顔を浮かべていた。

「本当に……大好き。今もこの金網《かなあみ》を乗り越えて、抱きつきたいくらいなんだよ……？　でもね……そうすると、雪里まで汚れちゃいそうだから……」

笑顔を浮かべたまま、彼女は一歩後ろへと下がった。あと一歩、下がれば羽織はこの世界から消えてしまう――。

「まっ――！」

「さよなら――」

羽織は虚空《こくう》に自ら身を投げ出した。雪里はやっとのことで駆け出す。

名の通り、羽のように風にゆらりゆらりと揺られながら下へ落ちていく。ただ羽と違ったのは、ゆっくり落ちていったように見えたのは雪里の錯覚《さっかく》でしかなかったことと、遥《はる》か下の方でぐしゃりと――耳に障《さわ》る音が小さく聞こえたことだった。

雪里は飛び跳ねるようにベッドから起き上がるとすぐにトイレに駆け込んだ。ごほ、ごほっと咳《せ》き込むようにして胃の中身を全て吐き出す。――といっても、胃液以外何も出やしない。

雪里が最後にとった食事は数時間前に飲み込んだ栄養ゼリー一つだけである。そんなもの、とっくに消化されてしまっているだろう。水を流して、トイレから出る。洗面所で口を濯《すす》いで、洗面台の鏡に映る自分の顔を見た。酷《ひど》い顔だった。まるでホラー映画のゾンビみたいだ。目と頰《ほお》の辺りが窪《くぼ》んでいる。彼女が綺麗《きれい》と言ってくれた黒い髪も今じゃボサボサだ。

「――――」

「――――っ！」

拳《こぶし》を作って、彼女は壁を殴《なぐ》った。込み上げてくる吐き気を必死で押し殺す。

（何で、羽織のことを考えただけで――!!）

羽織の笑顔が浮かんだだけで吐き気を催《もよお》す自分が許せなかった。あのとき、羽織の自殺を止められなかった自分が許せない。

雪里は何度も何度も壁を殴った。拳は赤く腫《は》れて、血が滲《にじ》み始めている。それでも彼女は壁を殴る行為をやめなかった。やがて壁が血で真っ赤に染まった頃、雪里はふと冷静になり自分の行いが馬鹿馬鹿しく思えて、血の滴《したた》る右手を力なく、だらんと下げながら部屋に戻った。

二段ベッドが端に置かれた部屋。机も二つ、置かれている。

ここは鷹野女子学院《たかのじょしがくいん》の寮――。勿論《もちろん》、一人一部屋当てられるはずもなく、ここも調度品《ちょうどひん》から察することが出来るように二人部屋だ。

それでは何故、存在するべきもう一人の住人がここにはいないのか。

自殺したからである。搬送《はんそう》された病院の屋上から、地上に飛び降りて。

その少女の名前は藤田《ふじた》羽織といい、白崎雪里とは恋人同士だった。本当に深く愛し合っていた。それは何処《どこ》かの神様が禁じた恋愛だということはお互い知っていた。しかし雪里も羽織も、もし神様が目の前にいたらこう言ってやりたいと笑い合った。

『愛すべき人がいるのに、愛せなければそれこそ罪じゃないのですか』

――しかし。雪里は最後の最期《さいご》で彼女を愛することが出来なかった。

羽織は雪里の誕生日を祝おうと内緒《ないしょ》で事を進めていた。そして雪里の誕生日の当日の夕方――羽織は予約注文していたケーキと駅前のデパートで購入した誕生日プレゼントを手にして帰宅しようとしていたときに――暴漢《ぼうかん》達に襲われた。

そこには当然、性的陵辱《りょうじょく》の意味も含まれる。

羽織が寮の門限を過ぎても帰ってこないのを心配し、雪里はばれたら謹慎《きんしん》であるにも関わらず、寮を抜け出して夜の町を探した。

羽織は隠していたようだが、自分の誕生日を祝ってくれる準備を進めていたのは知っていたから、彼女が自分の誕生日を祝うために行きそうな場所を探してみた。ケーキ屋にデパート、部活で愛用しているスポーツ用品店にまで行ってみたが、彼女の姿はそこになかった。

探して、探して――おそらく寮の管理人が見回りに来たであろう時間になっても、雪里は帰るという選択肢《し》を選ばずに羽織の姿を探していた。

彼女の姿を見つけることが出来たのは、本当に奇跡みたいなものだった。テナント募集と張り紙された建物の中にどうして入ってみようなどと思ったのか。今考えても解らない。何かの力に牽《ひ》きつけられたとしか言えない。

そこは人気《ひとけ》がない道に面した建物で、鍵《かぎ》が壊れているようで、硝子《ガラス》張りのドアが小さく開いていた。中に入ってみると、解体作業に使う工具などが置きっ放しで、埃《ほこり》と塵《ちり》で床一面真っ白に汚れていた。そのせいだろう。男のモノだと思われる大きな足跡がくっきりと付いていた。靴《くつ》の跡から見て四人前後。足跡は奥の階段に向っていた。

嫌な予感がした。一段一段、足を上げていくごとに心臓の鼓動は速くなっていく。

二階の床に足を着けた。足跡は窓のない壁の方に続いている。立ち込める異臭に顔を顰《しか》めながら、雪里はその足跡を追い――マネキン人形のように捨てられている羽織を発見した。

「――――っ」

雪里は羽織の眠っていた上のベッドに上り、被《かぶ》さっていたシーツをぎゅっと抱き締めた。残り香を嗅《か》ぐように鼻を押し当てて、愛《いと》しき人を包んでいた真っ白い布を涙で濡らした。――本当に抱き締めるべきだった彼女はもういないのに、何て未練がましいのだろう。

雪里は下りると、自分の机の上に置かれている小さなオルゴールを開けた。葬儀が終了した後に、羽織の両親から受け取ったもので――現場近くに落ちていた彼女から雪里への誕生日プレゼント。硝子のように透き通る、硬質で綺麗《きれい》な音が部屋に切ないメロディーを奏《かな》でる。

雪里が好きな歌手が歌っているラブ・バラード。曲名を『forget-me-not』といい、英語で『勿忘草《わすれなぐさ》』という意味。そしてその小さな青紫の花が人に伝える言葉は『私を忘れないで』――それは羽織が最期《さいご》に残した雪里への贈り物《メッセージ》となった。

忘れない。忘れるはずがない。最愛の少女のことを忘れるものか——。

しかし彼女は少女を護《まも》ることが出来なかった。最期に愛せなかった。彼女の十字架を背負ったまま、雪里は生きていく。そして彼女はこの曲を聴きながら毎夜、毎夜誓《ちか》うのだ。

羽織をあんな目に遭《あ》わせた男どもを決して許さない。必ず、殺してやると——。

《ならば、そのための力を要らぬか？》

幾度目かの誓いを立てていた夜に、その声は聞こえた。淡々とした抑揚《よくよう》のない、小さく低い——例えるなら影のような声。

雪里の精神が現実離れしていたからだろう。突然聞こえてきたその声に驚くこともなく、彼女は会話を続けた。

「要るわ。貴方《あなた》はそれをくれるの？」

《ほう……落ち着いた娘だ。なかなか肝《きも》が据わっていると見える》

脳内に響く声が愉快気《ゆかいげ》に笑った。苛立《いらだ》たしげに雪里は再度問う。

「それで、くれるの？　くれないの？」

《性急だな——君が望むのであれば我《われ》が相応《ふさわ》しい力を与えよう》

ただし条件がある、と影のような声は言った。その条件は雪里にしてみれば何の代償にもならない、むしろ自らやろうと思っていたことだったので。彼女はその条件を呑《の》んだ。

「いいわ。力をくれるなら、私は喜んで貴方の駒《こま》になる」

《よかろう。では力を与える——》

黒い霧が室内に立ち込め、雪里の中へと侵入していく。その感触に彼女は悪寒《おかん》を感じることもない。自分の中に今まで考えたこともなかった力が定着していくのが解って、興奮すれども恐怖を感じることはない。──霧が全て雪里の中に収まった。

《君が望む殺害方法に相応《ふさわ》しい力を与えてやった。後は自分の目的を果たすがいい》

中に定着した力を脳が勝手に理解を始めた。確かに羽織を自殺にまで追い込んだ男を制裁するにはとても相応しい力だろう。知らず、雪里の口元に笑みが浮かぶ。

「ありがとう──早速《さっそく》この力、使わせてもらうわ」

彼女は振り返って言った。力を得たため、声の主が何処《どこ》にいるのか感覚で解るのだ。部屋の中央に、声の主はいる。

《礼など要らん。我からの要求忘れるなよ》

「解ってるわ」

彼女は答え、寝間《ねま》着姿から私服に着替え、部屋の窓から抜け出して深夜の街に繰り出した。

深夜二時を過ぎた街外れのバー。

中はアルコール臭と煙草《たばこ》の煙が充満している。各々《おのおの》のテーブルに十代から二十代前半の若者達が男女問わず、だらしなく座り馬鹿騒ぎを続けていた。

そこに場違いの少女が現れた。

髪は短く、真っ白なシャツに黄色いパーカーを重ね着して、デニムのスカートを穿《は》いている

――格好からしてこの場にそぐわない少女。年は十八、十九といったところだ。あまりにも場違いな格好をしている少女はバーに入った瞬間、周囲の人間達の冷やかしの的《まと》となった。

「おい、ねーちゃん。そんなダサい格好してここに何の用なの?」

入り口近くで飲んでいた男が少女を値踏みするように見ながらからかい混じりに声をかける。周りで男と一緒《いっしょ》に飲んでいた友人が馬鹿にするように笑った。しかし少女は聞こえなかったように、男を無視すると店内を見回した。探し人でも見つけたのか、彼女は奥のテーブルに向かって歩き出した。

「おい、ちょっと待てよ。シカトってわけ? 俺様がせっかく話しかけてやってるのによ」

男が席を立って、少女を追いかける。それでも彼女は男を無視し続け奥に進む。

「おい――!」

男は少女の肩を強く摑《つか》んだ。少女はそこで初めて男の存在に気付いたように足を止める。

「へへ、お前もどうせ男探しに来たんだろ? 遠慮《えんりよ》すんなよ、俺様が――」

下卑《げび》た笑いを浮かべる男の声は急に止まった。少女が振り返り、その眼を見てしまったから――。素人《しろうと》でもはっきりと解る、殺意を妖《あや》しく光らせた眼光を。

「――――!」

彼の本能が警報を鳴らす。この女にはこれ以上関わってはいけない、と――。込み上げた怖れで、男は無意識に少女の肩から手を放した。少女は男に背を向け再び歩き出す。その後ろ姿を見送りながら男は、二度と彼女に会わないことを祈った。

彼女は死神。自分のジャケットの背のデザインとは違う、本物の死神。もし次に会えば、確実に自分の命はないだろう——男は二度と会わないことを切に祈った。


白崎雪里は声をかけてきた馬鹿な男にもよっぽどこの場で死んでもらおうかと思ったが、それではこの能力の意味がない。あの声との契約でいつかアレも殺すときが来るだろう。それまでは見逃してやる。——今はあの三人を殺さ——いや、死んでもらわなければならない。

雪里は後ろでまだ呆然《ぼうぜん》とこちらを見ている男を脳から削除《さくじょ》して奥のテーブルに向かう。

そのテーブルには男達が三人、ナンパで釣り上げたのだろう女を数人横に侍《はべ》らして、酒を飲んでは締まりなく笑っている。テーブルの上には水割りを作るための氷や水、ウィスキーのボトルが数本置かれている。空《から》のボトルは興味を無くされたようにテーブルの上に転がっていた。

（こいつらが……羽織を……!!）

二度と行きたくない現場に立ち寄ってその場に感覚を繫《つな》ぎ、記録を辿《たど》って視《み》た男達の顔と、彼らの顔は一致した。

「————っ」

雪里は奥歯をギリッと嚙《か》み締めて耐えた。駄目だ……直接殺しては意味がない。今、私がやるのはこいつらに感覚を繫いで去ること——ただそれだけだ。

三人の男達が、近づいてきた雪里を訝《いぶか》しげに見る。

「何だ、お前?」

「いえ人違いのようでした。ごめんなさい」

雪里は三人と一瞬だけ眼を合わせると、すぐに踵《きびす》を返して入り口から出て行く。中の濁《にご》った空気とは違う清涼な夜風に吹かれて、大きく深呼吸をする。

眼を合わせた瞬間に奴らの感覚は掌握《しょうあく》した。後は彼らが勝手に死んでくれるのを待つだけ。

「羽織……」

夜空を仰《あお》ぎ、彼女は失くしてしまった愛《いと》しき少女の名前を呟《つぶや》く。

この世から男なんていなくなればいい。そうすれば貴女《あなた》は純白のままの、穢《けが》れなき乙女《おとめ》だったのに――。

夜道ですれ違った男達の背中を雪里は睨《にら》んだ。男達は楽しそうに笑っている。夜道を歩くということが女にとってどれだけ怖いことかも解らずに。

（精々《せいぜい》、笑っていなさい。あの三人が死んだら今度はあんたらの番よ――）


その日の明け方頃。

三人の男がそれぞれの自宅で自殺しているのが発見された。

一人は自宅マンションの屋上から飛び降り。

一人はウィスキーの空《あ》き瓶《びん》を割った破片を首に突き刺し、頸動脈《けいどうみゃく》損傷による出血多量死。

一人はコンロのガスを開きっ放しにしてのガス中毒。

三人ともアルコール反応が出て、自殺ではなく事故ではないかという意見も出たが、どちらにせよ殺人ではないということでは意見が一致し、警察は事件性皆無《かいむ》と判断した。

それよりも警察は、昨晩白詰《しろつめ》で起きた大量殺人事件に人員を投入し、それ以上、三人の自殺について捜査が行われることはなかった。

◇

「――で、その自殺だか事故だか解らない事件を放っておいたら、あまりにも件数が多い。もしかしたら呪いの類《たぐい》かなんかじゃねえかと、ウチに回ってきたわけだ」

玄関に向かっている間にざっと話を聞いた光輝《こうき》が確認すると、隣を歩く御影《みかげ》は頷《うなず》いた。光輝は私服だが、御影は制服を着ている。時間は午前七時を少し過ぎた頃――先程、任された事件現場の調査を行《おこな》ったらすぐに学校へ向かうためだ。

「そうみたい。まぁ、最初の日から数えて六日目で気付けたのは優秀な方だと思うよ。だって本当に自殺か事故としか見られない状況なんだから」

「犯人の痕跡が皆無、だと？」

「うん、まったく。何にもないの。足跡もないし、指紋《しもん》も何もね――ウチの人達も昨日の現場に赴《おもむ》いて調査したみたいだけど、妖気なんか残り香程度にも感じなかったって」

「鈍感な連中っぽいもんなぁ……あいつら。長村京一《ながむらきょういち》を捜すことも出来なかったぐらいだしな」

「だから、光輝君にご足労願《そくろう》うんじゃない」

御影がくすっと笑って冗談めかしに言った。光輝も悪い気分はしないのか、少しだけ笑った。

「親父《おやじ》は？　また調査に出向かなかったのか？」

「うん――まだ別件を追ってるみたい」

「ふーん……何やってんだか、あの親父は――っ⁉」

噂《うわさ》をすれば影、という奴だろうか。玄関に来ると、広間へと繋《つな》がる廊下《ろうか》の方から高楼《こうろう》が歩いてきた。彼の後ろには、五人の家人が控えている。誰もがかなり高いレベルの陰陽師《おんみょうじ》だ。

ホテルを強制的にチェックアウトさせられてから、こうして父と顔を合わせたのは今日この瞬間が初めてだった。食事を自室でとったり御影の巡回についていったりと、光輝が意識して会うことを避けていたためである。

光輝は一度目を背《そむ》けかけたが、すぐに戻して高楼を視界の中央に入れた。これまでの六日間、何とか会わないように父を避けていたのは事実だが、いざ出会ってしまった以上、相手に弱みを見せるようなことはしたくないのだろう。

高楼も息子に気付き、ちらっと見たがすぐに顔を逸《そ》らした。――まるで取り立てて気にする物でないとでも言っているかのようだった。この態度に光輝の眉根《まゆね》は瞬時に攣《つ》り上がる。

御影は一触即発《いっしょくそくはつ》な光景を前にして、目の行き場を失くしている。高楼の後ろにいる家人達も同じようにして気まずげな雰囲気《ふんいき》を出していた。

高楼は無言で玄関の上がり框《かまち》に座り靴《くつ》を履《は》き始める。完全に無視を決め込んでいる背中を光輝は強く睨《にら》んでいた。何の罵《のの》り合いもない、静かな対立——それがこんなにも心臓に悪いものだとは、御影も家人達もこのとき初めて味わった。

靴紐《くつひも》を結び終わった高楼は立ち上がって、引き戸を開ける。

「何をしている——行くぞ?」

高楼が家人達に向かって声を発した。冷戦にすっかり呑《の》み込まれていた家人達はその声で一斉に我に返る。靴を突っかけるようにして履《は》くと、表で待つ高楼の元へ早足で近寄った。

高楼が家人を連れて歩き出す。

危惧《きぐ》が杞憂《きゆう》に終わったことに、御影は安堵《あんど》の息をつく。光輝の方に顔を向けると、弟はじっと自分の手を見下ろしていた。手が小刻みに震えている——弟はそれを悔《くや》しそうに眺めていた。

光輝は御影の視線に気付くと、手を握り締めて震えを止める。

「俺達も行こうぜ」

平常心を装《よそお》った声と共に、光輝はアンクルブーツの紐を手早く結ぶと敷居を跨《また》いで外に出た。

「あ、ちょっと待ってよ——」

御影は置いていかれないように、と焦ってぴょんぴょん跳ねながらスニーカーに足を入れる。

そんな姉を見て光輝は可笑《おか》しそうに笑っていた。緊張で張り詰めていた空気が穏やかに流れる。

しかしわけも解らないまま笑われるというのもいい気分ではない。御影は膨《ふく》れっ面《つら》になる。

「——何よぉ?」

「いや。二人で学校行ってるときはいつもこんな感じだったな、って思ってさ」

「――あ」

　小学校から中学三年の三学期まで、二人の登校風景はいつもこんな感じだった。いつも玄関を先に出るのは弟で、玄関の前で姉を待ち、いつも姉が置いていかれないように跳ねながら靴を履いていた。久々に二人並んで家を出て、一緒《いっしょ》に学校に通うわけじゃないけれどこの風景は変わっていない。そう考えると確かに可笑しくなって、御影も吹き出すように笑った。

「お待たせ。さ、早くいこ」

　トントンと爪先《つまさき》を叩きながら御影は戸を閉めると、光輝の横に並んで歩く。

　五月は昨日で終わり、今日から六月――日本列島は梅雨《つゆ》の時節に入ったというのに、空は今日も五月晴《さつきば》れ。果てしなく青空が広がっていた。

◇

　しかしそんな微笑《ほほえ》ましい雰囲気《ふんいき》で二人がやってきたのは、最初の三人の自殺者――あるいは事故死者――から数えて四四人目の死体が吊《つ》り下がっていた地元の――舘葵《たちあおい》の公園だ。さすがにこんな所で笑っているわけにもいかず、姉弟は表情を引き締める。

　公園は入り口から黄色いテープで封鎖されていて、中は警察官しかいない。途中、警察官とすれ違う度《たび》に変な顔で見られる。――が、『退魔師《たいまし》』と書かれた腕章を見ると警察官は驚きの表情を浮かべて、何の咎《とが》めもせずに二人を見送った。

そんなことが繰り返されながら歩いていくと、今朝《けさ》ネクタイで首を吊って死んでいる二十代男性が発見された太い木の前に辿《たど》り着いた。死体はとっくに警察に収容されたようだ。

木を取り囲んでいる警察官達は皆、二人を一度は追い払おうとするが、腕章を見ると信じられないといった顔をしてすぐに進路を譲《ゆず》る。

御影と光輝は木を見上げた。広がった枝の先から新緑の葉が茂り、その隙間《すきま》から白い朝陽が零《こぼ》れ落ちている。写真に収めておきたいほど綺麗《きれい》な光景だったが、このどれかの枝にネクタイを巻きつけて首を吊《つ》ったのかと思うと陰鬱《いんうつ》なモノに見えてくる。

「何か、感じる？　……私は何にも感じないんだけど」

小声で訊《たず》ねてくる御影に光輝は木の方を注視する。

「──わかんねえな」

感じ得る限り、妖気の類《たぐい》は感じない。霊気は感じるがそれはこの木が放つものだ。事件には何の関係もないだろう。

しかし精霊を召喚《しょうかん》して多数の視点から探れば呪力《じゅりょく》も感じることが出来るし、より鋭敏に感じることが出来るのも事実。指を鳴らして適当な数の精霊を召喚すると意識をシンクロさせ、木を囲んで多数の視点から呪力、霊気、妖気などが残っていないかもう一度調査してみる──が、光輝は静かに首を振った。

「駄目だ、多数の精霊を介して視《み》てみたけどそれらしいのは一切《いっさい》感じない。時間の経過で押し潰《つぶ》されたって可能性もあるが――」

　光輝は現場を調べている監察官を見つけて死亡推定時刻を訊《たず》ねる。

「昨日の午後十時？　今が七時半だから……約九時間か。それだったらぎりぎり残っていても
おかしくないと思うんだけどな……」

「下級妖魔だったらそれだけ時間経ってれば消えると思うよ？」

「それはないな」

「どーしてよぉ？」

「妖気を残さないほどの下級妖魔がこんなまどろっこしい真似《まね》をすると思うか？　下級妖魔の類は貪欲《どんよく》で知能が低い。人間を前にしたら、とりあえず喰うだろう」

　御影は膨《ふく》れて抗議したが、すぐに「あっ、そっか」と頷《うなず》いて意見を取り下げた。

「かといって知能のある上級妖魔がこんな意味のないことをするとは思えないし――ただ自殺者がこの近辺でたまたま多いってだけの話じゃねえの？　死因が自殺か事故かって以外特に何の関連性もないんだろう？　だったらただの偶然ってことで――」

「ううん、あるみたいよ。関連性――というか共通点」

　御影は鞄《かばん》の中に入っていた十枚程度の紙束を取り出した。ここ六日間の内に薊《あざみ》市で起きた自殺・事故をリストアップしたもので、事件の調査を依頼されたときに渡されたのだ。御影はそれを弟に渡した。光輝はリストを眺めてみる。

　ちなみに、本来ならばここにはもっと多数の陰陽師《おんみょうじ》が来ているはずなのだが、御影はそれを

断っている。多数の陰陽師より光輝一人を選んだのだ。退魔の仕事を始めて一年足らずの未熟者が出来る行為ではないが、『星之宮《ほしのみや》』で一番発言力のある澪《みお》が承諾《しょうだく》したことだ——反論する者は誰もいなかった。

「——共通点、ね……全部薊市で起きた事件ってのと、後は……」

まさかと思いながらも呆《あき》れ混じりに光輝は言った。

「死んでる奴が全部十代から二十代の男性ってことか？」

「ぴんぽーん」

姉がぱちぱちと拍手するが、光輝は溜息《ためいき》を盛大につくばかりだった。

「……あのな。俺からしてみれば、だからどうしたってカンジなんですけど？」

御影はまたもや膨《ふく》れた。

「だって四四人も亡くなっているのに、その中に女性が一人もいないんだよ？　光輝はおかしいと思わない？」

「別にいいんじゃないの。自殺・事故で死ぬのは女より男の方が多いっていうし」

確かに統計で言えば自殺・事故死は女性より男性の方が多い。これは男性の多くが仕事を持ち、ストレスを溜めやすい環境にいるからだといわれている。ストレスを溜めた人間は注意力散漫になり会社からの帰り道等で事故を起こしやすくなり、当然自殺の動機も増えるというわけだ。それを御影に話すと今回は珍しくまた反論が飛んできた。

「身元確認出来た自殺者の経歴、ちゃんと読んでる？」

言われて光輝は自殺者の経歴を読んでみる。

そこには光輝の言ったとおりに根暗だったり、会社で仕事が失敗したりとストレスを溜め込んでいそうな人間もいたが、粗暴《そぼう》であったり、穏やかであったり、人望が厚かったり、仕事が成功したりと、特にストレスを溜めていそうにない人間も混じっていた。

「つまり御影はこう言いたいわけだ。この事件は自殺・事故が偶然に連発しているものではない。これは誰か、もしくは妖魔の類《たぐい》が故意にやっていることだ。それは死者が全て十代から二十代の男性であるということが示している——と？」

御影は満足げに頷《うなず》いた。

「そうそう。それって誰かが男の人だけを選んでいるってことだと思わない？」

「——まぁ、その可能性も無くはないってカンジだな。あくまで推測の域を出ない」

光輝は金色の髪を撫《な》でながら、仕方なくといった感じで御影の意見を肯定した。

「でもさ、これって京一の事件とほぼ同時期に発生しているんだろ？　妖気を発生させているような奴だったら俺が長村京一を捜索しているときに一緒《いっしょ》に見つけてるはずなんだけどな」

「ああ、そっか。光輝って精霊を使って薊市程度なら全域を調査出来るんだっけ？」

光輝は頷く。

「これは俺一人の能力じゃなくて精霊一つ一つの力だからな。俺が感じられなかったったってことは精霊が見落としたってことだ。でもこいつらはどんな微細な妖気でも絶対に見逃さない。長村京一の件でそれは知ってるだろ」

そう言われれば御影は頷くしかない。長村家の前に行っても、光輝に言われなければ全然気付かないほどの微細な妖気だったのだ。あれを見つけられるのなら、他に妖気を持っている者も容易《たやす》く見つけることが出来るだろう。

「まぁ、いいや……それで？　俺はこの後、何をすればいいんだ。この事件全部の現場に行って何か手がかりを摑《つか》んでくればいいのか？」

「ううん。それは一応私に任された仕事だから、帰ってきてから一緒《いっしょ》にやろう。光輝には別の仕事があるの」

御影はまた鞄《かばん》の中に手を突っ込むと、さっきよりも分厚《ぶあつ》い紙束を取り出した。

「はい、これ」

「……いや『はい、これ』って笑顔で渡されても……何なんだ、これ？」

光輝は訝《いぶか》しげな顔をして、紙をぱらぱらと捲《めく》る。薊市内の住所と、その場所でどのような怪奇現象が起こったかなどの報告が書かれている。

「この一週間でウチに来ている退魔の依頼リスト」

「要らない」

にこっと笑って言う御影に光輝は紙束を突き返した。しかし姉は笑みを浮かべたまま、それを両手で押し返す。

「頑張《がんば》ってね！」

「ふざけんなっ！　『星之宮』に来た仕事なんだろ、『星之宮』の連中がやればいいじゃねえ

か!?」

「やってるよ、そのリスト以外の場所を。ウチの管轄《かんかつ》区域は薊市内だけじゃないって光輝も知ってるでしょ」

退魔仕事を世業《せいぎょう》としている家がそうポンポンとあるわけではない。だから『星之宮』には市外からの依頼も結構来る。そんなことは光輝も当然知っている。知っているが、しかし——。

「——だからって、市内の依頼を全部俺に任せるのか?」

依頼の数はざっと見たところ、百件強。もしかしなくても、薊市内全域の仕事依頼がここに載せられているのだろう。弟は目を鋭くさせて姉を睨《にら》む。

しかし姉はそれを平然とした顔で受け止めていた。

「だってさ、それぐらいやんないと三百万の働きにはなんないよ?」

「はぁ!? だってあれは教育費だろ——親父《おやじ》だってくれてやるとか言ってたじゃんか!?」

「うん、確かにそう言ってたけどさ、それってつまり、そのまま受け取っちゃうと光輝勘当《かんどう》されたってことになっちゃうよね?」

「別にいいじゃねえか。あんな親、こっちから縁切ってやるっつーの」

光輝がそう言うと姉は悲しげな表情を浮かべて言った。

「そうなると……光輝、二度と『星之宮』の人間として働くことが出来なくなっちゃうけどそれでもいいの?」

「別にいいよ。俺は別に『星之宮』の人間として働きたかったわけじゃないんだ。お前と仕事が出来れば何だっていい」

「……私はそんなのやだ」

御影が俯《うつむ》いて言った。落ち込んだ声に光輝はそっぽを向いていた顔を御影の方に戻す。

「……御影？」

「そんなのやだよ……もしそうなったら光輝は私の弟じゃ無くなっちゃうじゃない。私は光輝の姉じゃなくなっちゃう……そんなのやだよ」

「な、何、言ってんだよ？　たとえ戸籍《こせき》上ではそうじゃ無くなったとしても御影と俺は姉弟だろ？　戸籍では繋《つな》がっていなくても血は繋がっている——そうだろ？」

光輝は自分の胸を指して言うが、御影は静かに首を振った。

「たとえ紙の上での関係が断たれてしまうだけだとしても……私は、凄《すご》く寂しい……。一緒《いっしょ》の紙に名前が並ばなくても私達が姉弟だっていうのは変わらないし変えるつもりもないけど……その紙の上でも私は光輝の姉である、と認められたい……光輝と、一緒に居たいよ……」

最後の方には嗚咽《おえつ》が混じって、涙声になっていた。ぽたっと地面に、御影の頰《ほお》を伝った雫《しずく》が落ちる。雫は地面に当たると、弾けて小さな黒い染みを作った。

光輝は、髪をくしゃっと掻《か》き乱す。御影をまた泣かせてしまい、ほとほと自分に嫌気が差したのだ。——ついこのあいだ誓《ちか》ったばかりなのにまだ懲《こ》りていなかったのか。

弟は姉をあやすように頭を撫《な》でた。

「——解った。これ、全部片付けてくるから……そうすりゃ紙の上でも俺と御影は姉弟のままだ。それでいいんだろ?」

「……光輝がそうじゃなくてもいい、って言うなら……別にやんなくてもいいよ。光輝も……そう思ってくれて……やってくれなきゃ……意味、ないもん……」

拗《す》ねたように言う御影に、光輝は困ったように笑いながら言った。

「馬鹿、俺もそう思ったからやるって言ってんだろ」

「……ほ、本当……?」

「ああ、本当だ。だからもういい加減泣きやめって——な?」

「そう……じゃ、頑張《がんば》ってね!」

「——————はぁ?」

不意に明るくなった御影の声に、光輝は疑問符を頭に浮かべた。こちらを向いた御影の顔は何処《どこ》までも果てしなく明るい。涙の跡は僅《わず》かに残るだけで、目にはすでに涙などなかった。

光輝が呆然《ぼうぜん》としているのをよそに、御影は携帯電話を取り出して時刻を見る。

「あっ、もうこんな時間! ごめん、光輝、私もう行くね? ——あ、あとそれ、今日全部やんなくてもいいから。焦《あせ》ってやって怪我《けが》なんかしないように、気を付けてね。それじゃ!」

「…………」

「——とっと……ごめん、これ一緒《いっしょ》に返しといて!」

三足駆けた所から腕章を光輝に向かって投げつけると、姉は手を振って風のように公園から走り去っていく。御影の足の速さに目を奪われて警察官が何人か振り返った。振り返った警察官はやがて一人残された光輝を不思議そうに見るが、彼の脳はフリーズしたままでそれらに気付かない。黒い腕章が金色の頭から垂れ下がって右目を遮《さえぎ》っていたが、それすら退《ど》ける気力がない。光輝は御影の姿が視界から消えると手元に目を落とした。――ずしりと重い紙の束。

徐々に動き出した脳はいつか聞いた師匠《ししょう》の言葉を思い出す――曰《いわ》く、『女は誰もが女優』だと。

「騙《だま》しやがったな……アノアマァ……!!」

火の精霊を焚《た》きつけて、この紙束を灰燼《かいじん》に変えたい衝動にかられる。

「――――はぁ」

しかし光輝は溜息《ためいき》一つつくだけで、それをしなかった。嘘泣きだったのかどうかはともかくとして『紙の上でも一緒にいたい』という気持ちは本当だろうし、話を聞いて光輝もそうでありたいと思ったのは事実だからだ。

「……じゃあ、いっちょやりますかね」

光輝はリストを捲《めく》りながら、公園の入り口を目指す。すると入り口に立っていた警察官に腕章の返却を求められた。

そこでやっと光輝は前に垂れ下がっていた腕章を取り、自分のモノと一緒に返却した。

◇

光輝が舘葵の隣町、狩壬《かるみ》の廃棄《はいき》されたマンションの中から出てきた。ほんの一時間前に舘葵周辺のリストにあった七ヶ所を廻り終わり、狩壬に来て三件目の妖魔退治を完遂《かんすい》したところだ。

「……これで十件目、か……」

しかしリストにはあと九十件以上の依頼が残されている。仕事完了まではまだまだ先が長い。光輝は、ふうっと息をつく。

ジーパンのポケットから取り出した懐中時計を見る。午後三時二十分——そろそろ御影の学校が終わる時間。迎えに行ってやるか。妖魔を祓《はら》うのも飽《あ》きたし。ここら辺にまだ残っている妖魔は後でまたやろうと決めた光輝は狩壬駅に足を向けて歩き出した。

飛んで行けば一瞬だが、別に急いでいるわけじゃないし電車に乗るのも嫌いじゃない。歩くこと数分——狩壬駅が見えてきたときに、

「——あれ、コウ?」

光輝は後ろから懐かしいあだ名で呼ばれるのだった。

まさか——と思いながらも光輝は努めて無表情を作り、振り返る。後ろに立っていたのはこの近くの高校の制服を着て短い髪を茶色く染めた少年と、黒髪を肩口まで伸ばしている少女。手を繋《つな》いでいるところを見れば二人はカップルだとわかる。声をかけたのは少年の方だ。だが

少女の方も光輝を知っているようで、軽く目を見開いていた。

光輝は自分に対して親しげな笑みを浮かべている少年をしばらく見つめること、数秒。

「――どちらさまでしたっけ？」

少年と少女は同時にバランスを崩《くず》した。

「お、おい！　それはないだろう！　お前は一番の親友を忘れたのか⁉」

光輝は相手に悟られないように小さく笑った。忘れるわけがない。自分を『コウ』と呼ぶのも、親友と言ってくれるのも、世界中でたった一人しかいないのだから。

「冗談だよ……暑苦しいから離れろ、ハル」

食ってかかってきた少年に光輝は嫌そうな顔をわざと作って、彼の顔を押しやって離す。ハル、と呼ばれた少年はたちまち顔を明るくさせた。

「そうだよな、舘葵中の最凶コンビと謳《うた》われた友人を忘れるわけないよなぁ！」

光輝の背中をバンバン、と叩くハル。彼はハル――本名を遠藤春明《えんどうはるあき》といって中学校のときの光輝の親友だ。『舘葵中の最凶コンビ』と言えば舘葵中で知らぬ者無し、というぐらい、中学ではよくつるんで馬鹿なことばかりやっていた。

「それにしてもよく解ったな、髪染めているのに」

「あほ、俺達は髪をちょこっと染めたぐらいで解らなくなるような安っぽい友情を結んでいたのか？　いや、違う断じて違う！　たとえ顔を整形していたって気付くさ」

「……さすがにそれは無理だと思うけどな」

でもこの友人なら解るかもしれないな、と思いながら光輝は、遠慮《えんりょ》して二人の間に入って来ていない少女の方を見る。

「お前は……南条《なんじょう》か。懐かしいな、まだ付き合ってたんだお前ら」

「え、え……うん、まぁね」

少女――南条禾恵《かえ》は少し顔を赤らめて俯《うつむ》いた。春明とは幼稚園からの腐れ縁で、現在は彼の恋人だ。大人しくて、いつも春明の隣にいて、ちょっとからかうとすぐに顔を真っ赤にさせる――こいつには絶対勿体《もったい》無いって思うぐらい可愛《かわい》い少女。

「あったりまえだろう、俺達の友情のように俺とカエの愛情も永遠なのさ！」

「ハ、ハル君！」

顔を真っ赤にさせて叫ぶ禾恵。そうそう、この感じ――懐かしいやり取りに光輝は苦笑し、

「一生言ってろ――邪魔者《じゃまもの》は消えるぜ」

二人から去ろうとする。――が、光輝は襟《えり》を掴《つか》まれた。ぐっ、と首が絞《し》まり少し苦しい。

「まぁ、待てよ。こうして久々に会ったんだぜ？　茶でも飲んで、ゆっくり話を聞かせてもらおうじゃねえか」

「話？」

くだを巻いて背中に寄りかかってきた親友の横顔を光輝は横目で見る。

「惚《とぼ》けんなよ」

にやぁっと親友は嫌な笑顔を浮かべて言った。

「中学を中退して今まで何処《どこ》に行ってたのか、だよ」

親友に捕まり、光輝は駅前のコーヒーショップに入ることになった。窓際の席を陣取ると親友は質問攻めにし、偶然出会った魔術師の誘いに乗って家を飛び出したこと、精霊術という魔術のこと、修行を兼ねて世界中を旅していたことを洗いざらい話させた。

春明も禾恵も光輝の家が陰陽師《おんみょうじ》の家系だと知っている。別に隠すことでもないので前に『お前の親父《おやじ》さんって何の仕事をしてるの？』と訊《き》かれたときに正直にそう答えた。そして光輝にはその才能がなく、少し喧嘩《けんか》が強い以外は自分達とそう変わらないことも知っていた。

そこまで知っていても二人は友達でいてくれたから——光輝にとって二人は母や姉と同じくらい大切な人だった。

「ふーん、つまり早い話が家出か」

コーヒーを啜《すす》りながら春明が呟《つぶや》いた。初夏だというのに、彼はホットを頼んでいた。

「家出って……俺の修行の旅をそんな簡単な一言で片付けないで欲しいんだけど」

「でも、家出だろ？」

「まあ……そうだけどさ」

納得のいかない様子で光輝は渋々頷《うなず》いた。

「で、その親父さんはぶっ倒したのか？」

「…………」

「……何だよ、駄目だったのか？」

光輝は押し黙ったまま首を縦に振る。会ったらこういう話もしなきゃいけなくなるだろうから、自分から行こうとしなかったのに——光輝は少しだけ『縁』という言葉を呪った。

「ふーん……そっかぁ、そりゃ残念だったな」

そう言う春明の顔は少し笑っていた。光輝はムッとして睨《にら》む。

「——何だよ、笑うトコじゃねえぞ」

「いいや、笑うトコさ。いつも俺の部屋に逃げ込んでいた奴がちょっとでも親父《おやじ》さんに刃向かう度胸がついたんだ。ここを笑わずに何処《どこ》を笑えって言うんだ、お前は」

「…………」

春明はいつもこんな風にして、後ろ向きな光輝を前向きに変えてくれていた。本人は意図してやっているつもりはないのだろうけど。

春明はコーヒーを啜《すす》ると、急ににかっと笑い、好奇心も露わに訊《き》いてくる。

「それでその『精霊術』だっけ？　どんなやつなんだよ、ちょっと見せてみろよ」

「ん——じゃ、ちょっとやってみるか」

光輝は悪戯《いたずら》っぽく笑って了承し、精霊を召喚《しょうかん》した後、眼を閉じた。

「——白のレースの上下」

「は？」「ぶっ！」

春明の方はわけが解らないといった声を出し、禾恵の方はストローに付けていた小さな口からアイスコーヒーを吹き出した。顔を真っ赤にしながら光輝を見る。

「こ、光輝君……！」

光輝はにやにやと笑いながら紙ナフキンでテーブルに飛び散ったコーヒーの雫《しずく》を拭《ふ》く。春明はやっとその意味に気付き、光輝を睨《にら》む。

「精霊術ってのはそういう覗《のぞ》きをやるための術なのか？」

「敵地観察は精霊術の真っ当な使い方の一つだぞ。――まあ、怒るなよ。お前は何回も見ているんだろ」

「バカヤロー‼　俺だってまだ一回も見せてもらったことが無いんだぞ！」

「……え、そうなの？」

「ハ、ハル君……声、大きい！」

店内の視線が全て集まっていた。禾恵は恥ずかしくて一回り身体《からだ》が小さく縮こまってしまう。

「そりゃ悪かった。じゃ、この後にでも見せてもらえよ。あっちに廃棄《はいき》されたマンションがあるだろ。そこなら絶対に誰も来ないだろうからお勧めだぞ」

「そんなムードの欠片《かけら》もないところで出来るか！」

「……はぁ？　見せてもらうだけじゃなくてそんなとこまで考えてるの？」

「え、あ……それは、その……」

珍しく春明が黙った。その隣では今にも爆発するんじゃないか、と心配になるほど禾恵が顔を真っ赤にさせている。春明もふざけているように見えて根はとっても純情なのだ。だから中学からの付き合いでもまだ手を繋《つな》ぐ止まりなのだろう。

「いいね、青春だねぇ……世界を旅してそんな暇なんかなかった小父《おじ》さんは羨《うらや》ましいよ」

光輝は苦笑しながら人生を達観《たつかん》したようなことを言った。


それから一時間ほど、三人は中学時代の話と光輝が海外へ行った後の話をそれぞれした。お互い、相手の話を聞くときは真剣になって頷《うなず》き、笑い合った。

光輝がちらっと壁に掛かっている時計を見た。針は午後五時を示そうとしていた。窓から赤い光が射し込んで、床に三人の影を作る。

「悪い、俺そろそろ行くわ」

切り出したのは光輝だ。

「何だ、用事か？」

「ああ。実は家の用事の最中でね。もうそろそろ再開しないと――」

春明は少し残念そうに、立ち上がる親友の表情を見た。視線を受けて光輝はくすりと笑う。

「しばらくは家に居るからさ。暇なときにでも誘ってくれよ。お邪魔《じゃま》じゃなければ、だけどな？」

「そ、そんなこと全然！　全然無いよっ！」

笑みを含んだ視線を向けられた禾恵は顔を真っ赤にさせて両手をばたばたと振った。

「そっか、ありがとう南条。それじゃ、今度会えるのを楽しみにしている」

「ああ、またなコウ」

そう言って手を振る春明。

「――――」

どくん――と鼓動が大きく打たれた。光輝はその見送ってくれる姿に、何か言い知れぬ不安を抱く。よくは解らない――よくは解らないが、どうしてもまだ二人から離れてはいけない。

――星を詠《よ》み、古来より吉凶《きっきょう》を占う家系であった『星之宮』の血が予感を強く訴えている。

「……どうしたんだよ、人の顔をジロジロと見て」

言われて光輝はハッとした。

「何だ、俺ってそんないい男かぁ？　まじまじと眺めたくなるほど」

ふざけたにやけ面《づら》で、春明はそんなことを言う。

（……気のせいか）

親友の屈託《くったく》のない表情に光輝は首を振って、不安を振り払った。一瞬、精霊を憑《つ》けようかとも考えたが、それはプライバシーの侵害だ。そこまでいくと笑って許せるレベルではなくなる。久々に会ったから名残《なごり》惜しい気が心の何処《どこ》かでしているだけだろう――光輝はさっき感じた不安をそう結論付けた。

「ばぁーか。一生言って自惚《うぬぼ》れてろ。そうしているうちに南条から愛想を尽かされるがいいさ」

光輝がおどけた調子で言うと、禾恵は苦笑を浮かべていた。

「馬鹿コウめ。カエがこの俺に愛想を尽かすわけないだろ」

「はいはい、二人の間に結ばれた絆《きずな》は魔術を学んだわたくしでも断ち切れやしませんとも。どうぞ末永くお幸せに」

光輝は肩を竦《すく》めて『どうでもいいよ』という風を装って投げ遣《なや》りに言った。禾恵の方を見る。

「南条も、じゃあな。こんな馬鹿だけど愛想を尽かさずにずっと一緒《いっしょ》に居てやってくれ」

「え、え、えあ……う、うん……」

最初耳まで真っ赤にさせていたが、最後にはしっかりと禾恵は頷《うなず》く。いつまで経っても初々《ういうい》しい彼女の態度に光輝は微笑を刻むと入り口の方に歩いていく。

「じゃあな、コウ！」

「ま、またね光輝君！」

外が見える硝子《ガラス》のドア前で光輝は一度振り返る。二人はまだ手を振ってくれていた。光輝は『バイバイ』と声には出さず、口だけ動かし軽く手を振り返して外に出た。

今度こそ振り返らずに、駅とは反対方向へ歩き出す。

（あいつらが通っている学校がこの近くにあるのか……だったらさっさとこの辺の妖魔は祓《はら》っておいてやるか）

光輝は手を組み、上に伸ばしながら夕方の町を歩いた。その表情は晴れやかで、昼間は気だるげにやっていた仕事も張り切ってやりたい気分になっていた。

何処《どこ》か遠くから午後五時を知らせるチャイムが鳴った。

◇

白崎雪里《しらざきせつり》は学院が終わると制服を着たまま、今日の標的を探しに狩壬駅前まで来ていた。今日もいつものように男を適当に選んでは、身体《からだ》の感覚を支配して後で勝手に死んで貰《もら》おう。そして彼女は無作為に目が合った男から順に身体の感覚を支配していった。

本当だったら一度にもっと沢山《たくさん》の男を殺し――いや、支配していきたいのだが、雪里が一度に身体を支配出来るのは大体六人が限界だ。声の主によると、能力に慣れていけばいつか百人の人間を操ることだって可能だと言っていた。――早く、男をこの世界から消したいのに。

駅前で六人の男と眼を合わせて身体の感覚を摑《つか》み取ると、雪里は休憩《きゅうけい》がてら近くのコーヒーショップに寄った。中は自分と同じように学校帰りの生徒が多かった。狩壬駅付近にある鷹野女子学院ともう一つの高校――名は何と言ったか。とにかく近くの共学の高校の制服の少年少女で席が埋まっていた。

雪里がカウンターでアイスカプチーノを受け取ると、空《あ》いていた二人席に座った。隣のテーブルには共学のほうの高校の制服を着た少年と少女――おそらくはカップルだろう二人が座っていた。今まで対面の席には誰か座っていたのか、二人は横に並んで座っている。

雪里はストローに口を付ける。隣の二人のことなど、それから視界に入れないようにしようとしていた。

「……でさ、カエ。これからどうする?」

カエ、というのは少女の名前だろう。少年は何かを期待するような声音《こわね》で少女に囁《ささや》いていた。

「どうする、って……?」

少女も何となく少年が言いたいことが解るのだろう。動揺《どうよう》しているような、それとも自分も少し期待しているような——そんな声で訊《き》き返す。

「だ、だから……その……しないか?」

「————!」

はっきりと息を呑《の》む音が聞こえた。すっかり興味を失くしていた二人をちらっと横目で見る。少女は今にも火がつきりそうなほどに真っ赤になっていた。言った少年も茶髪で軽そうな外見と違って意外と純なのか、頬《ほお》が少し赤く染まっている。

(公共の場でよくそんな話が出来るわね、こいつら)

啜《すす》りながら思った。雪里は肘《ひじ》をついて二人を眺める。少女は顔を俯《うつむ》かせ、長い間沈黙する。

——やがて「いいよ」とぽつりと呟《つぶや》いた。

言い出した少年もそんな返事が来るとは思っていなかったのか、面食らったような顔をした。

「————マジか」

少女は黙ってこくっと頷《うなず》く。

「だ、だって……こ、恋人同士って……そ、そういうことする……んでしょう?」

「そ、そうか……うん、解った」

少年は何度も自分を納得させるように頷くと、急《せ》くように立ち上がった。勢い余ってテーブルに膝《ひざ》をぶつける。

「だ、大丈夫《だいじょうぶ》……ハル君?」

「だ、大丈夫大丈夫、このぐらい……」

目に薄く涙を溜めながら言う男を雪里は醒《さ》めた目つきで睨《にら》む。彼女は脳の中にある一人の男を支配から解放する。今、目の前の少年を標的に入れるために。

少女が本気で彼を好きなのは解る。彼女は本心から少年に身体《からだ》を許しても構わないと思っているのだろう。羽織がされた一方的な交わりとは違う。そう雪里には解っている。

だけど、雪里は我慢出来なかった。自分の好きだった恋人——羽織のように、女が男に穢《けが》されるのを見過ごすことは出来なかった。もはや両人の了解があるかどうかではない。雪里は『男』という存在全てを憎んでいた。『女』が男に穢《けが》されてしまう——そう思うだけで吐き気がする。

雪里は表層意識の中で、自分がこの少年に抱いた殺意の衝動をそう理由付けた。

好きな人と身体を寄せ合う——そんなささやかな幸せに嫉妬《しっと》していただけなのだと気付くことなく、彼女は眼を凝《こ》らした。

少年は目に涙を浮かべて膝を擦《こす》っている。それを心配げに見ている彼女。

雪里の能力は『魔眼』。自分の『眼』と相手の『目』が合った瞬間に伝達回路を切り開き、相手の身体の中に気付かれないうちにクラッキングする。それが白崎雪里に与えられた能力だ。相手が物質である場合もクラッキングは出来るのだが、人間のような神経を持っていないので操作することは出来ない。出来るのは羽織を穢した男達を見つけたように、物質に記録されている映像を読み取るぐらいなことだ。

相手の身体を支配するためには、とにかく自分の眼を見てもらわなければいけないのだ。しかし少年は舞い上がっているのか、少女だけを見ていて周りを全く見ようとしない。

雪里は注意を引くために、カップを運ぶときに渡されたトレイを床に落とした。決して小さくない音が店内に響き、彼女は注目の的《まと》になる。集まる視線の中に、件《くだん》の少年の視線もあった。彼の目がこちらに向けられた瞬間、素早く伝達回路を開き、彼の身体をクラッキングする。

──クラッキングは成功し、彼の情報、身体の支配権が頭の中に送られてくる。

（遠藤春明……か。残念ね、遠藤君。貴方《あなた》は彼女と結ばれることなく、自分で死んでもらうわ）

雪里は死神の笑顔を隠しながら、床に落ちたトレイを拾う。拾ったトレイはテーブルの上に置いて、それから隣の席の二人の方には一度も視線を向けなかった。

「どうしたの、ハル君」

「え、いや何か今変な感じがしたんだけど……」

雪里はその言葉に反応し、身体が僅《わず》かに揺れた。

「変って、足が？　大丈夫《だいじょうぶ》？」

「いや、足は大丈夫なんだけど……なんつうか怖気《おぞけ》が走るっていうか——」

「怖気？　寒気じゃなくて？」

「——ああ……でもまあ気のせいか。俺が怖いものなんてカエに振られるってことぐらいだからな。お前は、そんなことしないよな」

「——するわけないじゃない」

少年の問いに笑いながら少女は答えた。

「そっか、じゃやっぱ俺の気のせいだな」

「ふふ、ハル君はいっつも変なことを言うんだから」

「おう、変なことを言わない俺は俺じゃないからな——さて、じゃ行くか」

心持ち緊張を含んだ声で彼は訊《き》くと、少女は頬《ほお》を染めながら「——うん」と頷《うなず》いた。

二人が立ち去る。雪里はそれを横目で見送った。硝子《ガラス》のドアから二人手を繋《つな》いで狩壬駅の方へ歩いていったのを見ると、ふうっと息を漏《も》らした。

（まさか、霊感があるなんてね……）

あんな鈍そうな奴なのに。

本人も詳しくは知らないが、彼女の魔眼はあの声の主の妖気が通常の視神経の中に付加機能を形成させた魔眼なのだ。妖気が憑《つ》いたわけではない。形成しただけなので普段の彼女からは妖気を感じることは無い。しかし体内の〈気〉を視神経に浸透させ、魔眼を起動させると僅かながら妖気が発生する。それをあの少年は『怖気』として感じたのだ。あの僅か一瞬に見せた妖気を感じるとは——彼は意外と鋭い人間なのかもしれない。

しかしそれだけだ。いくら鋭くてもそれに確信を持てないようでは何の意味もない。

雪里は眼を閉じて少年の視覚と聴覚を共有する。彼と彼女は駅のホームで電車を待っていた。どうやら彼の家でするつもりらしい。彼の家は共働きで遅くにならないと帰ってこないそうだ。親の居ない間に事を済ませる——そういうつもりらしい。これからすることに対しての期待の躍動感が伝わってくる。しかしそれは期待のまま、終わるのだ。なんて滑稽《こっけい》なことだろう。

彼女は少しずつカプチーノを啜《すす》りながら独《ひと》りで小さく笑った。

雪里はここでもう少し春明の情報を調べておくべきだった。

元々、人間には多かれ少なかれ霊感という能力が備わっているが、本能に頼らなくなった現代ではほとんどの人間が開花させることがない。現代で霊感を持っている者は先天的に開花させている者だけだろう。しかし後天的に開花させる方法もある。

その一つに霊感を持つ者に近寄ることが挙げられる。これは感染魔術と呼ばれる『一度接触のあったモノは互いに影響しあう』という考え方が顕著《けんちょ》に示されているものだ。

勿論《もちろん》、霊感者に近付いたからといってすぐに開花することはない。だが何年も長く交流があり、その霊感者が強力な霊感の持ち主であれば遅かれ早かれ必ず霊感は開花する。

春明もこの方法で徐々に霊感を開花させつつある者の一人だった。

雪里は知るべきだった。春明の友人に、生まれながらに強い霊感を持つ友人がいて、彼は声の主が警告する『退魔師《たいまし》』であるということを。

◇

「ちょ、ちょっと待っててくれよ……部屋の中片付けてくるから」

春明は緊張気味にそう言うと、外に恋人である禾恵を待たせ、慌《あわ》てた様子で中に入っていた。

舘葵駅から徒歩五分ぐらい歩いた場所にあるマンションの四階。

彼の部屋は玄関から入ってすぐ、右手側にある和室だ。襖《ふすま》を開けると『どうしてこんなに散らかってんだこの部屋は！』と自分に向かって怒《ど》鳴《な》りたくなるほどに散らかっていた。

(と、とりあえず一箇所《かしょ》に纏《まと》めれば片付くかな)

春明は散乱していた雑誌と服を手当たり次第部屋の隅に積み上げていく。

(……まあ、何とか片付いたか……？)

実際には散らかっていた物が部屋の隅に追いやられただけなのだが、見た目がすっきりしていれば上等だろう。

(あ、布団《ふとん》とか敷いておくべきなのか。——でもなんかそれって早くってせがんでいるようでなさけねえよな……けど、今日はそれを誘ったわけだし……)

ぶつぶつと下らないことで悩んでいる。視線を廻《めぐ》らせながらそんなことを迷っていると、机の上に飾ってある写真立てに目が止まった。

そこにはまだ六、七歳ぐらいの頃の春明と禾恵が写っている。これは小学校低学年の頃に遠足で行った動物園で撮ったものだ。春明は肩に赤い羽根の派手なオウムを乗せ、禾恵は少しオウムを怖がりつつも離れないように彼の服の裾《すそ》をギュッと摑《つか》んでいる。

初めて禾恵とツーショットで撮った写真――春明の一番、大切な物である。


春明と禾恵は幼稚園の頃からの付き合いだった。――といっても幼稚園の頃はまともに口を利《き》いたことがない。小学校で同じクラスになり、それがきっかけで喋《しゃべ》るようになった。

最初は普通の友達として接していたけれど、段々、段々と無邪気《むじゃき》に笑う禾恵が大きな存在になっていって――この写真の頃には子供ながらに、はっきり彼女のことが『好き』だと自覚していた。そしてそれは向こうも――。

告白したのは中学に入学してすぐのこと。禾恵も同じ公立中学に入ったがクラスが違ってしまったため、小学校の時と比べて会う回数が少なくなってしまっていた。

禾恵との関係がどんどん疎遠《そえん》になっていくのを肌で感じている折、春明は同じクラスで親友になった光輝が美少女と登下校を常に共にしているのを見たのだ。かなりショックだった。こう言っては何だが、光輝に対する印象は決して社交的とは言えなかった。彼に友人らしい友人は自分以外いなかったし、本人も『自分に友人が出来るなんて思っていなかった』といつか言っていた。その光輝に、彼女がいるのである。絶対的な差を付けられた、と思った。

今、考えてみれば本当に馬鹿な話なのだが——ともかく春明はそんな光輝に触発されて、それから数日後、ありったけの勇気を振り絞《しぼ》って禾恵に告白したのだ。返事は言うまでもない。涙まで流されて、何故か悪いことをした気分になったのをよく覚えている。

ちなみに光輝と一緒《いっしょ》に歩いていた美少女の名前は星之宮御影といい、双子《ふたご》だと知ったのは告白した翌日のことである。間近でよく見れば、似ているというより全く同じ顔をしていた。

写真立てを手に取りあのときのことを懐かしんで笑っていると、玄関の方からチャイムが鳴った。——さすがに待ちくたびれているのだろう。

結局、布団《ふとん》は敷かないままで恋人を出迎えることにした。部屋を出て、玄関に向かって叫ぶ。

「おう！　今、開けるからちょっと——!?」

『待ってろ』と続けたはずの言葉が声にならなかった。声を発さない自分の喉《のど》に驚き、春明は自分の喉に手をやる——やろうとした。

（な、なんで——）

喉に当てようとした手はピクリとも動かなかった。

『——ハルくーん、まだかなぁ?』

ドアの向こうから声が聞こえる。春明は自分の身体《からだ》の異変に戸惑いながらも外で待ってくれている禾恵を家の中に入れるためにドアに近寄ろうとする。

「―――！」

春明は内心で自身の身体に『おい！』と突っ込んだ。玄関に向いた身体は反転し、足も逆の方向に進んでいった。

再びチャイムの音が聞こえる。恋人を出迎えてやりたい心とは裏腹に、春明の身体は普通に歩く速度で玄関から遠ざかっていった。フローリングの廊下《ろうか》を歩き、正面のドアを開ける。繋《つな》がる先はリビング。ダイニングテーブル、ソファー、テレビなどが置いてあるが身体はどれにも興味を示そうとせずリビングを歩く。そしてベランダに面した窓の前で一度止まった。

（な、何をしようとしているんだ……俺？）

かかっていた鍵《かぎ》を開けて、窓を開け放つ。白いレース生地のカーテンが風に揺れた。

ここは五階。高さは地上からざっと十五メートルといったところか。そのため、部屋に吹き込んでくる風は強い。春明は置かれているゴム製のサンダルも履《は》かないで白いベランダに出た。靴下《くつした》を通して床の冷たくて堅い感触。茶色く染まった髪が草原の緑のように風に靡《なび》く。

（ま、待てよ――どうして……俺は⁉）

ベランダを囲む衝立《ついたて》の上に両手が添えられる。

『ハルくーん……！　勝手に上がらせてもらうよ？』

（――カエ⁉）

十メートル以上離されてしまった後方の玄関のドアが開く音が小さく聞こえた。

（カエッ‼　助けてくれ、身体が言うこと利《き》かないんだっ！）

口は動く。しかし喉《のど》の声帯が微動もせず、空気を震わせることなく言葉は禾恵に伝わらない。後ろに振り向きたくても首も全く動かない。動く箇所《かしょ》は手と足のみ。その箇所も自分の意志で動いているわけでなく、勝手に動いているのだ。

自分の意志とは関係なく動く手足は衝立にかけられ春明の身体を勝手に持ち上げる。

(ちょ、ちょっと待てよ……こんな所から落ちたら猫だってあぶねーぞ!)

衝立の上に綱渡《つなわた》りのようなアンバランスさで立ち、視線は下に向かう。下はマンションの駐輪場。白いコンクリートで舗装《ほそう》された地面は柔軟とは無縁の強度を誇っていそうだった。

(俺は……死ぬのか……)

冗談じゃない。俺はまだやりたいことがあるんだ。今だってそうだ。俺は禾恵を抱き締めたい。これからも彼女の傍で時を過ごしたい——なのに、どうして——俺のモノであるはずの身体は、俺を殺そうとしているのか。

——後ろから軽い足音。禾恵だ。

「ハル君? ——こっちにいるの——!?」

リビングのドアが開く音がした。背後でハッと息を呑《の》む音が聞こえる。ベランダの衝立に立つ自分を見て、禾恵はどう思うだろう。

(こんのぉー!!)

春明は全身に力を込めて、後ろに身体を向かせようと試みる。しかし、身体は硬直したまま——首だけが、何とか回った。レースのカーテンが揺れる向こう。そこに小さい頃から大好きだった少女の困惑した顔がある。自身の手に力を込める。硬直が少し途切れ、小刻みに震えながらも手は真っ直ぐ禾恵の方へ向かう。

「——か……えっ……！」

首が回った時に声帯の硬直も解けたのか、風に掻《か》き消えてしまうほどの小さな声で彼女の名前を絞《しぼ》り出すように呼んだ。

名前を呼ばれて我に返った禾恵は走り出す。自分に向かって伸ばされたその手を取るために。

「ハル君——！」

だが遅かった。あと数センチというところで彼女は春明の手を取ることが出来なかった。春明の身体が虚空《こくう》へと倒れ、取り損《そこ》ねた手は反発し合う磁石《じしやく》のように離れていく。そしてそのまま——重力に引かれるがまま地上へと落ちていった。

「いやぁぁぁ——！」

彼が見たのは悲痛に叫ぶ少女の顔。涙を流し、自身も衝立《ついたて》から落ちるのではないかと思うぐらいに身を乗り出して、落ちていく自分を見る少女の顔——。

（ああ、恋人を悲しませるなんて最低だなぁ……俺）

落下していく間、脳の知覚処理速度が上がっているのか落下していく風景がスローモーションのようにゆっくりと流れていった。そのゆっくりとした時の流れの中で、春明は潔《いさぎよ》く自分の死を覚悟した。

（死んだら俺は幽霊になっちまうのか——）

一人の親友の顔が、春明の脳裏《のうり》に浮かんだ。幽霊を視《み》ることが出来て、会話も出来ると言っていた親友の顔。彼が実際に幽霊と会話している光景を何度か見たことがある。

（コウなら幽霊になった俺を見つけてくれるかな――）

そうなったら、彼女と会話が出来るように頼もう。あいつ口は悪いけどすっげー優しい奴だから快《こころよ》く引き受けてくれるだろう。

ぐしゃ、と湿り気の含んだ音がした。痛みを感じるとともにそれが自分の死の音だと理解する。普段は気にすることとないのに、肋骨《ろっこつ》が全部折れたとか、その破片が肺に突き刺さったとか解りたくないことをどんどん脳が理解していく。

彼が最期《さいご》に見たのは愛《いと》しい恋人の顔ではない。うつ伏せに倒れる自分の腹から染み出ていく赤い血だった。白い地面が赤く染まっていくのを見て――春明の意識は黒く遮断《しゃだん》された。


彼女が今居るのは、たった独《ひと》りだけで占有《せんゆう》している寮の室内。その室内で、元は羽織の席だった椅子《いす》に浅く腰掛け、閉ざしていた眼を開けた。

開けられた眼には驚きの色がある。ほんの一瞬とはいえ、彼は魔眼をただ『想う心の強さ』だけで解いたのだ。今まで誰も解けなかった魔眼の呪縛《じゅばく》を――。

「そんなに……愛していたの……」

共感していたから彼がどれだけ彼女を愛していたか解る。遠藤春明という男は恐らく遊びで女と付き合う男ではない。間違っても悲しませるためだけに彼女と肌を重ねたりしない。

――それを自分は奪ってしまった。ただ男全てが憎い、と理由で。

「私は……間違ったことをしている？　羽織……」

《何を悩んでいる？》

答えたのは羽織ではなく、あの『声』だった。雪里は慌《あわ》てて冷淡な表情――羽織を穢《けが》した奴らに対する憎しみに染まった顔を作った。

「……別に……何も、悩んじゃいないわ」

《そうか。ならいいのだがな……》

くぐもった声は意味深《いみしん》な言葉で頷《うなず》きを返す。

《しかしこれだけは言っておく。お前はすでに普通ではない。人と相容《あいい》れることは二度とない――それを忘れるな。お前は、人であることを捨てたんだ》

声の気配はそれで消えた。

「……解ってるわよ、そんなことは……」

もう、後戻りは出来ない。自分はこの世界の男を全てこの手で殺す――そのために、この眼を手に入れたのだから……それを最後まで実行してやるまでだ。

そんな自分を、部屋の片隅で悲しげに見ていた少女の存在に彼女は気付かない。

悲しげな表情を浮かべた少女は壁を通り抜けて部屋を出て行く――いつものように、彼女が殺してしまった男性の元へ謝りに行くために。

◇

「それにしても、本当に偶然ね。帰りの電車一緒《いっしょ》になるなんて」

「ああ、そうだな」

光輝と御影は吊り革に摑《つか》まって、電車に揺られていた。今日は紅葉《もみじ》学園で女子ソフトボールの練習試合があり、御影は菜緒子《なおこ》の応援をして、今帰ってきたところなのだ。その帰りが偶然、光輝と重なった。電車の窓の向こうのホームに、自分と同じ顔をした人間を見たときは、自分達の繫《つな》がりはなんと頑強なものだろう、と御影は心底思った。ちなみに試合は紅葉学園の圧勝で、菜緒子は部活の片付けでまだ学校に残っていてここにはいない。

「──狩壬《かるみ》で何してたの？　買い物か何か？」

舘葵《たちあおい》の改札を出た所で、御影が振り返って訊《き》く。光輝は心底呆《あき》れたように、御影を見た。

「何を、って、お前がこれ頼んだんだろーが？」

「……あ、ああ！」

光輝がばしばしっと小脇に抱えていた分厚《ぶあつ》い紙束を叩いた。薊市内の退魔依頼書──御影はすっかり忘れていた。

「んだよ、こっちは朝から今の今まで歩き回って十五件も片付けてきたってのによ……依頼主が忘れてんじゃ意味ねえじゃん……」

「うわぁ、十五件も!? 光輝、凄《すご》いね、優秀だよ！」

「あからさまに話を逸《そ》らそうとしてますよ、この人は……」

大袈裟《おおげさ》に驚いて見せる姉を、弟はジト目で見た。

「あー、あ、ははは……」

誤魔化《ごまか》すように笑い続ける御影。光輝はもうどうでもよくなったのか、はぁっと疲れたように嘆息《たんそく》すると、

「……まぁ、明日にでもまたやるさ。——あ、そういやさ、御影覚えてるかな。遠藤春明と南条禾恵っていう奴」

別の話題を振った。話の矛先《ほこさき》が変わったことに安堵《あんど》の表情を見せると、御影は中学時代の記憶を掘り起こして首を小刻みにゆっくりと振って頷《うなず》いた。

「ああ、覚えてる覚えてる——確か、私を光輝の恋人だって勘違《かんちが》いした光輝の友達でしょう？ 南条って娘《こ》はその友達の彼女」

「そうそう。それがきっかけで勢いづいて、下校で生徒が溢《あふ》れかえってる校庭のど真ん中で告白したすっげー恥ずかしい奴らね。そいつらとさ、さっき偶然会ったんだ」

「へえー、狩壬で？」

「ああ、これまた仲良く二人揃《そろ》って狩壬の高校に通ってるみたいなんだ」

「ふーん……元気だった？」

陽も落ちて、すっかり暗くなった道を二人は歩く。

「ああ、二人とも変わってなかった。ここまで人が変わらないことなんかあるのかなっていうぐらいにね。まるで一年以上も顔を合わせていなかったなんて嘘みたいに思った」

そういう光輝の表情はとても嬉《うれ》しそうだった。

御影は知っている。弟には友達と呼べる存在はただ一人——その遠藤春明という少年しかいないということを。弟はいつも自分の弱さに苛立《いらだ》っていて、学校の級友達が話しかけられるような雰囲気《ふんいき》ではなかった。そのため光輝は学校生活をいつも独《ひと》りで過ごしていたのだが、中学に上がった頃、御影は偶然弟がある男子生徒と親しげに話している姿を見かけたのだ。

その男子生徒の名前が遠藤春明——光輝の口から初めて友と紹介された唯一の名前。

「そっか……よかったね」

そう知っているからこそ御影も一緒《いっしょ》に心から喜んで、笑った。光輝は嬉《うれ》しさを隠し切れないまま、笑って静かに頷《うなず》く。

それを微笑《ほほえ》ましげに御影が見ていると、スカートのポケットに入れてあった携帯電話が振動した。取り出して、ディスプレイを見ると自宅からだった。

「母さんかな——もしもし」

『もしもし、ミカちゃん？　悪いんだけど、今すぐコウちゃんと連絡を取ってくれる？』

出てみるとやはり母——澪だった。しかしいつものようにおっとりと声ではなく、少し急いでいるような色が窺《うかが》える。

「光輝？　光輝なら、今一緒だけど？」

ちらっと光輝の方を見る。『俺?』と自分の顔を指差しながら光輝は不思議そうな顔をした。

『ああ、そうなの。…………じゃあ、コウちゃんに代わって頂戴《ちょうだい》』

「――?　解った。代われって」

今度は声が少し沈んだ。一体何だというのだろう。疑問に思ったが、御影は光輝に携帯を渡した。弟は訝《いぶか》しげに受話器を耳に当てる。

「もしもし――母さん?　何?　――え、何で……?　ああ、解った」

一度携帯を離すと、光輝は深呼吸をした。

「なに、どうしたの?」

「……よく解らんが一度、深呼吸して落ち着けだってさ」

だからって本当にやる必要はないんじゃないか、と御影は内心で思うが口には出さない。素直な弟君を下手《へた》にからかってこれ以上捻《ひね》くれ者にしてしまってはあまりにも勿体《もったい》無い。

「はい、したぞ。――ん、んん……ああ、覚えてる。っていうか今日会ったばっかり。あいつがどうかしたか――は?」
二、三会話を交わしたところで、光輝の顔が真っ青になっていくのが薄暗い中でも解った。ただならぬ雰囲気《ふんいき》に、いつの間にか真剣な表情で御影は光輝の横顔を見守った。
「おい、母さん。何の冗談だ?　だってあいつは今日会ったばっかりなんだぜ、それがっ……!」

光輝が声を荒らげた。しかしすぐに自制が回復したらしく、「ごめん」と小さく謝った。

「それで、病院は？……解った、すぐ行く。電話してきた奴の様子はどうだった……うん、そうか……そうだよな……連絡ありがとう、じゃあまたあとで」

光輝は通話を切って、御影に携帯を返した。彼女は重い表情で受け取る。携帯には熱いほど光輝の体温が残されていた。――嫌な、予感がする。

「――お母さん、何だって？」

「……ハルが自殺したんだそうだ」

ぽつりと、何でもない風を装《よそお》いながら彼はそう言った。

◇

舘葵にある市立病院に行き、手近な看護師を摑《つか》まえて春明の所在を尋ねると霊安室に案内された。そこの冷たい部屋の中には少女が独《ひと》り、彼の傍に寄り添うように立っていた。

「――南条」

光輝が名前を呼ぶ。そこで初めて禾恵は彼らが入ってきたのに気付き、涙でぐちゃぐちゃになった顔を二人に向けた。ほんの数時間前まで、大人しかったけれど恋人の傍にいて幸せそうに微笑《ほほえ》んでいた彼女の顔。それが今ではやつれにやつれきった苦渋の顔を浮かべている。

「こう……き、くん……？」

誰なのか認識出来る程度には正常ということを確認して、光輝は胸の中で安堵《あんど》する。

「そうだ、光輝だよ南条。――ハルの親御《おやご》さんは？」

「どっちも……連絡が……つかなくて……」

そういえば春明の両親はとても忙しくて春明の家はいつも彼一人だった。だから光輝は何度も彼の家に出入り出来たのだ。彼の両親は今も仕事の最中なのだろう。

「……携帯も？」

「会社の人にお願いして、何度も連絡して貰《もら》っているんだけど――どっちも接待中みたいで……電源切ってるらしいの」

「……そうか」

携帯の意味がねえな、と光輝はぼやいた。禾恵の隣に近付く。

「南条、お前大丈夫《だいじょうぶ》か？」

「……だいじょうぶ……な、わけない、でしょう？　目の前で……ハル君、が……」

禾恵が涙を流していた。頬《ほお》を伝う乾かない涙の跡が、ずっと泣いていたことを暗に示す。視線を落とし、光輝は親友の顔を一瞥《いちべつ》する。

自宅マンションから彼は飛び降りたらしいが、顔は傷一つ付いていなかった。ただ眠っているかのように、眼を閉じた安らかな寝顔。全身は滅茶苦茶《めちゃくちゃ》に破損してしまっているらしい。

「………」

光輝は霊安室の中を視渡《みわた》す。――しかし何処《どこ》にも彼の姿は見つからない。

（お前の彼女がこんなに悲しんでるんだぞ？　成仏《じょうぶつ》なんかできねえだろ、ハル――なのに……

お前はどうしてここに居ない?)

人は肉体が死んでも、霊体が残る。自分の死を納得出来ずに冥界《めいかい》へ行くことを強く拒《こば》む者は、現界《げんかい》に留《とど》まることが出来る。これが浮遊霊《ふゆうれい》となったり、地縛霊《じばくれい》となったりするのだ。禾恵のことが小学校のときから好きだったような一途《いちず》な男が、彼女に何も言わずに消えたりするはずがない。マンションの方は、精霊を介して調査済みだ。死んでしまったときの強い悲哀によって大地に縛《しば》られてしまった地縛霊になったわけではない。

——ならば禾恵の傍に居るのだろうと思ってここに来たのだが、問題の彼は何処にもいなかった。霊安室に至るまでの道すがら、病気で亡くなった人やら事故で亡くなった人やら非常に多くの幽霊がいたが、春明の姿をした幽霊は何処《どこ》にもいなかった。

光輝は視線を少女の横顔に戻す。

「南条、少し休んだ方がいいんじゃないか? ちょっと表の椅子《いす》に座ってろよ」

禾恵は予想通り、首を横に振った。

「ハル君……独《ひと》りにしたら、きっと寂しがるから……」

「俺が付いてるよ。だからお前は休んでろ」

しかし禾恵はまた首を横に振った。

「ううん……私が、ハル君の傍から離れたら寂しい……から」

ふう、っと光輝は意外に強情な彼女に溜息《ためいき》をつく。そして少し逡巡《しゅんじゅん》した後、リストバンドから蒼《あお》い石を一つ取って禾恵の眼前に出した。

「――Thurisaz《スリザス》」

囁《ささや》くと、蒼い石は輝き、その輝きを見た禾恵は静かに眠り始めた。前に倒れそうになった彼女の身体《からだ》を光輝は支えてやる。

「疲れただろ？　今日はもう休んでな」

ポンポンと彼女の背中を叩いて、光輝は禾恵の寝顔に囁《ささや》く。

「御影、こいつを外に出して椅子に寝かせておいてやって」

「う、うん……」

二人とあまり面識があるわけでない御影は、壊れ物を扱うように禾恵の身を支えてやった。

「光輝……これは……？」

「ルーンで眠らせただけ。朝になれば目を覚ますように調節しておいたから大丈夫《だいじょうぶ》だ」

御影は一度少女の寝顔を見てから、もう一度光輝の方を見る。

「光輝……光輝は大丈夫なの？」

「ああ、何ともない……それよりも早く、南条を寝かせてあげてくれないか」

「う……うん。じゃあ外で待ってるから」

御影はそう告げると、禾恵の身体を肩で支えて霊安室から退室した。

「…………」

それを横目で見送ると、光輝は再び春明の顔に視線を落とした。

そして、精霊達を召喚《しょうかん》した。

「ごめん、こんなことで呼んじゃ悪いかもしれないけど今は俺の我儘《わがまま》を聞いてくれないか？」

精霊達はそれぞれ頷《うなず》いて見せてから虚空《こくう》に消えると、光輝と春明の周りに結界《けっかい》を構成した。

「ありがとう……こんな情けない姿、誰にも見せたくないし、聞かせたくもないから」

周りを包む精霊に感謝を述べると、涙が春明の顔に弾みながら落ちる。それから堰《せき》を切ったように光輝の目から涙が溢《あふ》れ出る。

「――ぁあっ！　……くっ、うっ……！　あぁぁ――」

結界が声を外に洩《も》らさないようにしてくれている。だから光輝は何も憚《はばか》ることなく声を上げて泣いた。前屈みに、今にも倒れそうな姿勢で泣いている光輝を見て、一度虚空に消えた精霊達の何人かが慰めるように彼の周りに漂う。

《――ダイジョウブ》《――カナシイノ》《――イタイノ》《――クルシイノ》

「ぜんぶ……だよ……こいつは……俺の……初めての……たった一人の友達……それが……」

それ以上は続けられなかった。喉《のど》が引き攣《つ》って言葉を続けることが出来ない。ただ嗚咽《おえつ》を洩らしながら泣き続ける。走馬灯《そうまとう》を脳裏に映すのは、何も死に逝《ゆ》く者だけではない。それを看取《みと》る残された者もまた走馬灯を映すのだ。


――中学の教室で、誰と話すわけでもなくずっと独《ひと》りで苛立《いらだ》って、煩悶《はんもん》を抱いたまま無為《むい》に過ごしていた日々に突然、土足でずかずかと入り込んできた騒々しい同級生。

他愛《たわい》無い話や、冗談なんかを休み時間にするだけでも学校は楽しいものなのだと教えてくれた、ただ一人だけの親友。

彼のように明るくて――心が強い人間になりたくて、春明の暴走としか思えない行動に全力でついていった。本当に色んな馬鹿なことをやった。こんなにも悲しいのに思い出すと笑顔になってしまうほどに――。泣きながら笑う――そんな奇行を繰り返していたときだった。

精霊とは違う、はっきりとした意志のある少女の声が耳に届いた。

《ごめんなさい……》

いつそこに現れたのか、涙に曇った目で声がした方を視《み》るとそこに、透き通った少女が春明に向かって頭を下げていた。長い黒髪を白いリボンで二つに結わき、何処《どこ》かの学校の制服を着ている少女――の幽霊。その制服には見覚えがあった。今日、狩壬に出向いたときに見かけた制服だ。――しかし、そんなことはどうでもいい。この少女が今、謝ったということは。彼女は、春明が死んだことについて何か知っているということだ。

「――――お前が」

《え――きゃっ！》

話しかけられ驚いた少女の幽霊が風に吹き飛ばされ、壁にぶつかる。霊体である彼女の身体は本来なら通り抜けてしまうはずだ。しかし光輝が壁に地の精霊を憑依《ひょうい》させて、霊体をも通過させないモノにしているのだ。壁だけではない。彼女の台詞《せりふ》を聞いた瞬間に、光輝はこの室内全てに地の精霊を憑依させて、逃げ場のない状態を造り上げている。

崩《くず》れ落ちた幽霊の身体を見据《みす》え、光輝は室内の湿気を利用して少女を凍りつかせる。幽霊の身体は首だけを残し、跪《ひざまず》いた姿勢で透明な戒《いまし》めを課せられた。

《――な、なにこれ……？　いやそれよりも貴方《あなた》、わたしのことが視《み》えるんですかっ⁉》

少女は身体を拘束《こうそく》する氷の枷《かせ》よりも、この少年が自分を視ることが出来ることの方が、驚きが強いようだ。そしてそのことを問う表情は何故か嬉《うれ》しそうだった。

《なら、お願いがありますっ！　お願いです、どうか彼女を止め――》

彼女は焦るように懇願《こんがん》の言葉を紡《つむ》ぐが――しかし光輝には聞こえておらず途中で遮《さえぎ》られた。

「――お前が、殺したのか？」

酷《ひど》く平淡な声。そこから滲《にじ》み出る殺意は、温度を体感しない霊体をも震え上がらせる。

光輝が幽霊の少女に歩み寄る。右の手の平を上に向けると、小さな音を立てて炎が灯った。

「お前が、ハルを――殺したのか？」

屈んで、幽霊の眼前に揺らめく炎を持っていく。幽霊に死はない、と思われているようだがそれは間違いだ。この炎に一舐《ひとな》めでもされたら、霊体を構成しているエーテルは焼き払われ、核となっている魂《たましい》も焼却される。つまり、二度と転生《てんせい》することのない『死』。

絶対的な『死』を具現《ぐげん》する炎をちらつかせて、光輝は再度問う。

「ハルだけじゃない――今、男達が次々自殺していっているおかしな事件。それも、お前が起こしているのか？」

春明が自殺するわけない。彼も、いま薊市で起きている、男性のみが連続して自殺・事故で死んでいっている怪奇に巻き込まれたのだと光輝は直感していた。

《——わたしが直接殺したわけじゃありません……だけど彼女にこんなことをさせてしまっているのは……わたしのせいです……》

少女は炎には目もくれず、ただすまなそうな顔をして、光輝の言葉を半分否定し半分肯定した。

「……その彼女って誰だ？」

問われて幽霊は、愛《いと》しい彼女の名前をそっと呟《つぶや》いた。そして時間をかけて、何故彼女がそんなことに手を染めたのかも話した。

「そいつが……ハルを殺したのか」

しかし光輝にしてみれば事情なんか知ったことではなかった。聞くだけ聞くと炎を消し、幽霊に一切《いっさい》の興味を失くして霊安室を去ろうとする。氷の枷《かせ》は解かないままで——。

《ま、待ってください——！　あの、彼女を止めてきてくれるんですよね？》

幽霊が必死な様子で呼び止めるが、光輝は止まらずに頷《うなず》くだけだった。

「ああ、安心しろ。すぐに殺してきてやる」

《——え、殺す……？》

何を言われたか解らない——そんな声を上げた少女の方に、今度こそ光輝は立ち止まって振り返った。

「当たり前だろ。そいつは昨日までに四四人殺している。こんだけ殺した人間は、普通に裁判かけても問答無用で死刑を求刑されるだろうさ。それにこの国じゃ、妖魔に憑《つ》かれた人間は妖魔と対等の扱いを受ける。妖魔は殺されて当然のもの――この国じゃそう決まってる。だから相手が人間だろうが妖魔と対等の立場にある者ならば容赦《ようしゃ》なく殺す。――そいつが、春明を殺したっていうなら尚更《なおさら》だ」

《そ、そんな――》

すでに『死』という絶望を味わった幽霊の表情が、さらなる絶望を前にして歪《ゆが》んだ。

《ま、待ってください!! お願いです、どうか、どうかそれだけはっ――!!》

後ろで少女が高い声で張り叫んでいたが、無視して光輝は霊安室を去った。廊下《ろうか》に出ると椅《い》子《す》に座っていた御影が不思議そうにこちらを見る。彼女の膝《ひざ》の上で禾恵が安らかな寝息を立てて眠っているのをちらっと見ると、光輝は御影の前を通り過ぎた。

「光輝――何処《どこ》に行くの?」

光輝の足が僅《わず》かに止まったが、

「妖魔を祓《はら》ってくる」

短く告げるとすぐに姉から離れるように歩を進める。弟の突然の行動に不安なものを感じた御影は禾恵をそっとどかして追いかける。

「ちょ、ちょっと待って……急にどうしたの?」

「自殺・事故の怪奇現象を起こしている奴が判明した。そいつを殺しに行く」

「こ、殺すって……ちょっと待って」

御影は光輝の前に廻り込んで、道を塞《ふさ》いだ。光輝は鬱陶《うっとう》しそうな視線で、前に立った姉を見る。

「もしかして、長村君と同じような？」

「そうだ。多分、同じ妖魔から力を受け取ったんだろう」

「——つまり、それって人間を殺しに行くってこと？」

光輝は首を振って否定した。

「違う、そいつはもう人間じゃない。妖魔を殺しに行くんだ」

横を通り過ぎていこうとする光輝を御影は腕を摑《つか》んで止めた。

「待って！　他はそうするんだろうけど『星之宮《ほしのみや》の陰陽師《おんみようじ》』は違うでしょ！　『我らの力は、人を救済するもの。故にたとえ妖魔に憑《つ》かれた者であろうとも、人ならば可能な限りこれを助ける』。ウチにただ一つしかない、けれど一番大切な理念じゃない！」

廊下《ろうか》に御影の声が反響した。シンと静まり返り、数秒の沈黙が場を支配した。

「ね、だからよく考えよ？　何も殺さなくたって長村君の時みたいに——」

「——俺は『星之宮の陰陽師』じゃない」

御影の言葉は途中で遮《さえぎ》られた。「——え？」と自然に疑問の声が上がる。

「俺は『星之宮の陰陽師』じゃない。星之宮の名を翳《かざ》しているが、俺は『星之宮に所属する退魔師』じゃない。——だから星之宮の理念に従う必要なんてない」

光輝は御影の手を振り解《ほど》いた。

「俺はハルを殺した奴を殺す——これはお前が俺に今朝《けさ》、依頼した仕事だ。自分が依頼した仕事の邪魔《じゃま》をするなよ」

光輝は再び、前へと歩き出す。しかしそれをまた御影は廻り込んで止めた。

「——行かせない」

両手を広げて、真っ直ぐに光輝を見つめる。

「光輝は確かにまだウチの退魔師《たいまし》じゃない。だけど、光輝はこれからそうなるつもりなんでしょ？　だったら『星之宮』の規律は守りなさい」

姉の真摯《しんし》な眼差《まなざ》しの前に光輝は『くだらない』とばかりに肩を竦《すく》めた。

「これから——だろ？　だったら別にいいだろうがよ。それに今朝も言ったが、別に俺は『星之宮の退魔師』にこだわっているわけじゃない」

「——そう。じゃあ、光輝の姉としてお願いする。私はね、光輝。ただ純粋に光輝に人殺しになって欲しくないだけなの。だからお願い、考え直して——」

だがその言葉も今の光輝には届かない。

「だから言っただろう？　俺は人を殺しに行くんじゃない。妖魔を殺しに行くんだって」

「そっか。何を言っても無駄なんだね……」

やっと解ったか。光輝は嘆息《たんそく》をして再度、彼女の脇を通り抜けようとして——足を止めた。

「……何のつもりだ、お姉様？」

御影が身を少し屈《かが》め、構えを取っていた。

「何を言っても無駄なんでしょ。だったら力ずくでも止める――」

「何を言ってるんだ。こうしている間にも、奴は男を自殺に追い込んでいるかもしれないんだぞ？　何でお前はそれを止めるんだ？」

「光輝に人を殺させたくないから。私達の仕事はあくまでも妖魔を滅し、人を救済すること――これからその仕事に就《つ》く予定の弟にそれを破らせるわけにはいかない。それに――」

御影の表情には怒りが見え、鋭く光輝を睨《にら》む――胸に抱く憎しみを見透かすように。

「解った、とか言っていたくせに、私の言ったこと全然解ってなかったみたいだから――今回はちょっと本気でお説教する」

「……ったくよ」

どうあっても姉は退かないらしい。

「言っとくが一年前の俺とは違うからな。俺を止めるつもりなら本気でこいよ？」

光輝も退かないという意志を示した。構えは取らない。ただ表情だけを父親と戦ったときのように、戦闘用のモノに変えた。――空気が軋《きし》み始める。

御影は自分の弟を相手にする、ということに初めて緊張感を覚え、それがとても嬉《うれ》しく思えた。嬉しさが隠しきれず、どんなに怒りの表情を作っていてもつい口元が綻《ほころ》んでしまう。

「――なんてね」

その綻んだ瞬間を光輝は見逃さなかった。見逃さずに自身の〈気〉を爆発させ、常人の目には消えたとしか映らない速度で御影の脇を通り抜ける。

「じゃあね。俺が本気でお姉様と戦うと思った?」

すれ違いざま、まだ視線は前を向いたままの姉の耳元にそう囁《ささや》いて光輝は一気に駆け抜け、病院を後にした。

◇

白崎雪里は食堂から戻ってくると、ふうっと息をついた。食堂に行ったのは、顔を出さないと管理人の小母《おば》さんがうるさいからだ。気遣ってくれるのは嬉しいが、こういうときはお節介《せっかい》に感じてしまう。

羽織が死んでからというもの、雪里は食べ物らしい食べ物を口にしていない。口にするとしても、夕方にコーヒーを飲んだように飲み物を飲み下す程度。食堂に行ってきたものの、いつものようにお茶を一口、二口、魚と白飯をほんの少し食べただけだ。

ソフト部の仲間と席が一緒《いっしょ》になった。今日の練習試合は負けたと報告を受けた。すっかり忘れていたが、今日は紅葉学園と練習試合を行う日だった。それを決めたのは雪里自身だったのに、恥《はじ》をかかせてしまい本当に申し訳ないと思う。だが、ソフト部の仲間は自分を責めるようなことはしなかった。『早く体調良くなってね』と励《はげ》まされるばかりだった。

(……それは無理だよ)

この胸の空虚感は決して埋まることはない。どんなに男に死んでもらっても、たとえこの世から男という生命が失くなったとしても埋まることは絶対にない。

彼女は——羽織はもうこの世に居ないのだから。

雪里は電灯も点けずに机の椅子《いす》に座った。部屋の窓から入り込む、街灯の明かりで何とか室内を視認することは出来る。机の上に置かれたオルゴールに手を伸ばし、蓋《ふた》を開く。美しくも切ないメロディーが暗い部屋の中に響いた。目を閉じて、その旋律《せんりつ》に意識を委《ゆだ》ねる。無意識に、メロディーを口ずさんでいた。

「『forget-me-not』か。いい趣味してるな」

知らぬ声が突然、沸き上がるように響いた。驚いて、雪里が声の方に振り向く。

「————っ！」

彼女は喉《のど》に圧迫を感じたかと思うと、椅子から弾き飛ばされた。正面からぶつかってきた衝撃に襲われるまま、部屋の壁に身を押し付けられる。壁から来る反作用の衝撃が背中を襲い、肺の中に含まれていた酸素を吐き出させる。

雪里は苦しげに眼を開け、自分の置かれている状況を確認した。まず喉にかかる力により、自分が押し上げられ宙に浮いているのが解った。次に自分の首を掴《つか》んでいるのは人間の手。その手の先を辿《たど》っていくと、闇の中でも輝く金色の髪と獰猛《どうもう》な笑みを浮かべる少年の顔がある。こちらの能力を知っているのか、両眼は閉じられていた。

「お前の能力は『魔眼』。中には見られなくても視《み》るだけで効果を発揮する化け物がいるが、それは先天性の魔眼に限られる。お前みたいな創られた魔眼にそんな力はねえだろ。つまり目さえ閉じていれば、お前の能力なんざないも同然」

その声は喜んでいるようだった。

(何に——?)

考えるまでもない。自分をこうしていたぶれることに、喜んでいるのだ。

「——さあ楽しませてくれよ、白崎雪里《しらざきせつり》」

少年はそう言うと、無造作《むぞうさ》に雪里を床に投げ捨てた。そう大して広くもない室内は、フローリングの床を滑るとすぐに横の壁に激突する。

「くっ……あっ！」

床を擦《こす》った左半身も、締め付けられていた首も、今打った後頭部も——全身が痛かった。

「その程度で気を失うなよ。お前にはまだまだリアクションを見せて欲しいんだから」

雪里は壁に半身を預け、上体を起こして前を視《み》る。窓から差し込む街灯の明かりを背景に少年はゆっくりと歩み寄る。その速度は自分の恐怖を煽《あお》るためか。小さな歩幅で三歩進んだところで弾みをつけて前方に跳ぶ。咄嗟《とっさ》に雪里は眼を閉じた。ガン、と真横で鼓膜《こまく》を破りかねない音がする。恐る恐る眼を開けて横を見ると少年の左足が壁に一センチほどめり込んでいた。

「ほう、外すって解っていたのか、それとも反応することが出来なかったのか。どちらでもいいが、次からは動かないと死ぬぞ」

「——あ、あああああっ!!」

足を退かしながら彼は言う。その言葉に、彼女は自分が少し異常な力を手に入れただけの、弱い人間だということに気付かされ、喉《のど》が張り裂けんばかりに絶叫を上げた。逃げ場を求めてドアへ一目散に走る。

「――!?　――!?」

しかし何度ノブを捻《ひね》ってもドアは開かなかった。鍵《かぎ》はかかっていない。かかっていないのに、このドアは重く閉ざされている。雪里は混乱するうちに、何とか開けたい一心でドアに向かって体当たりを始めた。二度、三度と繰り返すがびくともしない。

「無駄だぞ」

後ろの声に雪里は振り返る。少しでも距離を離したいがために背中をドアに密着させる。

「ドア、壁、窓、天井、床に至るまでこの部屋を区切らせてもらった。ドアは押そうが引こうが開かないし、窓を突き破ろうとしても逆に自分の肩を壊すぜ。ちなみに防音も完備だから安心してくれ。聞いたことあるか、これを結界というんだ」

少年が金色の髪を揺らしながら、ホラー映画の化け物みたいにゆっくりとこちらににじり寄ってくる。雪里は、すでに四五人の命を奪った殺人者とは思えない気弱な声で訊《たず》ねた。

「――貴方《あなた》、誰なの……?」

少年は歩みを止めた。変なことを訊《き》かれたとばかりに可笑《おか》しげに笑う。

「お前は自分を殺す相手が誰なのか気になるのか？　自分が殺すときは、誰に殺されるのかどころか、どうして殺されなきゃならないのかすら相手に教えなかったくせに」

少年が笑みを止めた。瞼《まぶた》は閉ざされているのに、その奥の瞳が強い怨嗟《えんさ》で自分を睨《にら》んでいるのが痛いほど解る。

「その点、お前はいいよな？　自分が何故殺されるのか、おおよその見当は付いているだろ。殺される理由が解っているだけ、お前はお前が殺した奴らより理不尽《りふじん》な死を迎えることはない」

雪里は慌《あわ》てて脳に残っている今まで殺していった男の情報を調べていく。――すると、すぐに眼の前の少年を記録した情報が脳内に映し出された。

それは今日の夕方、自殺させた少年――遠藤春明の記憶の中にあった情報だった。

「ほしのみや……こうき……」

少年――星之宮光輝は感心したように「ほう」と息を漏《も》らした。

「その魔眼は相手の身体《からだ》を支配するだけじゃなく、相手の記憶を脳の中に記録して置くことも出来るのか。じゃあ、俺がどういった家系にある者かも当然解っているよな」

星之宮光輝。彼は遠藤春明の親友であり、妖魔を祓《はら》う『退魔師《たいまし》』の家系の者だ。

退魔師――『声』が言っていた注意すべき存在。見つかれば最後、妖魔に寝返った人間など、もはや人間と思わずに殺す存在。

「……ひっ」

殺される。実感すると自分の意志とは関係なく、悲鳴が漏《も》れた。

「いいね……さあ、もっと悲鳴を聞かせてくれよ。もっと俺を楽しませてくれ」

雪里はソフトで鍛えた俊足《しゅんそく》を活かして、光輝の脇を通り過ぎる。魔眼が使えない今、彼女が頼れるのは物理的な力——何か武器となるようなものを求めて、彼女は机の上にあるペン立てに入っていたハサミを握り締めた。両手で構え、先端を星之宮光輝に向ける。やはり彼は眼を閉じたまま、笑っていた。眼を閉じていながら、こちらの行動を全て見ているかのよう——だとすれば、彼にとってハサミなど凶器のうちに入らないのかもしれない。

それでも彼女は駆けた。ハサミを、相手の身体に押し込むために。

光輝は軽く横に逸《そ》れて躱《かわ》し、雪里の腕を摑《つか》んだ。空いている右手で、腹に一発叩き込む。腹の痛みにハサミに込めていた力が緩《ゆる》み、取り落とす。

光輝は右足を振り上げた。容赦《ようしゃ》なく放たれた回し蹴《げ》りは、腹をとらえ雪里の身体を軽々と吹き飛ばし、窓の下に叩きつけられる。

「ごほ、ごほ、ごほごほ……っ!!」

激しく咳き込む。同時に涙が出てきた。逃げ場の無い絶対的な恐怖に心が完全に押し潰《つぶ》されている。前の少年が怖くて怖くて——決して泣かぬと思っていた眼に涙が零《こぼ》れていた。

「……怖いのか？　自分に迫る死の予感が怖いか？」

光輝は冷酷《れいこく》な声とともに近寄ってくる。

「……いや、来ないで……」

「これが、お前が四五人の男にしていたことだ。問答無用、容赦なく襲い掛かる死の恐怖——多分、ほとんどの奴らは自分が殺されたとも気付いていない不幸な連中だろうな。だけどな、そんな理不尽な死であるにも関わらず誰一人として、現世に霊体の姿で留まっていないんだよ。不思議だよな」

彼は閉じた眼で見下ろすように立ち止まる。

「考えられる可能性は二つ、皆この世に何の未練もなくて冥界《めいかい》に招かれるまま成仏《じょうぶつ》してしまったか——お前が殺した後に、お前かお前に力を与えた妖魔が魂《たましい》を集めているかのどちらかだ」

彼は屈み、雪里の歪《ゆが》んだ顔を鷲摑《わしづか》みにする。

「さて、今日の夕方——マンションから飛び降り自殺させられた可哀想《かわいそう》な少年の魂は何処《どこ》にいったのか、教えてもらおうか。答え方には気を付けた方がいいぞ。場合によっては、このまま脳ごと潰《つぶ》すから」

少女の骨が軋《きし》みを上げた。

「……あ、私に……力をくれた……『声』に……魂《たましい》を、送ってる……それが、この力をくれたときの、条件だったから……」

痛みに耐えながら、彼女は正直にぎこちなくそう答える。

「ほお、お前は魂の送信も出来るわけだ。——で、魂の送信先は？」

「解らない——ただ……『声』をイメージして送れば、魂が勝手に向かう……——っ‼」

顔の締め付けが強くなり、雪里はくぐもった悲鳴を上げた。

「ほ、本当よ……魂の行き先なんて……知らない……」

「じゃあ、次の質問だ。送信された魂は、そこでどうなるのかな？」

「……喰らって、るって……言ってた……——っ！」

骨がさらに軋《きし》みを上げた。これ以上の重圧には耐えられないと骨が悲鳴を上げている。

「そうか……つまり、あいつはもう現界には……いや、魂を喰われちまったから、冥界《めいかい》にも、何処《どこ》の世界にも存在しないのか……冥界に、いれば……呼び寄せることが出来たのに……それさえも……出来ない、っていうのか……？」

摑《つか》まれる指の隙間《すきま》から見えた彼の頰《ほお》は涙で濡れていた。

「もう転生することも出来ない……あいつの存在は……本当に消えちまった」

ガン、と顔を押されて後頭部が壁に強打。彼女は悲鳴を上げなかった。

彼の、退魔師の閉じていた眼が開いていたから。真っ赤に充血し、涙を一杯に溜めた彼の眼と視線が交わった。――しかし、雪里は魔眼を使おうなんて欠片《かけら》も思いつかなかった。

獣染《けものじ》みた彼の眼に畏縮《いしゆく》したわけではない。

（私と――同じなんだ……）

自分が羽織を奪われたのと同じように彼も大切な者を他者の手によって奪われた。

（それなら、仕方ないか……）

殺されても仕方がない――。いや、むしろ彼に殺されるのなら本望だ。仕事だからではなく、感情によって殺される方が少しでも人間らしい死を迎えられそうだ。彼女は目を閉じた。来《きた》る死を少しでも安らかに受け入れられるように願いながら――雪里は気を失った。

光輝は彼女の顔を握り締めていると、ふと外に気配を感じて雪里から飛び退いた。同時に雪里の頭上にあった窓硝子《ガラス》が鋭い音を立てて割れた。

硝子の破片は雪里を避けるように床に散らばる。割れた窓から飛び出してきたのは病院でここを教えた幽霊だった。確か、名前は羽織《はおり》——白崎雪里の恋人。羽織は雪里の前に立つと、恋人を護《まも》るように両手を広げた。どういうわけか身体《からだ》が透き通っていない。実体を持っている。

「——ちっ」

光輝は舌打ちをした。何故、彼女が実体を持っているのか悟ったからだ。

(なんて余計なことをしやがるんだ、あいつは)

内心で悪態をついていると、余計なことをしやがったあいつが割れた窓から顔を出した。

「やっほー、光輝。逃げの一手を取るなんて男らしくないぞ」

御影がにこにこ顔で手を振っている。おそらく式神《しきがみ》用の呪符《じゅふ》に羽織の魂《たましい》を憑依《ひょうい》させて実体を与えたのだろう。幽霊は飛行能力がある。この短時間でここまで来たということは、羽織に担《かつ》がれて飛んできたようだ。

「お前の方こそ、『星之宮の陰陽師《おんみょうじ》』だろ? いいのか、魂を用《もち》いた式神なんか使ってよ」

「場合が場合だし、本人の合意がされていればオッケーでしょ」

禁忌《きんき》とはいかなる理由があっても破ってはならないもののことを言うのだ。こんな姉に理念がどうのと説教されたのかと思うと、途端《とたん》に馬鹿らしくなった。

視線を羽織に向ける。殺意に満ちた眼に竦《すく》み、震えたが気丈にもその姿勢は変えなかった。

「こ、殺させませんよ——雪里を殺すならわたしを殺してからにしてください」

「……一応、突っ込んでやるが、お前もう死んでるだろ」

「………あっ、そうでした」

もしかしてこいつは馬鹿なんだろうか。光輝は嘆息《たんそく》して仕切り直し、窓を開けてよじ登ってくる姉を睨《にら》んだ。

「……どうして、お前ここに来たんだ?」

「さっきも言ったでしょ、光輝が簡単に人殺しをするような人になって欲しくないから止めに来たの」

「他に理由が必要?」と彼女は長い髪を払った。光輝の表情はさらに険しくなった。

「そいつは、友達を殺した奴なんだぞ……それだけじゃない。最初の三人を除けば、他にただ男だっていうだけで四二人殺した奴なんだぞ。おまけに魔眼なんてもので殺しているから罪悪感なんて微塵《みじん》もない――そんな奴をお前は生かしておけっていうのか!?」

光輝は叫ぶ。しかし御影はふざけているように、指を口に当てていた。

「しーっ!　ここの結界《けっかい》、もう壊しちゃったんだからあんま大きな声出さないでよ」

御影は何でもないことのように言うが、ここに構成していた結界は並みの術者では壊せない程度に強度のあるものだった。窓に呪符が張り付いてなかったところを見ると、単に呪力をぶつけただけで壊したようだ。

相変わらずの馬鹿力だな、と光輝が脳の隅で思っていると、御影が口調を正して言った。

「――罪悪感が微塵もない、なんてことはないいんじゃないかな」

「……どうしてそう言える?」

爆発しそうなのを無理矢理押し殺した声で光輝は訊《き》く。

「羽織さんから聞いてないの? 今日の夕方、遠藤君を殺した後に『私、間違ったことしてる?』って呟《つぶや》いていたって」

当然のように光輝はそんなこと聞いていなかった。一応彼女は病院で話をしていたのだが、光輝は頭に血が上っていて前半部分しか聞いていない。

「だとしても――それがどうした。そいつがハルを殺したことには変わりはない。お前だって、桜塚《さくらづか》とかが殺されたら、その犯人を殺しに行くだろう?」

「うん。『織女《しょくじょ》』を持って二度と転生《てんせい》が出来ないように魂《たましい》まで斬《き》り刻んでやるでしょうね」

何処《どこ》までも清々《すがすが》しく御影は言い放った。隣に立つ羽織は『御影さん、アンタもか!』と言いたげな顔で御影の横顔を見つめている。

「だったら――」

「――だけどね、そのときは光輝が止めてくれると思うんだ。今の私みたいに」

光輝の言葉を、御影が遮《さえぎ》った。彼は頭の中でその状況をシミュレートしてみる。そして――。

(――その通りかもしれないな)

悔《くや》しいがその通りだ。きっと自分も、今、姉がしてくれているように必死で彼女を止めるだろう。妖魔憑《つ》きの人間でも御影には人殺しになって欲しくないし、病院で彼女が言ったことをそのまま言い、それでも止まらなかったら多分力ずくで止める。

そうは思う——そうは思うけど。

「——けど、やっぱり俺はそいつを許せない……！」

光輝は涙を流しながら、叫んだ。

「光輝——！」

「解ってるよ！　憎しみを持って人に当たり散らす姿がどれだけ無様《ぶざま》なモノなのかなんて、俺にだってとっくに解ってる！　だからお前が俺みたいなことになったらどんなことをしてでも止める！　それで御影に憎まれることになったって絶対止める……！　だけど——それは他人《ひと》事《ごと》だから止められるんだ……いざ親父を前にすれば憎しみを持たずにはいられないし——ハルを殺した人間が目の前にいれば、憎しみに心突き動かされたまま殺したい——！」

御影は黙って聞いていた。弟からもう殺気は感じられないから——もう彼女は殺せないと解ったから。光輝は泣きながら、続けた——。

「それに……もうあいつはいないのに——あいつを殺した奴は生きているなんて——そんなの、そんなの……酷《ひど》すぎるじゃないか……」

「……ごめん……ごめんね……光輝……」

御影は光輝に近寄り、きつく抱き締めた。自分の体温が少しでも光輝の心に届くように——胸の中へきつく、きつく。御影もすでに幾筋もの涙を流していた。

「こんなに光輝が泣くのは初めてだもんね。よっぽど悔しいんだね……よっぽど寂しいんだね……よっぽど悲しいんだね……でも、それでも私は——」

呪力《じゆりよく》が無いことをどれだけ笑われても、どれだけ失望されても、光輝はこんなにまでも泣いたことはない。呪力が無いまま生まれてきたことよりも悲しんでいることが、魂《たましい》を繋《つな》げていなくても解る——解ってしまう。裏の法律では雪里という少女はすでに妖魔と同種の存在になっているのだ。殺したって罪に問われないのならば、いっそ殺させても構わないのではないか。他の人間ならばそう思うのかもしれない。

——でも、それでも御影は。

「——光輝に人殺しになって欲しくない」

ありったけの願いを込めて、弟の耳元に囁《ささや》いた。その言葉に力なんてないのかもしれない——こんなのは綺麗事《きれいごと》のみを愛する理想主義者の我儘《わがまま》だ。でも、言わずにはいられなかった。世界の何処《どこ》にも、弟に人殺しを望む姉などいるはずがないのだから——。

——やがて、光輝は肩の上で小さく囁いた。

「……ハルは……それでいいと思ってくれるかな……」

「それは——光輝が一番、よく知っているでしょ?」

「——ああ、そうだな」

光輝は小さく頷《うなず》いて、亡くなった友人を偲《しの》んで静かに泣き続けていた。

「さて、こっちは解決したところで——」

御影はあやすように弟の背を叩いて離れると、雪里を護《まも》るようにして立つ羽織に目を向けた。

「羽織さん、彼女に何か言いたいことがあるんじゃないの？」

頷いた彼女は屈《かが》んで、気絶している雪里を一度愛《いと》しげに眺める。そして肩を軽く叩く。

「雪里、雪里――起きて……雪里……」

光輝の与えたダメージ量が相当なものだったようで、なかなか起きようとしない。御影は責めるような視線を光輝にちらっと向けてから、制服の内ポケットから呪符《じゅふ》を一枚取り出し、雪里に向かって投げる。一直線に飛び雪里の額《ひたい》に張り付いた呪符は、次第に見えない手に握り潰《つぶ》されるように皺《しわ》んでいく。呪符に込めた〈気〉を雪里の中に流し込んだのだ。浸透した〈気〉は彼女の乱れている〈気〉を正し、ダメージを少し和らげる。

その光景を見て、不思議そうに見上げた羽織に御影は軽く頷いた。羽織は頷き返し、もう一度彼女の名前を呼ぶ。

「雪里――起きて、雪里」

何度目かの呼びかけで彼女はうっすらと両目を開けた。焦点の定まっていない目で、雪里は自分を覗《のぞ》き込んでいる少女の顔を見る。急速に、雪里の瞳孔《どうこう》が大きくなっていた。愛しき人の姿を映し出す光を、より多く受け止めるように――。そして半信半疑といった声で呟《つぶや》いた。

「は……おり……？」

名前を呼ばれた少女は微笑《ほほえ》んで頷いた。雪里の目に涙が零《こぼ》れる――。

「羽織……うそ……だって羽織は……」

「うん、死んだよ。病院の屋上から飛び降りてね。今は陰陽師《おんみょうじ》さんの力を借りて仮初《かりそ》めの実体を貰《もら》っているの」

羽織の後ろで御影が誇らしげに笑った。しかし、雪里の目は羽織の顔に釘付《くぎづ》けになり、他二人の存在など目に入っていない。

「……雪里、わたしあのとき自分の身体《からだ》がすごく汚れたみたいに感じて——雪里に嫌われたな、って思ったの……だからはっきりと嫌いだ、って聞く前に死にたいって思ってあの日、病院から飛び降りたの」

「——」

「だけどね、それ間違いだったみたい」

羽織は笑った。

「雪里は今でもわたしのことを好きでいてくれている。わたしが死んでから、ずっとわたしのことだけを考えていてくれてたもんね」

「でも……私は、羽織を抱き締めることが出来なか……」

涙ぐみ、雪里は羽織から視線を外すように俯《うつむ》いた。頰《ほお》を伝う涙にそっと羽織の手が触れた。

見上げると羽織が首を横に振っていた。

「いいんだよ、もう——。死んだ後、しばらくね、そのことで雪里を憎んでたよ？　憎んでいたけど、それでもやっぱり雪里が好きだからこの世に留まって雪里のことを見てた。学校行ってもずっとボンヤリしていて、いつも気分悪そうにして——御飯が食べれなくなって日に日に痩《や》せていって……夜になってもなかなか寝付けなくて、寝付いたかなって思うと夢に魘《うな》されてすぐに目が覚めちゃって、トイレに駆け込むの——それ、全部見てた」

羽織が寂しげに笑う。

「それ見てたらね、『ああ、わたし今でも愛されてるな』って思ったの。こんなに愛されているんだから、あのときの一瞬の躊躇《ためら》いぐらい大目に見てあげよう——だから、その後何度も羽織の耳元に、『もう怒ってないよ。だからもうそんなに自分を責めないで』って叫んだんだよ？　なのに雪里、霊感ゼロだから全然気付いてくれなくて——あの悪魔の誘惑には気付いたのにね」

憎々しげに羽織は呟《つぶや》く。雪里はさらに目を見開いて彼女を見て問う。

「見てたの——？」

羽織は黙って頷《うなず》いた。

「——何度も『人を殺すなんて馬鹿なことを考えないで！』って叫んでいたのに、雪里は気付いてくれなかった。気付かずにどんどん人を殺していって——何とかして止めなきゃって思ってたときに偶然霊能力のある人に出会えたから、少し協力してもらったの——」

「……そっちの男の子も？」

雪里は羽織の後ろに目を遣《や》り、その金色の髪にびくっと震えた。光輝は特に何の反応も示さず、御影は苦笑していた。

「うん。協力を頼んだつもりだったんだけど——何か雪里を売るみたいなことをしちゃったみたいだね……でも、いいお灸《きゅう》になったでしょ?」

(いいお灸どころか、あと一歩踏み込むのが遅かったら間違いなく死んでいたけどね)

御影は思うが、口に出すようなことはしない。二人の世界にずかずかと入り込むほど、野暮《やぼ》ではない。

「——羽織」

羽織はすがるような目を向ける雪里を、静かに抱き締めた。

「何で死んじゃったんだろうね、わたし……あのときのわたしは本当に馬鹿で脅《おび》えてた。雪里に愛されたままになるには死ぬしかないって思っていたから……」

雪里がぎゅっと抱き締め返した。しばらくそのままで——声もなく抱き締め合っていると、羽織がそっと身体《からだ》を離した。

「ねえ、雪里……あなたはもう背負いきれないほどの罪を背負ってしまった。だけどね、あなたはまだ生きているからやり直しは出来る——でしょう?」

「出来るかな……だって、私たくさん人を殺しちゃったんだよ?」

「出来るよ」

そう答えたのは、羽織ではなく後ろに控えていた御影だった。

「他の家系はそれこそ物も言わず死刑モンだけどウチは甘いからね。何年かかるか解らないけど何処《どこ》かの更生所に詰め込まれている間に、反省してやり直したいと強く願っていれば、社会

に復帰出来るよ」

「──だってさ」

御影の言葉を継いで、羽織がくすっと笑った。雪里はまた涙を零《こぼ》した。羽織は彼女の頭を優しく擦《こす》ってやる。

「もう泣かないで。これから貴女《あなた》は変わるんだから。もう人を憎んで生きていく必要はないんだから」

雪里はそれでも泣いていた。やがて泣き疲れて眠るまで彼女は声を上げて泣いていた。

「──ちっ」

それでも他の寮生が不審がってこの部屋を訪ねて来なかったのは、隣の寮生が薄情だからではない。舌打ちをした光輝が気を利《き》かせて。再度精霊を呼んで結界《けっかい》を張ったからである。

◇

魔眼の始末は光輝がした。目を潰《つぶ》したわけではない。魔的なものを強制的に解呪《かいじゅ》する『Berkano《ベルカナ》』というルーン石を使ったのだ。

雪里の目はまだモノを見ることが出来る。彼女の回収は『星之宮』の上の連中に任せた。

羽織は心残りが消え去ったのか、雪里の寝顔を見ながら昇天していった。光輝に『──許してくれてありがとう』と言い残して。

二人は夜の街を歩いて帰路に着いていた。距離は結構あるが、二人とも電車に乗ろうとも空を飛んで行こうとも考えなかった。長村京一の妖気を祓《はら》ったときのように、沈黙したまま――歩き続ける。そしてやはり最初に切り出したのは姉の方だった。

「ねえ……光輝」

「――何だ？」

光輝は振り向かずにそう反応した。

「まだ憎んでる？　彼女のこと……」

「当たり前だ。今も引き返してぶち殺したいのを必死で我慢しているんだ」

「そっか……そうだよね……」

御影は沈んで相槌《あいづち》を打つが、彼の言葉には続きがあった。

「だけど確かにあいつはそんなことをして喜ぶような奴ではないからな。あいつが喜ばないのなら、やらない――そう思って殺すのは諦《あきら》めるよ」

「――偉いぞ、光輝」

御影は微笑《ほほえ》んで、弟の頭を撫《な》でた。

「――鬱陶《うっとう》しいな、やめろよ」

光輝はその手を振り払って、姉の先を歩き出した。御影は手を引っ込めると慌《あわ》てて弟の背中を追った。そしてまたしばらく沈黙が訪れる。

「なぁ――御影」

次に沈黙を破ったのは光輝の方だった。

「長村京一のとき、すっごく後悔《こうかい》したって言ってたよな。そしてそれを今も引き摺《ず》っていると」

「——うん」

突然、何の関係もないような話に戸惑いながらも御影は頷《うなず》いた。

「辛《つら》くないか？」

「——辛いよ。辛いけど……いつまでも塞《ふさ》ぎ込むわけにもいかないからね。いつもどおりに暮らしていかなきゃ……」

「——強いな、御影は」

溜息混じりに光輝は呟《つぶや》く。様子がおかしいと感じた御影は弟の隣に移動する。弟は視線を俯《うつむ》かせて、何処《どこ》か痛そうに顔を顰《しか》めていた。

「今日さ、ハル達に会ったって言ったろ？　そのときにさ、俺、嫌な予感がしたんだ。このまま離れたらいけない——って」

「…………」

「だけど、俺は何もしなかった。気のせいだと思い込んで、そのまま二人から立ち去ったんだ」

光輝は立ち止まって顔を両手で覆った。

「あのとき——精霊を憑《つ》かせるなり、南条に邪魔《じゃま》そうな顔をされてもいいからもっと傍にいてやれていれば――って思うと……凄《すご》く辛い――これが後悔を引き摺るってことなのか……?」

「………」

「俺、今まで何度も後悔を経験したはずだった――でも俺はその後悔をどれ一つとして引き摺ってなかったみたいだ……。だってこんなにも……たかが後悔でこんなにも胸が押し潰《つぶ》されそうになるなんて……初めてだから……」

光輝の身体《からだ》が小刻みに震えていた。季節は初夏、夜といえども気温は高いまま――半袖《はんそで》でも平気だというのに、黒いジャケットを羽織っている光輝の身体は寒そうに震えていた。

御影が光輝の前に出て向かい合うように立つと、顔を塞《ふさ》いでいる両手をそっと外した。光輝の目は再び充血して、涙を溜めていた。

その目を見つめながら、御影は手を伸ばして光輝の金色の髪を撫《な》でた。

「ごめんね、光輝……そればっかりは私でもどうすることも出来ないんだ。どんなに辛《つら》くても光輝自身が、自分で折り合いをつけながら暮らしていくしかないの」

御影が心からすまなそうな顔をして言う。

「でも、こんな風に頭を撫でてあげて、光輝の気が済むまで泣き続けるのを見守るぐらいだったら出来るから――泣いてもいいよ?」

「…………っ」

そして弟は泣いた。右手で髪を撫で、左手で冷たい涙を拭《ぬぐ》ってあげていると、虚空《こくう》から精霊が御影の眼にも視えるように姿を現す。

（——精霊？）

御影が自分達の周りに精霊が飛び交うのを不思議に思って見ていると、精霊達はフッと姿を消して空間に憑依《ひょうい》した。遠くに聞こえていた車の音が聞こえなくなったところを見るとどうやら結界を構成したらしい。

しかし光輝の方を見てみるが、彼がそんなことを精霊達に指示した様子はない。

（精霊にも愛されているのね……）

光輝は精霊によって閉じられた空間の中で、誰にも見られないよう聞かれないようにしながら——夜道の上で静かに泣いた。

◇

「おい、カエ——カエってば！」

肩を揺り動かされて、彼女は静かに目を覚ます。ぼやけた視界に入ってきたのは愛《いと》しい彼の姿だった。周りを見てみるとここは彼の部屋だった。そうだった、確か学校の帰りに誘われて遊びに来たんだっけ……。今ひとつはっきりしない頭で禾恵はそのことを思い出していた。

「ご、ごめん寝ちゃってたみたいだね」

起き上がり禾恵は顔を赤らめながら謝る。彼はそれを笑って許してくれた。

そしてしばらくいつものように他愛のない話を続けてから、彼は急に真面目《まじめ》な顔をして禾恵にこんなことを呟《つぶや》いた。

「カエ、俺はいつまでもお前のことを愛している……いつまでもお前の中にいる……だからお前は真っ直ぐ自分の人生を歩めよ」

禾恵は彼が何の話をしているのか解らなかった。解らないで困惑した顔を浮かべていると、何も言わず彼は胸の中に抱き締めてくれた。彼の胸はとても温かくて、その優しい心地《ここち》に彼女はまた眠りに落ちていった……。


病院の廊下《ろうか》の長椅子《ながいす》に眠ったままの禾恵の髪にジャスミンの花を編み込み終えた光輝は、小さく「ごめんな」と呟いた。

「俺は魂《たましい》を復元させる方法を知らない……お前にしてやれることといえばこうして夢の中で会わせてやることぐらいだ……ごめんな」

もう一度謝って、彼は屈《かが》んだ姿勢から立ち上がると、後ろに立っていた御影の方を見た。

「御影、俺絶対にこの妖魔を祓《はら》うよ。ハルのために、南条のためにも……な」

御影は弟の誓《ちか》いの言葉に、「うん」と小さく頷《うなず》いた。

第四話 shadow light 全ての元凶

今日も今日とて寝坊した御影《みかげ》は急いで身支度《みじたく》を済ませると、鞄《かばん》を持って部屋を飛び出した。そのまま玄関に行きかけたが、数歩戻り通り過ぎた隣の部屋の前に戻る。襖《ふすま》をそっと開けて、中を覗《のぞ》いた。数センチの隙間《すきま》から見えた先では、布団《ふとん》も敷かず、着替えもせずに、畳《たたみ》の上で倒れるように弟が眠っていた。

親友が死んでしまったあの日から、光輝《こうき》は吹っ切るように先日依頼した妖魔退治に打ち込んでいた。リストに載っているのは全て下級妖魔で、今の光輝にしてみれば何でもない相手なのかもしれないが、決して疲れないというわけでもないだろう。

無理をしないで、と御影は何度か言ったが、『無理なんてしてない』と答えるばかりで、変わらず仕事に打ち込んでいた。止まってしまえば、後悔《こうかい》に心が呑《の》まれてしまいそうな気がするのだろう。

御影はそんな弟が危うく思えて心配だったが、こればかりは御影が救ってあげられることではない。——光輝が、自身で解決しなくては。

「行ってきます、光輝」

疲れて眠る光輝の横顔に小さく囁《ささや》くと、御影は家を出た。階段を駆け下りているとき灰色の空模様を見て、折り畳《たた》み傘《かさ》を持ってくれば良かったかなと少しだけ思った。

◇

それに遅れること約一時間――。午前九時に光輝は目を覚ました。彼は欠伸《あくび》を嚙《か》み殺し、ボサボサの髪に手櫛《てぐし》を入れながら自室を出る。すると澪《みお》がちょうどこちらに来るところだった。

「あら、コウちゃん起きたの?」

「――ああ、おはよう母さん」

ぼやける視界を鮮明にしようと目を擦《こす》った。

「今、起こしに行こうと思ってたのに……起きてきちゃったのね、残念」

何が残念なのか知りたいところであったが、光輝は敢《あ》えて突っ込まなかった。

「ここ最近、随分遅いみたいだけど……昨日は何時に帰って来たの?」

「――三時」

「あらあら、また随分遅いわね」

市内の妖魔殲滅《せんめつ》はそろそろ終了しようかという頃合なのだが、肝心《かんじん》の長村京一《ながむらきょういち》と白崎雪里《しらさきせつり》に妖気を憑《つ》かせた妖魔が見つからない。そのため、昨日も深夜の街をぐるぐると巡回していたわけだ。しかし、成果はなかった。二人と同じように妖気を憑かされた人間も見つからなかった。

「朝御飯、食べるでしょう？」

「ああ――」と頷《うなず》く前に、光輝は澪に背中を押されて、食堂に向かっていた。

「ねえ、そういえばコウちゃん」

特にすることもないのか、隣で茶を啜《すす》っている澪が訊《き》いてきた。

「――なに？」

「今、起きてる怪奇事件が解決したらまた海外に行くんでしょ？」

光輝は箸《はし》を止めて母の横顔を見た。何処《どこ》か影のある表情に少し躊躇《ためら》ったが、やがて頷く。

「ああ、そうだよ。俺はまだまだだっていうのがおや――父さんと戦ってみて、よーく解ったし、師匠《ししょう》との旅もまだ終わってないんだ。だから、この事件が解決したら俺はまた海外へ行く」

「…………そう」

澪は低い声で相槌《あいづち》を打った。低い声のまま、彼女は息子に問う。

「……ねえ、まだこの家が嫌い？」

「…………」

核心を突いたその問いに、光輝は答えに窮《きゅう》する。――しばし間を置きよく考えた末、彼は素直に自分の気持ちを話した。どうせ嘘《うそ》をついても、この母には見透かされてしまうだろう。

「そうだな……確かにあまり好きじゃないな、この家は。ここに居ると、否が応でも昔の自分を思い出しちまうし――何より父さんが居る」

「……そんなにお父さんのこと、嫌い？」

「ああ、嫌いだね」

今度の問いは一瞬の間も置かずに即答した。そんなこと、考えるまでもない。

「あれだけ、『お前は駄目だ、駄目だ』って言われ続けてきたんだぜ？　それでもし懐《なつ》く奴がいるとすれば、そいつは余程純真な奴なのか、あるいは馬鹿なのかって感じだな」

「……ごめんなさい」

「――母さん？」

自分に向かって深々と頭を下げる澪に、光輝は不思議そうな顔をした。

「お母さんね、お父さんにはきっとお父さんなりの考えがあって、コウちゃんにああいう態度をとっているんだって思ってたの。だからお父さんの態度、変えようと思わなかった――その間にコウちゃんがどれだけ辛《つら》い思いをしているかも解らずに……ごめんなさい」

「……母さんが謝ることじゃねえよ。悪いのは……別に良いとか悪いとかじゃないんだろうけど、父さんが俺のことを嫌っていたのが原因なんだ。母さんが謝ることなんて何一つない」

そう言って光輝は味噌汁《みそしる》の椀《わん》に口を付ける。対して澪は息子の横顔を見つめながら、「それは違うと思う」と首を振った。光輝は椀から口を一度離してから、

「――何が？」

と問い、母がじっと視線を向けているのを感じながら、湯気の立つ味噌汁を再び啜《すす》った。

「……お父さんはコウちゃんのことを嫌ってるわけじゃないと思うの」

「ぶっ――！」

光輝は味噌汁を豪快に吹き出した。ごほっ、ごほっと咽《むせ》ながらテーブルの端に置いてあった台布巾《だいぶきん》を取り、飛び散った雫《しずく》を拭《ふ》く。

「な、なんつー冗談を……」

光輝にしてみれば、世界で一番信じられないことだ。しかし澪はあくまで真剣な表情で首を横に振った。

「ううん、冗談なんかじゃない。お父さんはちゃんとコウちゃんのこと、好きよ。ただ不器用な人だから素直にそう表せないだけ」

「――いやに自信たっぷりだけどその根拠は？」

思いっきり疑いの眼差《まなざ》しを受けても、澪の表情はぐらつかないまま言い切った。

「お母さんが好きになった人だもの。子供も愛せないような、酷《ひど》い人であるはずがないわ」

「……なるほど……そりゃ、説得力があるわ」

苦笑を刻んで、光輝は小さく何度も頷《うなず》いた。そうだった――つい忘れてしまいそうになるが、あの男が自分の父親であるということは、母が好きになった男だということである。そんなことに今更《いまさら》ながら気付いた。――母が好きになった人なのだ。その人が嫌な人間であるはずがない。ないのだが――それでも光輝は信じ切れなかった。じゃあ、一体父は何のために自分を蔑《さげす》むような真似《まね》をしていたというのだろう――。光輝はしばらく自分の箸《はし》をジッと見つめて黙考《もっこう》していたが、やがて『まあいい――』と考えるのをやめた。

「ま、向こうがどう思っていようが知らないけど、こっちが嫌いなのは確かだからな」

「…………」

そうなのだ。向こうがどう思っていようが、そんなことははっきり言えばどうでもいいことで、重要なのは自分が好きか、嫌いかということである。光輝にとって父は一緒《いっしょ》にいることは愚《おろ》か、思い浮かべるだけで腹立たしくなる人物だ。今のところ、その認識が変わる予定はない。しかし光輝の頭の片隅に、こんな思考がよぎったのも事実である。

（まぁ、向こうの真意が聞ければ――）

光輝はその危険な思考を止めるように大きく首を振った。聞ければ――何だというのだろう。好きになる、とでもいうのだろうか。真意を聞いたところで、自分がこの家で十四年間受けた『失望の眼差《まなざ》し』は変わらないじゃないか。

その過去がある限り、俺は父を一生憎み、嫌い続けるだろう――。

そう結論付けたとき、光輝はふと横からの視線に気付いた。横に首を曲げる。

（――――うっ）

澪の悲しげな視線とぶつかって、息子はたじろいだ。今にも泣き出しそうに眉《まゆ》を下げて、目を細めている。――ああ、御影の泣く表情はここから受け継がれているわけか、などと悠長《ゆうちょう》に思い浮かべている場合ではない。母と姉の泣き顔は、光輝の中のサイレンを激しく鳴らすのだ。その結果、脳をフル回転させてフォローの言葉を考え上げ――閃《ひらめ》いた。

「でも別にここが完全に嫌い、っていうわけでもないんだぜ」

父が嫌いだという事実は今のところ、どんなフォローの言葉も思いつかない。だからここは話を一番始めに戻して、それに対するフォローをするしかなかった。

「昔の自分を思い出させてしまうから俺はここが嫌いなんだけど、別にその全部が全部嫌な思い出っていうわけでもないんだ——例えば、この席」

光輝はテーブルをコンコンと叩いた。食堂にはテーブルが二つ並んでいる。光輝の座っている席は入り口から見て手前の、上座から二番目の席だった。そこが彼の、昔からの定位置だ。その隣の——今、澪が座っている席は父、高楼《こうろう》の席。

「父さんの隣に座って食べるのが嫌でさ——何度も向こうの端っこの席に移ろうとしたんだ」

光輝は奥のテーブルの、丁度《ちょうど》ここから対角線上に位置する下座の席に目をやった。澪が息子の視線の先を追って、その場所を見る。いつも、誰も座らないその余分な席を。

「だけど、その度《たび》に御影が止めるんだよ。——いや、本人は止めてるつもりはないんだろうけどな、前の席にさっさと着いて、なかなか席に座ろうとしないでいる俺に向かって、あいつはいつもこう言うんだよ。『早く座りなよ』——ってね。結局、俺はいつも思うだけで一度もあの席に座ったことはない」

「…………」

光輝の顔には自然な笑みが浮かんで——澪はその笑みを眩《まぶ》しげに見ていた。

「こんな風に笑って言える思い出もあるし……そして何よりここには母さんと御影が居る——

この家を完全に嫌うことなんて無理なんだよ。勘当《かんどう》されたって特に未練はないってずっと思ってた家だけど、そう考えるとやっぱ少しだけ未練が残るな、ってこないだ御影に言われて気付いたんだ」

　これが今の光輝の素直な気持ちだった。聞いた澪は安堵《あんど》したように笑い、無邪気《むじゃき》に言った。

「そっか……じゃ、お父さんのこともいつか好きになる日がくるかもしれないね」

「……いや、それは解らないけど」

　光輝はやんわりと否定したが、澪は無視して話を進めた。

「次に帰ってくるのはいつぐらいになりそう？」

　光輝は視線を上にやり、頭の中に地図を広げる。すでに行った国を赤く塗り潰《つぶ》していき、残った空白部分を思い浮かべる。

「普通に旅を終えるだけなら……一、二年ぐらいだけど、父さんを追い越すぐらいに強くなるには——見当つかねえな」

「……そっか」

　澪の顔がまた沈んだものになった。一度目の試合を許したあたり、父親と試合をすることに関しては特に思うことはないらしい。この沈んだ表情は、今度はいつ帰ってくるか解らないということに対してだろう。

「まあ、すぐに終わる可能性もあるし、今回みたいに一時帰国ってこともあるさ。師匠《ししょう》の旅の地図の中には日本もあることだし、そのときひょっこり顔を出したっていい」

「……そうね。でも、たまにはミカちゃんに連絡するだけじゃなくてちゃんと電話もしてよ。声を直接聞きたいの。コレクトコールでいいから」

「……ああ、解った」

光輝は玉子焼きの最後の一切れを口に入れると、白飯を掻《か》き込み、味噌汁《みそしる》を飲み干して手を合わせた。

「ご馳走様《ちそうさま》。じゃあ、俺外に出てくる」

「──仕事の続き?」

「ああ」と頷《うなず》き光輝は食堂を出て、玄関に向かった。上がり框《かまち》に座り、ブーツに足を突っ込んで紐《ひも》を結んでいく。キュッと紐をきつく縛《しば》ると、光輝は引き戸に手をかけた。

「いってらっしゃい、コウちゃん」

「──いってきます、母さん」

玄関まで見送りに来てくれた母に軽く手を振ると、曇った空の下に光輝は歩き出した。

◇

星之宮《ほしのみや》高楼と五人の従者は、薊《あざみ》市西の最果ての森の前にいた。もう初夏だというのに、六人は全員コートを羽織《はお》っていて、それが何とも暑苦しく異様だった。ここは『星之宮』がある妖魔を代々封印していた場所──。森の入り口を前にして、高楼は静かに言う。

「――いるな」

本当はいちいち口に出して確認するまでもないことだった。高楼が睨《にら》む視線の先――森の奥から、異常なまでに禍々《まがまが》しい妖気が放たれているのだから。この禍々しい妖気に対する嫌悪《けんお》、そしてこれほどまでの妖気を蓄《たくわ》えるまでに犠牲《ぎせい》になった魂《たましい》の数を偲《しの》ぶと、口に出さずにはいられなかった。

後ろに控えていた従者五人に視線で合図する。それぞれ一様に頷《うなず》くと、決められていたとおり、作られた道ではなく木々の合間を縫《ぬ》うように駆けていって森の中へと入っていた。

高楼はそれらを見送ると、静かに悠然《ゆうぜん》と歩いていった。

その歩行はあまりにも自然だった。地面からは音を無くしたかのように足音がせず、周囲は空気が固化したかのように動かない。おまけに彼の目立ちすぎる霊気、呪力は裏側に隠蔽《いんぺい》効果のある呪符《じゅふ》を貼り付けているコートのおかげで体外に漏《も》れていない。

まるで空間に影が立ち上がって歩いているかのよう――。

森の中には動物達の気配がない。さえずる鳥達や、人を見るなり周りを飛び回る目障《めざわ》りな羽虫さえも見られない。――動物達は自然の中にいるだけあって、異質なモノを人間より敏感に強く感じる。恐らくはこの森に居座る妖気から、何処《どこ》かへ逃げ出したのだろう。

高楼はそんな森の中を――自分の存在さえ希薄《きはく》な森の中を歩いていった。ただ一つ、この森の中から感じる気配――妖気の発生元へと向かって。

鬱蒼《うっそう》と道の両脇に並んでいた木々が、森の中心の開けた場所に入った途端、急に無くなった。まるでこの場所が木の侵入を嫌っているかのように——それとも木が遠慮《えんりょ》しているのか。

どちらでもいい。とにかくこの開けた場所に生えているのは背の短い雑草ばかりだ。この場所は上から見ればギザギザな線で描かれた歪《いびつ》な円のようで意外に広い。もし見ることが出来るなら、向かい側に立ち並ぶ木々は人差し指と親指を開いた大きさに見えることだろう。何故、『出来れば』なのかというと前に丘があるからだ。

高さは目測でざっと五、六メートル。丘の上には、森の中を迂回《うかい》して向こう側に行けば、なだらかな坂を歩いて行くことが出来る。しかし高楼が来た側からだと、切り崩《くず》されたように垂直に赤茶けた土壁を晒《さら》していて、空でも飛べない限り無理だろう。

もっとも用があるのはそこではない。その土壁を掘り出して人工的に造り出された洞穴《どうけつ》の方だ。洞穴の入り口の周りには呪符《じゅふ》がびっしりと張られていて、地面には千切《ちぎ》れた注連縄《しめなわ》が蛇の死骸《しがい》のように転がっていた。

——ここが『星之宮』が代々、妖魔を封印していた地である。

そしてその洞穴から、感じてはいけないはずの妖気を強く感じた。解っている——封印が解けてしまったことは、あの日にすぐさまここに確認に来て承知済みだ。

しかしそれでもこうして妖気を目の前に感じると、苛立《いらだ》ちが面《おもて》に出てくる。

従者達の配置はまだだろうか——携帯にメールが来ることが配置に着いた合図だ。ここに来るまでに懐《ふところ》に入れてある携帯は二度振動した。——あと、三人。

高楼に決まった配置場所はない。この場所ならば何処《どこ》の地面を刺しても、五芒星《ごぼうせい》の——セーマンの中心を取る。懐で携帯が振動した。――あと、二人。

左手に携えていた紫の竹刀《しない》袋の紐《ひも》を解く。袋の中から出てきたのは、一振りの剣。『七星《しちせい》』ではない。『七星』を受け継ぐ前に使っていた破敵剣《はてきけん》――『天狼《てんろう》』だ。柄《つか》の感触に懐かしさを覚えながら、高楼はぐっと握り締める。懐で携帯が振動した。――あと、一人。

あと一人が配置につけば――丘のあるこの場所をセーマンの結界で包み込み、妖魔を妖気ごと――魂《たましい》ごと滅ぼすことが出来る。


ここの封印が解けてしまったと知って以来、高楼は毎日この妖魔を追っていた。毎夜星を詠《よ》み、最大の凶事と出た方角に赴《おもむ》き、空振《からぶ》りに終わると一日をかけて薊市中を虱潰《しらみつぶ》しに探す――これをこの十八日間、ずっと続けていた。決して娘には知られないように――。

長村京一という少年と、白崎雪里という少女が引き起こした事件が発覚したとき、娘以外の『星之宮』の人間はすでに元凶がこの妖魔だと解っていた。二人の事件が片付いたあと、この妖魔自身が直接動いて魂を集める事件が薊市で発生しているのだが、これに関して御影の前では一切触れなかった。他二人の事件は間接的だったからまだ任せることが出来たものの、今回起きている事件は直接的過ぎる。

この妖魔の存在を娘にだけは知られてはいけない。娘に知られるということは――なし崩《くず》し的にもう一人の馬鹿息子にも知られるということだからだ。

事実を受け止める精神力が今のあいつにはないだろう。海外に行って、少しは呪術《じゅじゅつ》の類《たぐい》を覚えてきたようだが、中身は丸っきり海外に行く前と変わっておらず幼い子供のままだ——だから絶対にこの妖魔の存在を知られてはいけない。

あの二人に知られないまま、この妖魔を祓《はら》わなくては——そう思いながら追っていたら昨晩、奴が封印されていたこの地が凶事と出たのだ。不審に思って精神を統一し、この地の妖気を探ってみると、果たして追っていた妖気がここにあった。

何らかの罠《わな》だという可能性も充分に考えられる。だが、これ以上奴を野放しにすることも出来ない。わざわざ在りかを自分から教えてくれているこの好機を逃すわけにはいかない。身の危険を顧《かえり》みず、高楼は覚悟ある五人の従者を引き連れこの地へとやってきた。

あと一人の連絡が遅い——いくら何でもそろそろ配置に着いてもいいはずだ。懐《ふところ》の携帯に手を当てる——ここにこれだけ意識を集中させているのだ。まさか気付かなかったということはあるまい。一体、何故——とそこで自分の従者達の安否を疑ったとき、高楼はやっとその可能性に思い当たった。

(——まさか)

高楼はダッと洞穴《どうけつ》の方へ駆け寄った。入り口から中を覗《のぞ》く。

狭い洞穴——その中央に、蓋《ふた》の外れた棺桶《かんおけ》がある。かつて自分の肉体が封印されていたモノの縁《ふち》に、妖魔は横向きに腰掛けていた。宙に浮かぶ五つの球体が、妖魔の白装束《しろしょうぞく》をさらに白く照らしていた。自分にかかった高楼の影に気付いたのだろう。

妖魔は――『星之宮』の先祖が、『魂喰之夜叉《こんじきのやしゃ》』と名付けた妖魔はゆっくりと振り返り、にたぁっと口の端《は》を吊り上げて笑った。

「意外と愚鈍《ぐどん》だな。気付くまでこれほどの時間がかかるとは――」

髪は伸び放題、伸ばしきったように長い。波打っていかにも不潔な黒髪は海草を連想させる。しかしその垂らした髪から覗《のぞ》く顔は美男子と評してよいぐらいに整っている。身体《からだ》の線は細く、座っている今の姿勢からでも高楼よりも長身だと解る。

――高楼がこうして夜叉の姿を見るのは初めてだった。しかし、十年ごとに行われる封印の儀の際にいつも感じていた、吐き気がするほどの禍々《まがまが》しい妖気は間違えるはずもない。

高楼は夜叉からやや上に視線を向け、洞穴の中を白く照らす五つの球体を視《み》た。大きさは丁《ちょう》度《ど》手の平に乗るぐらい――まさか、と思う。何故ならば自分のような霊能者が視えるのは霊体であり、魂《たましい》の形まではこの眼に捉えることは出来ないのだから。

高楼が僅《わず》かに視線を上げたのが解ったのだろう。夜叉は気味の悪い笑みを刻んだまま、同じように宙を見上げた。そして愉快そうに、芸術を称賛するかのように言った。

「――ああ、煌《きら》びやかだろう？　これが人の魂だ。世のあらゆる畜生《ちくしょう》のなかでも、とりわけ人の魂は別格と称していいぐらい美しい。本来ならば魂は属性、感情によって色を多彩に変化させるモノなのだが、我はこの何にも染まっていない白色の魂が一番気に入っている。お前ら、肉体に縛《しば》られている人には、なかなかお眼にかかれないものだろう。肉界と魂界を繋《つな》ぐ霊界を薄くしたこの結界《けっかい》の中で、とくと視《み》ておくがいい――冥土《めいど》に逝《い》けば否が応でも視れるモノだが、お前達は……逝けぬからな」

——ということは。やはりこの球体達は、森の中に散った従者達の——。

高楼は妖魔の横顔を強く睨《にら》み、全身から強い殺気が放たれた。絡みついてちりちりと肌を焦がすような——煉獄《れんごく》の炎にも似た殺気。

高楼は霊気と呪力を抑えるコートを脱ぎ捨て、『天狼』の鞘《さや》も捨て、下段に静かに構えた。

「——一つだけ、いいか？」

妖魔などとは口も利《き》きたくないが、これだけは訊《き》きたかった。

「何故、今になって姿を現した？」

「——何故？　貴様《きさま》は妖気も感じ取ることが出来ぬほど愚鈍《ぐどん》なのか？」

嘲笑《あざわら》いを作り、悠然《ゆうぜん》と立ち上がって夜叉《やしゃ》は高楼と向かい合う。

夜叉が両手を広げ、抑えていた妖気を解き放つ。霊視力のある者ならば黒い奔流《ほんりゅう》としてそれを捉え、その禍々《まがまが》しさに胸を打たれて、心臓の鼓動を止めてしまうだろう。

しかし高楼は自らの霊気で受け流し、変わらず夜叉の顔を睨《にら》み続けている。

「この妖気を感じれば解るだろう？　この五百以上の魂《たましい》を捉えて回復した妖気ならば、もはや逃げることもあるまい」

夜叉から感じる妖気は尋常《じんじょう》な大きさではない。世に這《は》いずり彷徨《さまよ》う下級妖魔が持つ妖気の量を一とするならば、優に千に届いている——が。高楼は醒《さ》めた声で言った。

「——その程度でか？」

「——な、に？」

妖魔の張り付いていた笑みが消え——次の瞬間には、その胴体が左肩から右の脇腹にかけて切断されていた。高楼が一足で夜叉の前に詰め寄り、上段から一気に『天狼』を振り下ろしたのである。刀身に秘められている〈星気〉を練《ね》り、さらに呪力を加えた『天狼』の威力は確《たし》かに『七星』には劣る。しかし、それでも目前のような中途半端に強いだけの妖魔の肉体を斬《き》り裂《さ》く程度ならば実に容易《たやす》い。

「ぐはっ——」

直立した下半身から、夜叉の上半身が血を吐きながら斜めにずれ落ちていく——。従者が五人も殺された怒りから、高楼にしては珍しい憎まれ口が出る。

「愚鈍《ぐどん》だったのは、お前の方ではないか？」

「——いや、お前だよ」

ハッと高楼は顔を上げ、重力に伴《ともな》い落ちていく夜叉の顔を見た。——夜叉は犬歯《けんし》を覗《のぞ》かせて笑っていた。分かたれた夜叉の右腕と左腕が高楼の身体《からだ》を抱き締める形で、束縛《そくばく》する。

「————っ！」

「先祖への恨み、代わりに受けてもらおう」

瞬間、夜叉から爆発した妖気が洞穴《どうけつ》の天井や壁を叩き——洞穴は丘という地形もろとも崩《くず》れていった。

夜叉《やしゃ》は丘が崩《くず》れていくその様を、揺れる地面の上に立って楽しげに眺めていた。洞穴《どうけつ》の中にいた夜叉は偽者《にせもの》である。――かといって、幻影というわけでもない。妖気の三分の二を費《つい》やして造った分身――長村京一に与えた能力と同一のモノだ。

策略は巧《うま》く当たった。高楼を洞穴の中に誘い込み、身動きの取れない状態にしてから丘そのものを崩す。下手な妖術で結界などの罠《わな》を張るのだったら、こうした物量的な罠の方が退魔師《たいまし》達には効果的だということを夜叉は心得ていた。

――やがて巻き起こっていた土埃《つちぼこり》が落ち着き、巨人に踏みつけられたかのように潰《つぶ》れた『丘だったモノ』が見えてきた。いくら〈気〉の練《ね》りが素晴らしくても、この大量の土の重量の前では人間の貧弱な肉体など押し潰《つぶ》されていることだろう。

「――くくくっ」

己の勝利に酔い耳障《みみざわ》りな笑声《しょうせい》を上げて、夜叉は手を水平に伸ばす。その手に誘われたかのように、崩れた洞穴から白い魂《たましい》達が飛んできた。

『星之宮』の当主を潰すためとは言え、費《つい》やした妖気の代償はやはり大きかった。早速《さっそく》、魂を喰らって、妖気を回復させなくては――幸いなことに退魔師の魂は洗練されていて、一つ喰らえば一般人の魂を五〇人分喰らったことに等しい。

つまりこの五つの魂を喰らえば、ざっと二五〇人分の魂を喰らうのと同じだけ妖気が回復する。口内に溢《あふ》れる唾液《だえき》を嚥下《えんか》して、一つ目の魂を喰らおうと口を大きく開き――気付いた。

――足りない。魂《たましい》の数が足りない。数えるまでもなく、魂の数が五つしかない。この五つの魂は森の中に散っていた高楼の従者達の魂だ。――あと、一つ。高楼の魂が、ここにはない。

「――――っ!?」

妖魔がその赤い眼を剝《む》いて、潰《つぶ》れた丘の方を見た。

カラン、と小さな石が上から下へと転げ落ち――地面に降り積もっていた土の礫《つぶて》が放射状に爆散した。妖魔は迫る無数の礫から逃れるためにジグザグに跳び退る。

――この吹き荒れる風は奴の〈気〉そのもの。そんな馬鹿げたことがあるわけない、と思う。しかし身を封じられていた高楼が破敵剣に秘められていた〈星気〉、呪符《じゅふ》を使用しての結《けっ》界《かい》を展開させることは不可能だ。

ならば認めざるを得ないだろう。身体《からだ》を束縛《そくばく》されていても唯一自由になる〈気〉のみで造った、結界には遠く及ばない――たかが障壁《しょうへき》で、あの土を全て受け止めきったということを。

礫の飛来が止《や》む。視界は再び巻き起こった土埃《つちぼこり》のせいで、不明瞭《ふめいりょう》。しかし前から同心円状に放たれた〈気〉の波動が土埃を森の中へと流し、一気に視界が鮮明になる。

鮮明になった光景の中心に、星之宮高楼はつまらなげな視線を夜叉に向けて立っていた。

もう語るべき言葉はないということなのだろう。何も言わずに、両手で握り閉めた破敵剣をすっと水平に上げ、膝《ひざ》を軽く曲げ、重心をやや前にして――瞬く間に敵を殺せる構えを取った。

こちらが微動でもすれば、相手はすぐさま必殺の行動を起こすだろう。だから夜叉は眼球も動かさずに、今の状況を冷静に分析《ぶんせき》した。

このままでは絶対に勝てまい。本当に、僅《わず》か一瞬の後に自分の身体は斬《き》り裂かれ、魂ごと祓《はら》われてしまうだろう。だったら逃げるしかあるまい。だが、封印の屈辱《くつじょく》は晴らしたい――巧《うま》く逃げおおせたとしても負けたまま、隠れたまま逃げ続けるのはごめんだ。しかし、一体何人の魂を喰らえば、この人間に勝てるというのだろう――。この人間の力は強大だ。薊市全員の魂を喰えば何とかなるかもしれないが、果たしてそれまで自分が生き残ることが出来るだろうか。こうして彼の力を目の当たりにした今、夜叉は途端に不安になる。――もっと確実に、この人間に勝つ方法はないだろうか。

――そのとき、夜叉の頭に閃《ひらめ》くものがあった。

そうだ、これを使わない手はない。これならば、最高に愉快な見世物《みせもの》になるだろう。必要なのは、相手の一瞬の硬直――ゆらりと右手に妖気を練《ね》り、両足にも妖気を練り始める。高楼と自分との距離は約二十メートル。いくら気闘術に長ける高楼でも二足の踏み込みは必要だろう。――これならば確実に逃げられる。

夜叉は嘲笑《ちょうしょう》を浮かべて、口を開いた。時間がないので、相手を硬直させるのに必要な単語だけを紡《つむ》ぐ。

「お前は――」

高楼が転がる礫を跳び越して、迫りくる。それで半分距離は詰められ、二足目が踏み込まれる瞬間、夜叉は続きを口にした。

「――息子を殺せるか?」

高楼の足元が、僅《わず》かに狂った。その隙《すき》を見逃さずに、右手に妖気で具現化《ぐげんか》した黒い炎を放つ。相手は僅かに遅れて、破敵剣を構え防御姿勢を取る。

黒い炎が高楼を包んだ瞬間、夜叉は哄笑《こうしょう》を上げながら森から一気に離脱した。

黒い炎を『天狼』で振り払い消したときには、もう妖魔の姿はなかった。高楼は舌打ちをして、夜叉が消えていったであろう方向を睨《にら》む。

(あの馬鹿を、駒《こま》にするつもりか――)

憎しみだろうと、欲望だろうと、心を強く持っている人間ならば妖魔に取り憑《つ》かれることはない。――しかし、今の息子には後悔《こうかい》のどん底に突き落とされる弱みがある。恐らくはあの妖魔も知っていて、それを使って心を揺らがせるつもりなのだろう。

(……冗談じゃない)

高楼はもう一度舌打ちをすると携帯を取り出して、何処《どこ》にいようと確実に息子の所在が解る人物へと電話をかけた。

◇

私立紅葉《もみじ》学園、二年一組の教室にて。

御影はいつものようにぼんやりと授業をやり過ごしていた。机の上に置かれている教科書とノートは一応形として開かれてはいるが、読みも書きもしない。包み隠さず言ってしまえば、御影は勉強が嫌いなのだ。興味のないことは覚えない性質であるから。

この学園のレベルは決して低くない。入試のときは、弟が年明けまで勉強を見てくれていたおかげで何とか合格することが出来たが、入学してからの一ヶ月は『大変な所に入っちゃったなぁ……』と後悔のし通しだった。今ではもう、どうにかなるさ、と開き直っている。

そもそも何だってこんな偏差値の高い学校を選んだのかといえば、理由は単純にして明快。制服が可愛《かわい》かったからだ。――まあ、それだけで選んだ学校である。同じ日本語を喋《しゃべ》っているとは到底思えない教師の言葉は上の空で聞き流し、黒板に書いては消されるチョークの文字は見過ごしている。当然、テストの結果はいつも赤点ぎりぎりだ。

――退魔師《たいまし》としては優秀な御影も、学生としては優秀ではなかった。

（ああ……まずいなぁ……）

瞼《まぶた》が重い。頬杖《ほおづえ》の上に乗せた顔が何度もずり落ちそうになる。――眠気を少しでも感じたら最後。朝の寝起きがすこぶる悪いことから解るとおり、御影にそれを振り払う術《すべ》はない。

教科書の上に腕を重ね、ゆっくりと頭を落としていく――。

そのときだった。スカートのポケットに入れておいた携帯電話が振動したのは。思わず、驚きを声に出しそうになるが、すんでのところで御影は押しとどめることが出来た。

御影はスカートの上から携帯を咄嗟《とっさ》に押さえ振動音を漏《も》らさないようにしながら、教壇《きょうだん》に立つ教師の方を見る。距離が離れているおかげか、教師が気付いた様子はない。変わらずわけの解らない日本語を並べ立てて説明をしている。

メールではなく、どうやら電話を着信しているようだ。振動を続ける携帯をそっと出して、誰からの着信かを確認する。その名前を見た途端、御影の眠気は一気にぶっ飛んだ。

（お、お父さん――!?）

あまりにも意外な人物からの着信に御影は戸惑う。父だって自分が学校に行っているのは解っているはずだ。解っていても電話をかけてくるというのは、よっぽど緊急な用件なのだろう。――かといって、ここで堂々と電話に出るわけにはいかないし――保健室に行かせてほしいと頼んでいるときに、鳴っている電話に気付かれたら面倒なことになりそうだ。

（――仕方ない）

御影は目を閉じ意識を集中させると呪力《じゅりょく》の生成を始める。そして――誰にも聞こえないように、小さく呪を唱える。

「東山《ひがしやま》、つぼみがはらの、さわらびの、思いを知らぬか、わすれたか」

きゅっ、と自身を包む空気が引き締まった感覚がした。簡易的な結界《けっかい》が創られたことを確認すると、御影は堂々と立ち上がり、換気のために開けてあった後ろのドアから出て行った。その間、誰も御影の方を振り返った者はいない。

階段を下りて踊り場まで来ると御影は結界を維持したまま、未だ振動し続ける電話に出た。

「――もしもし、お父様？」

『遅い、さっさと電話に出ろ』

にべもない高楼の声に、御影のこめかみがぴくっと引き攣《つ》った。自然、いくら温和な御影でも発する声は剣呑《けんのん》なモノへと変わる。

「お父様、ただいま私が授業中だと解っていてそのようなことを仰《おつしや》っているのですか?」

『――ああ、すまん。すっかり失念していた』

「――――?」

何処《どこ》かいつもの父と違うような気がして、御影は小首を傾《かし》げる。いつも淡々とモノを話す父の声色に、焦《あせ》りの色が見えるような――。

「それで、何の用ですか?」

『光輝が何処にいるのか教えてくれ』

「――光輝、ですか?」

ますます御影は不思議に思う。あの父が自ら光輝に会おうとするなんて、御影の記憶が確かならば今が初めてのことだからである。

「――ちょっと、待ってください」

前もこんなことがあったな……御影は何となくそんなことを思いながら携帯を耳から離すと、軽く目を閉じて弟の魂《たましい》を呼んだ。

(――光輝、聴こえてる?)

《――あ、何だ?》

光輝の魂が反応する。これで相手が何処にいるのか、位置としては解ったが具体的な場所までは解らない。

(——光輝、今何処《どこ》にいるの？)
《——はぁ？》
突然の質問に、光輝が疑問の声を上げる。父の名前を出すと、素直に答えてくれそうにないので意図的に簡潔に訊《き》いた。
《園嶺《えんれい》の閉鎖《へいさ》されたレジャー施設だけど？　何でも近くの池から溺《おぼ》れ死んだ子供の怨霊《おんりょう》が出てくるとか、どうとか……》
(ああ、あそこか——)
リストを渡されたときにぺらぺらと何気なく見て、何となくそんな場所があったことを思い出す。園嶺といえば、舘葵《たちあおい》から西に四駅離れた場所にある町だ。
《——それで、それがどうかしたのか？　もしかして学校を抜け出して手伝いに来てくれたりするわけ？》
(ううん——授業があまりにも退屈だったから、光輝、今何処で仕事してんのかなーって思っただけ)
《……はぁ？》
御影が誤魔化《ごまか》すと、光輝は心の底から呆《あき》れているような声を出した。
《……あのな、お姉様。中学を中退した俺が言える台詞《せりふ》じゃないけど、ちゃんと勉強しろよ》
誤魔化すためについた嘘《うそ》とはいえ、かなり事実に近いため御影の耳は痛かった。
(う、うるさいなぁ……解ったよ、授業に戻ります。真面目《まじめ》に勉強しますよ。それじゃあね、怪我に気を付けてよ?」

《何だったら、仕事の実況中継してやろうか?》

(結構です!)

光輝が向こうでけらけらと笑うのを聞きながら、御影はチャネリングを切った。光輝の声が意外と元気そうだったことに、ふうっと安堵《あんど》の息をつく。

(――でも、まだ完全には振っ切れていないんだよね)

親友の死がそう易々《やすやす》と乗り越えられるはずもない。今、彼は精一杯、後悔《こうかい》と悲しみの二つと何とかして折り合いをつけようと、もがき足掻《あが》いている最中なのだ。

私に出来ることは何もない――弟が自分で解決するまで見守ってあげることとぐらいだ。

(頑張《がんば》れ、光輝――)

姉は内心で弟に向かって応援し、そのとき眼前に上げた手に携帯電話が握られているのを見て、やっと父の存在を思い出した。――姉弟揃《そろ》って、酷《ひど》い扱いを受けている高楼である。

「もしもし――」

『遅い』

――以前から何となく思うところがあったけど、改めて御影は父を嫌う弟の気持ちが解った。表情の無い声色で簡潔に光輝の所在を告げる。

『園嶺か……意外と近いな』

「……あの、お父様? 光輝がどうかしましたか?」

何しろ、一度殺し合いのような試合をした二人なのだ。高楼に限ってそんなことは——と思うが、御影は不安にならずにいられない。

『何、大した用ではない。お前は勉学に励《はげ》め——邪魔《じやま》して悪かった』

「…………」

謝るならもっとそれに相応《ふさわ》しい言い方があるだろ、と突っ込みたくなるぐらいに素っ気ない声で——しかしやはり何処《どこ》か焦《あせ》っているような早口で電話は一方的に切られた。

いつものことだと思って自分を納得させると、御影は携帯を二つに折ってスカートのポケットの中に仕舞った。

一体どういう用件で高楼は光輝のことを探していたのだろう。御影は疑問に思ったが学校を抜け出して様子を見に行きでもしたら、また父に何と言われることやら。

また殺し合いをするのではないかという不安がわだかまっていたが、光輝もそんなこと考えられる状態じゃないだろうし大丈夫《だいじようぶ》だろう——多分。

御影は独《ひと》りで乾いた笑みを浮かべ、教室に戻ろうと階段の一段目に足をかけた——そのとき。

（————っ!?）

鼓動が一際高く鳴って、あの嫌な予感を告げた。御影はどくどくと速くなったまま治まらない胸に手を当て、その場に立ち尽くした。

さっきとは違う、確実な不安が彼女の呼吸を荒くした。

（——どういう……こと？）

自問するが答えはない。ただ強烈に嫌な予感がするということだけだ。

「――――っ!」

長村京一のときと同じ後悔《こうかい》をするつもりはない。御影は身体《からだ》を翻《ひるがえ》すように反転させると、階段を飛び降りて下駄箱《げたばこ》に向かった。靴《くつ》を履《は》き替え外に出て、校門から出るとやっと必要なくなった結界を消した。長い髪を靡《なび》かせながら紅葉駅まで駆け足で向かう途中、予感に突き動かされるままベストの内ポケットから呪符《じゅふ》を取り出す。

「符を核とし、我が呪を以《もっ》て体を括《くく》れ……! 汝《なんじ》に望む姿は黒い鳥である!」

空に投げ放つと呪符は発光し、半透明な揺らぎを纏《まと》いて濡れたように黒い鳥《からす》となった。

(私の部屋から『織女《しょくじょ》』を持ってきて!)

指示を受けた鳥の形をした式神は、一声鳴くと雲が敷き詰められた空の下を飛んでいった。

(……お父さん……光輝……!)

二人の顔を祈るように思い浮かべながら、御影は走っていった。

◇

園嶺は薊市でも西の端の方で、あまり開発が進んでいない町だ。自然も多く残っていて、良く言えば自然豊かな、悪く言ってしまえば田舎《いなか》町なのである。

昔は残っている自然を活《い》かしてアスレチックの遊び場、キャンプ場などを設置してにぎわっていたらしい。だが、最近ではそんなもの流行《はや》らないのか、流行っていたとしてもこんな中途半端《はんぱ》な所ではなく、もっと観光に力を入れている場所に行くのか――昔この町にあったレジャー施設は次々と閉鎖《へいさ》されていった。

光輝が今いる場所もそんな施設の一つだった。彼はたった今ここにある池で過去に溺死《できし》した子供の怨霊《おんりょう》を祓《はら》い、キャンプ場までの林の中の遊歩道を戻っているところである。

「さてと……次は……」

光輝は適当に折り曲げて、脇に抱えていた紙束を捲《めく》る。間髪《かんはつ》入れずに次の仕事に移る姿勢は事情を知らない者から見れば勤労そのものなのだが、事情を知っている者が見れば、考える間を自分自身に与えないようにしているみたいだ。

次の場所を確認しながら遊歩道を歩いていた光輝は、その途中でぴたりと足を止めた。次の瞬間――紙束から上げた彼の顔は威嚇《いかく》する獣のように怖かった。

前に背がひょろりと高い男――いや、男の外見をした妖魔が道を塞《ふさ》ぐようにして立っている。

白い死装束《しにしょうぞく》を身に纏《まと》い、腰に巻くのは血のように鮮やかな赤の角帯《かくおび》――髪が風に流されて垣《かい》間見《まみ》える妖魔の顔は幽玄《ゆうげん》の美と称するのが相応《ふさわ》しいだろう。禍々《まがまが》しい妖気さえ感じなければ。

覚えている――忘れようにも脳にこびりついていて離れない。すでに凜冽《りんれつ》とした殺気を宿した眼で睨《にら》んでくる光輝の顔を、妖魔は赤い目で見て可笑《おか》しそうに笑って言った。

「初めまして、『星之宮』のご子息」

「……お前、何だ？」

「――ん、『星之宮』の人間ならば聞いたことぐらいあるだろう。お前達の先祖に敗れ、代々厳重に封印され続けていた『魂喰之夜叉《こんじきのやしゃ》』という妖魔のことを――」

光輝はそんな話、聞いたことがなかった。呪力《じゅりょく》が生成出来ない息子に、高楼は『星之宮』に関わる話を全くしなかったからである。しかし、その名前には思うところがあった。

「魂喰……の夜叉……」

魂を喰らう鬼――憑《つ》き者の二人に憑いていたのと同じ妖気を放つ鬼。

「お前が――」

長村京一に妖気を渡したのか。

「お前が――」

白崎雪里におかしな眼を与えたのか。

「お前が――――！」

全ての元凶だというのか。

光輝は紙束を地面に投げ捨てると、空間に無数の精霊を召喚《しょうかん》して憑依《ひょうい》させた。

「いいぜ、よく知らねえけど要はお前、『星之宮』の連中に復讐《ふくしゅう》したいんだろ？　丁度《ちょうど》いい……こっちもお前には相当恨みがあるんだ――相手してやるよっ！」

憤怒《ふんぬ》の形相《ぎょうそう》で手を前に突き出す。地面が前方に突き出す無数の槍《やり》となって夜叉を襲うが、彼はひらりと後ろに跳躍して躱《かわ》した。

「追撃しろ！」

山のように無数の槍《やり》は次々と地面から射出《しゃしゅつ》されていく。射出された槍達は一直線に飛び夜叉を突き刺さんとするが、当たる直前夜叉の姿は霞《かす》んで消え、目標を見失った槍達は地面に突き刺さって砕《くだ》けた。

きっと光輝は左上を睨《にら》んだ。視線の先にある、木の枝の上——そこに夜叉が立っていた。

「全く……『星之宮』の連中は、どいつもこいつも気が短い」

夜叉の言葉に何の反応もせず、光輝は風の刃を放つ。

夜叉が跳ねる。風の刃は直線上にある枝を全て斬《き》り落としていったが、光輝はそれらが地面に着く前に駆け出して行った。枝の上を跳ねて移動する夜叉を睨みながら、追うように併走《へいそう》する。

このままでは埒《らち》が明かない——苛立《いらだ》った光輝が地面を蹴《け》って、夜叉に攻撃を仕掛ける。九メートルの高低差を一跳躍で無くし、〈気〉を練《ね》り上げた右拳を振り上げる。

夜叉はそれを交差させた腕で防御する。

「くっ————！」

風の力を借りている光輝の突進力は凄《すさ》まじいものがあった。それに足場が細い枝ということもあってか、夜叉は完全に防ぎきることが出来ず、呻《うめ》きの声と共に身体を宙に浮かせた。

光輝は両手を前に出し、その間に強大な炎を生み出す。

「魂まで焼き殺せ」

火の精霊に囁《ささや》いて、まだ宙にある夜叉に向かって撃つ。

「はあぁぁぁっ！」

夜叉が唸《うな》りを上げて妖気を解き放ち、自身の前に障壁《しょうへき》を形成する。炎と障壁がぶつかって爆発を起こす。光輝は枝を蹴って後ろへ逃げたが、宙にいた夜叉は爆風に嬲《なぶ》られ受身も取れないまま地面に突き落とされる。

遊歩道に膝《ひざ》を曲げずに着地した光輝は、手を上に振り上げる。しかし僅《わず》かに遅かった。主の手振りに呼応して突き出た地表の槍は、横に転がって逃げた夜叉の身体を貫けない。転がりざま地面に手を突いて立ち上がった夜叉は、転がった勢いを殺さぬまま疾走《しっそう》し林を抜け——。

「——っ!!」

先回りしていた光輝の跳び蹴りを横面に思い切り喰らい、吹き飛んだ。やがて重力に引かれて落ちていった夜叉は地面を抉《えぐ》る。地面との摩擦《まさつ》により勢いが殺された夜叉は跳ねて身体を起こした。それを光輝は強く睨み、夜叉の周囲に湿気を掻《か》き集め、首だけ残して妖魔の身体を凍結させた。夜叉の顔が驚愕《きょうがく》に歪《ゆが》む。

氷の枷《かせ》に縛《しば》られて身動きの取れない夜叉に、光輝は下げた手に炎を具現させながら、ゆっくりと近付いていく。

「封印されていた妖魔だっていうから、どれほどのモノかと思えば——この程度か。お前、どうしてそんな弱い状態でのこのこと出てきやがったんだ?」

光輝は妖魔の浅はかさを嘲《あざけ》る。元々、この妖魔がかつてはどれほどの妖気を秘めていたのか知らないが、今のこいつは驚くほど妖気が少なかった。この程度で勝とうとしていたなんて、見くびられていたのか、それとも浅はかだったのか——酷《ひど》く呆気《あっけ》なかった。夜叉の一メートル手前で止まり、揺らめく炎を向けた。後はこれを解き放てば、全て終わる。

「まあいい——自分の浅はかさを呪いながら消えていけ。それじゃあな」

光輝は投げやりに別れの言葉を口にして——訝《いぶか》しげな表情のまま止まった。

夜叉が——笑っていたから。

「……何が可笑《おか》しい？」

「くくく……素晴らしい……その力を以《もっ》てすれば、お前は父親にだって勝てる……」

「——何を言ってんだ？」

この力を以てしても父親に勝てなかったことは実証済みだ。——いや、そもそもこいつは何だってこんな話をしている？　——解答はすぐに思い当たった。

「——ああ、お前、もしかして俺に取り憑《つ》こうとか思ってた？　要らねえよ、お前の力なんか。俺は俺自身が手に入れた力で親父《おやじ》に勝ってみせる。つーわけで、交渉決裂。さっさと消えろ」

「取り憑くのにお前の意思など必要ない。ただ——心が弱ければいい」

どくん、と光輝の心臓が軋《きし》んだ。これ以上、こいつの話を聞いてはいけない——予感が強くそう訴え、彼は炎を即座に解き放とうとする——が。

「例えばお前——なんで我の封印が解けたか、知っているか？」

夜叉の催眠術《さいみんじゅつ》にも似た言葉の前に、光輝は指示を止めてしまった——。

「父親と試合をして一度負けたお前は、やけになって星之宮の宝剣『七星』を折ったのだろう?」

「――――っ」

　どくん、とさらに心臓が軋む。精神が乱れて、精霊に思考が伝わらなくなった。思考が途絶えて、炎を造っていた火の精霊達は散り散りになり主の蒼白《そうはく》な顔を見つめる。

《――ドウシタノ?》

　精霊が問いかけてくるが、光輝には聴こえていない。彼の頭は嫌な予感で埋め尽くされ、そのことしか考えられない。

　まさか、まさか、まさか、まさか、まさか、まさか、まさか、まさか――――。

「そう――お前が『七星』を折ってくれたおかげで、我の封印は溶けたのだよ」

　聞いた瞬間、光輝の感じる世界が壊れた。

　――大地が揺れている。その振動は尋常《じんじょう》ではなく今にも地面が崩《くず》れ落ちてしまいそう。

　――空気が重たい。重力が重く伸し掛かって今にもこの身体《からだ》は押し潰《つぶ》れてしまいそう。

　――風が冷たい。熱を失った風に吹かれていると今にも心臓が凍りついてしまいそう。

　それは全て彼の錯覚《さっかく》だ。しかしその押し寄せる錯覚は彼の中では真実のものと成りかけていて、今にも光輝の心を打ち砕《くだ》いてしまいそうになる。

「…………嘘《うそ》だ」

　身体を寒さから護《まも》るように力一杯に抱き締め、声を絞《しぼ》り出す。

「嘘《うそ》ではない。事実だ。だから、お前には感謝しているのだぞ？　我を再び、俗世《ぞくせ》に出してくれたのだからな」

「――嘘だ！」

完全に思考が停止してしまう前に、光輝は精一杯の反論を述べた。

「あれが封印の楔《くさび》になっていたってのか⁉　だったら、あの剣を親父《おやじ》が持っているはずがない！　楔になっているのなら、お前の身体に突き刺さっていなきゃならないはずだ！」

「ああ、なっていたとも。『七星』から注がれた〈星気〉が楔となって我の身体を縛《しば》り付けて離さなかった」

身体は凍りついたまま、しかしその顔は残酷《ざんこく》な笑みを浮かべて光輝を見ていた。

「しかし剣から分離した〈星気〉といっても、剣が源《みなもと》であることには変わりない。源である剣が折れれば、楔となっている〈星気〉が乱れるのも当然のことだ。こういう考えは西洋の方で特に発達していたはずだ――だからお前の方が詳しいのではないか？」

光輝は答えない――答えられない。全身に力が入らなくなって、がくっと地面に頽《くずお》れる。それをにやついた顔で見下ろしながら、夜叉《やしゃ》は思考が伝わらず構成が弱くなった氷の枷《かせ》をいとも簡単に崩《くず》す。白い氷の欠片《かけら》は初夏の暑さに溶けて、地面に消えていった。

「全く、とんだ茶番《ちゃばん》だな――友人を殺されて怒り狂っていながら、その元々の原因はお前にあるのだからな……」

「――――」

それだけではない。長村京一と白崎雪里が犯してしまった罪、今回の事件で死んでいってしまった百何人という人の命——その全てが元を正せば俺のせいだってことになるじゃないか。

「さて——それでは使わせてもらうぞ」

夜叉が光輝の前髪を掴《つか》んで顔を上げさせる。光輝の目に、光は映っていない。

ただ、ただ——後悔《こうかい》が流す涙で黒い瞳が濡れていた。

◇

(————!?)

電車に揺られている御影はまた一際《ひときわ》高く鳴った胸を抑えた。

(……な、なに……何なの、今の予感……)

車内はクーラーも効いていて寒いぐらいだというのに、御影のこめかみから一筋の汗が流れていた。

(……光輝、聴こえている? 光輝、お願い、聴こえていたら返事して——!?)

不安に押されるようにチャネリングを繋《つな》ぐ——返事がない。

(……光輝! 光輝、聴こえているでしょ……お願い、返事をして……!)

心の中で、何度もそう呼びかける——。そして何度目かの呼びかけのとき、微《かす》かに光輝の声が聴こえたような気がした。

（…………光輝？）

しかし姉にはそれが本当に弟の声だったのか、はたまた自分の幻聴だったのか——判別がつかなかった。その声は普段の彼からは想像も出来ない——友人を亡くしたときだって御影には聞かせなかった、子供が泣きじゃくったあとのような泣き声だったから。

高楼の方にも連絡を取ろうと、御影は電車内でも構わずに携帯電話を取り出して電話をかけてみる——しかし、高楼は電源を切っていた。

「——もうっ！」

苛立《いらだ》つように御影は携帯を仕舞い込むと、ドアに嵌《は》め込まれた窓硝子《ガラス》を見る。薄く映る不安げな顔は、果たしてどちらの表情だろうか——。

◇

交通法規を丸っきり無視した乱暴な運転のセダン車が、園嶺にある閉鎖《へいさ》されたレジャー施設の前に急ブレーキで停まる。

エンジンを止めるのも忘れ、抜き身の剣を右手に握り締めて運転席から出てきたのは高楼だ。

ちっ、とレジャー施設の中から妖気を感じて舌打ちすると、彼は獣のような速度で駆け出した。

駐車場を抜け、メルヘンチックなイラストが描かれている入場ゲートをくぐると——、

「————っ！」

そこに死装束《しにしょうぞく》を着流している夜叉《やしゃ》と、こちらに背を向けて立つ息子の姿が眼に入った。高楼は、すぐに彼に妖気が憑《つ》いているかどうか探る——。

(……間に合ったのか!)

光輝の身体から妖気を感じないことを知ると、険しかった顔が少しだけ和《やわ》らぐ——が。

「いや、手遅れだ」

「——————!」

表情を読んだ夜叉が、犬歯《けんし》を覗《のぞ》かせる笑みを浮かべて答えた。高楼は一度、夜叉の方を睨《にら》みつけてから、光輝の方に視線を戻した。——息子が、ゆっくりと身体を動かして振り返る。

「………………!?」

振り返った息子の顔に、表情は無かった。高楼の記憶にあるのは怯《おび》えたり、悔《くや》しがっていたり、怒ったりなどあまり良い表情とは言えないものばかりだったが、それでも息子の表情があったことは覚えている。今の光輝の顔はまるで精巧《せいこう》なマネキンのようで——向こうに行って少しはマシになっていた眼に光が無くなっていた。

「——————っ!」

高楼は夜叉を強く睨み、視線だけで詰問《きつもん》する。一体、何をしたのだ——と。殺気はすでに吹き荒れて、この広場を熱く焦がしている。

「ほう……どんなに呪力《じゅりょく》が無く蔑《さげす》んでいた子供でもやはり可愛《かわい》いものなのか?」

「——————」

高楼はもう一度、視線で詰問する。私の息子に一体、何をしたのだ――と。

「なに、少し自我を封印させてもらっただけの話だ。妖気を憑《つ》かせてしまうと精霊が答えなくなってしまうのでな――」

気に障《さわ》る笑みを浮かべながら夜叉は答える。それを受けて高楼は疑問の色を顔に出す。

自我を封印した――つまりは光輝を自分の操り人形にしたということだろう。それはそれで気に障るが、言い換えればそれだけである。妖気が憑いて、新たに力が加わっているなら脅威《きょうい》が予想されたが、ただ精霊術を使うだけの光輝ならば難なくあしらえるはずだ。

高楼は『天狼』を水平に構える。光輝を往《い》なし、後ろに立つ夜叉を斬《き》る――。実に容易《たやす》い。

夜叉は高楼が構えたのを見ると、人を喰った笑いを浮かべながら光輝に向かって囁《ささや》いた。

「ほら――アレはお前がもっとも憎む人間だぞ。何も遠慮《えんりょ》することはない……殺せ」

光輝は一つ頷《うなず》いて、無表情のまま夜叉の前に立った――。精霊はすでに召喚《しょうかん》してあったのか、風が吹いてきて風の守護を身に纏《まと》う。そして――。

「――――!」

光輝は忽然《こつぜん》と姿を消して、次の瞬間には高楼の背後に回っていた。振り返ることなく、高楼は背中に『天狼』を回して、息子の拳《こぶし》を防ぐ。そして振り向きざま、左の裏拳《うらけん》で光輝の頬《ほお》を狙うが、これは屈《かが》んで躱《かわ》された。

そして屈んだ姿勢のまま光輝は跳び退り、手を前に突き出す。

(土か――!)

次の攻撃を読んだ高楼は横に飛び跳ねる。元いた地面が隆起《りゅうき》する。高楼の読みは正しかった。

「――――っ⁉」

しかしその規模を読み違えていた。地面は扇状《おうぎ》に隆起して鋭い槍《やり》を突き出す――そして突き出された勢いのまま、ミサイルのように射出《しゃしゅつ》された。槍がそれこそ弓矢のような速度で迫ってくる。宙にある高楼の身体《からだ》は軌道《きどう》を変えることが叶わない。

予想していなかった攻撃にやや反応が遅れたが、『天狼』を前に翳《かざ》して〈星気〉による障壁《しょうへき》を創り出す――が。

「――――ぐっ！」

障壁を突き破る勢いで飛来してきた槍の衝撃に思わず高楼は呻《うめ》く。何とか耐え抜いたが、『天狼』を翳していた腕は微かに痺《しび》れていた。――洞穴《どうけつ》の落盤さえも完璧《かんぺき》に防ぎ切った高楼の腕が。

何故、と考えている余裕《よゆう》はない。上から轟《ごう》という音が聞こえてきて、反射的に前へ跳躍する。高楼は一足の踏み込みで約九メートルを移動することが出来る。それだけの距離を移動したにも関わらず、彼のすぐ背後に下降気流が落ちてきた。

風は圧倒的な力を以て地表を叩き、大地を揺るがす。不可視の鉄槌《てっつい》はその直下を深く陥没《かんぼつ》させるだけでなく周囲に地割れを引き起こし、衝撃波を撒《ま》き散らした。

衝撃波に背中を叩かれ飛ばされそうになるが、前に逃げていたためダメージはほとんど受け流すことが出来た。足に力を入れ体勢を立て直していると、

「────っ！」

目前に光輝が迫っていた。突き出された右の拳《こぶし》を『天狼』を横に構えて防ぐ。突進力に押されて高楼の身体が後ろに下がる。

（──どうなってる⁉）

視覚だけでは捉えきれない光輝の攻撃を、全神経集中させて捌《さば》き続けながら高楼は思った。

違う──明らかに日本に帰ってきた直後に試合をしたときとは、精霊術のキレが違う。

こうして風の守護を纏《まと》った体術も──あの大量の炎の雨を防いだときも、身体《からだ》に痺《しび》れを感じることなどなかった。それがどうして、今はこんなにも身体中の筋肉が軋《きし》みを上げているのか。

「呪術《じゆじゆつ》で必要な要素は二つ──」

後ろの方で、夜叉《やしゃ》の声がした。振り返る余裕《よゆう》が、高楼にはない。

「一つは呪力だ。この呪力が大きければ大きいほど呪術の規模がより大きくなるのは言うまでもない。お前の息子の場合、これは精霊にあたる。そしていかなる奇跡かお前の息子は、無制限に精霊を招くことが出来るのでな──やろうと思えば、こんな余興《よきよう》の場一つぐらいすぐに潰《つぶ》すことが出来るだろうよ」

夜叉が少しだけ呆《あき》れを含んだ声で言った。

「そしてもう一つは構成だ。魔力という糸をどれだけ多く用いても、その構成が弱ければ紡《つむ》がれた呪術が撓《たわ》んだモノに成り下がる。お前の息子は、そこがまだ甘かったのだよ。だからな、構成は我が代行させてもらっている」

――なるほど。だからこんなにも鋭く、重い攻撃に変わっているということなのか。しかし、それを理解したところで今の状況が変わるというわけでもない。ならばこちらも〈気〉を練《ね》らなくては――高楼は思うが、光輝の攻撃の手が休まることがないため、集中する間が見つからない。このままではやられる――そう思っていた矢先、高楼の腹に光輝の拳《こぶし》がめり込んだ。

「――ぐっ！」

高楼の身体が宙に浮いた。一応、〈気〉は集中させていたものの風を纏《まと》った光輝の拳の前では、あまり意味がない。三週間ほど前の試合では、この程度の〈気〉を集中させておけばダメージゼロだったというのに――。

光輝が無表情のまま、〈気〉と風を纏った右足を振り回す。バキッと何かが砕《くだ》ける音を耳にしながら吹き飛ばされ、高楼は立ち並ぶ木の幹に背中からぶつかった。

重力に引かれるまま、ずるずると木の根元に落ちる。しばらく高楼は横に倒れたまま動けず、左の脇腹を押さえながら身を起こした。――二、三本は折れている。

無表情で近付いてくる息子を見やりながら高楼は立ち上がる。久々に感じる痛覚を遮断《しやだん》して、両手で『天狼』を握り締め、正眼《せいがん》に構えた。

（――よし）

今の光輝はこれ以上ないくらいに強敵だ。手加減などしていられない――本気でいかせてもらう。高楼は両眼を閉じて、体内の〈気〉を練り始める。螺旋《らせん》を描いて体内を走る〈気〉は、さながら竜巻《たつまき》のよう――そこに彼は己の呪力を加えてさらに竜巻を加速させる。

気配で光輝がゆっくりと近付いてきているのが解る。おそらく夜叉が戯《たわむ》れているのだろう。

――殺し合いにおいて戯れがいかに余計なものであるか、教えてやる。

そして、高楼はゆっくりと眼を開いた。構える『天狼』が青白く輝きを帯びる――。

高楼が『天狼』を下段に構えて――疾走《しっそう》した。

光輝が精霊を以《もっ》てしても視《み》えなかったあの動きで、息子の目前まで迫り間髪《かんはつ》入れず『天狼』を振り抜く。いかに身体《からだ》の動きが速くなっていようとも、本人がそれを知覚していないのであれば防ぎようがない――風の守護は身体に刃が通るのを防ぐが、高楼の本気の一撃の前に霧散《むさん》し、衝撃を受け流すことが出来ない。光輝の身体が左へ飛ばされる。

振り抜いた『天狼』を片手に持ち替え、懐《ふところ》から呪符《じゅふ》を五枚抜くとまだ宙にいる光輝に向かって投げる。一直線に、燕《つばめ》のように飛んでいった呪符は息子の首、両腕、両足に直に張り付く。

「バン、ウン、タラク、キリク、アク――――！」

素早く指でセーマンを結ぶ。すると呪符《じゅふ》は光輝の四肢《しし》を開かせ、身体を地面に落とし、光の線を結び、身体の上に五芒星《ごぼうせい》を重ねる。

「木火土金水――五行《ごぎょう》の理《ことわり》を以て汝《なんじ》の身を封じる！」

宙に描いたセーマンの中心に点を打つ。五芒星が目を眩《くら》ませるほど強く輝いて、光輝の身体を完全に地面に張り付けた。そして続けざま、高楼は新たに呪符を五枚投げる。

五枚の呪符は張り付けになった光輝の周囲を囲む。

「バン、ウン、タラク、キリク、アク――――！」

高楼の指が素早くセーマンの形に走ると、光が結ばれ五芒星が彼の身体を囲む。

「木火土金水——五行の理を以て汝の身を隔《へだ》てる！」

五芒星の頂点を囲むように光が走り外接円が地面に引かれると、眩《まぶ》しく輝いた光が弧を描いて昇り、次の瞬間には半球状の光の壁が光輝を狭い空間に隔てていた。

内に在るモノを世界から切り離す、隔離結界《かくりけっかい》だ。これならば光輝の思念は外界の精霊に届かず邪魔されることはない。逆に外界にある夜叉の思念も届かず、構成の代行は出来ない。内界に存在する精霊がどれだけいるのか高楼には解らないが、試合したときの『精霊を全て召喚《しょうかん》出来る状態での威力』を考えれば結界を破られる心配はないだろう。

隔離結界のせいで呪力の供給が断絶され、光輝の身体は自由になったようだ。むくりと起き上がって立つが、もはや何の問題もない。

「——」

高楼は振り返って、夜叉に眼を向ける。夜叉は現状を解っていないのか、平然とした顔を浮かべている。高楼は無言のまま『天狼』を水平に構え——前傾《ぜんけい》姿勢で疾走を開始する。

結界の維持に呪力を割いているため、速度は一般人の動体視力でも何とか追える程度のものだが、それでも夜叉の前まで移動するのに二秒もかからない。夜叉が逃亡の体勢を取ったと同時に、『天狼』は袈裟《けさ》に斬るだろう。その想像に高楼は何の疑いもなかった——が。

後ろで凄《すさ》まじい爆音が聞こえた瞬間、

「——っ!!」

高楼の身体《からだ》は声を出すことも出来ない衝撃に襲われ、無様《ぶざま》な格好で前に崩《くず》れる。肋骨《ろっこつ》が二、三本どころではない。上半身の骨という骨は全て傷つけられた。

（呪力《じゅりょく》の反動……!?）

己の呪力で維持し続けているモノが壊されると、その呪力が逆流してきて術者自身に返ってくる。これを『呪力の反動』といい、逆流してきた呪力は暴走し、術者の身体を酷《ひど》く打ちつける。しかし、高楼は信じられなかった。だとすれば、光輝は何らかの手段を以て、あの結界《けっかい》を壊したということである——一体、どうやって。

高楼は見下して笑う夜叉《やしゃ》を無視して、微《かす》かに首を後ろに曲げる。燃え盛る炎が結界を焼失させていた。波のようにうねって揺らめく紅蓮《ぐれん》の炎は、それこそ煉獄《れんごく》の炎を思わせた。その中心から熱風が放射状に吹かれ、煽《あお》られた炎は羽のように散り散りになって虚空《こくう》に消える。

炎が無くなった空間の中に光輝が立っていた。残る熱風に金色の髪を舞い上がらせながら。

光輝はしばらく放心したように立っていると、やがて高楼に眼を向けゆっくりと歩きだす。

その間、前に立つ夜叉が高楼の思い浮かべる疑問に答えた。

「我もその技術まではよく知らんがな。奴は精霊を溜めた宝石を持っているそうだ」

言われて高楼は、両耳と両手首のピアスとリストバンドに嵌《は》められていた宝石の数々を思い出す。——あのなかに、精霊が入っていたのか。

高楼は知らない。昔の西洋の魔術師達が、召喚《しょうかん》した精霊達を手元に置いておく技術をこぞって開発していたことを——。そのなかでも最もポピュラーなのが宝石貯蔵法。そしてそれを成していたのはピアスに嵌められている宝石の方だ。よく見れば気付いたはずだ。迫る光輝の右耳に着けられていたピアスの赤い宝石が粉々に砕《くだ》け散り、今はそこに何も無くなっているということに。

光輝が高楼の横に立った。父がじっとその様子を眺めていると徐《おもむろ》に息子は蹴《け》り上げて、高楼を仰向《あおむ》けにさせた。

静かに光輝が高楼の上に跨《また》いで乗る。父の身体はもうボロボロだと解っているのだろう。息子は特に手足を押さえようとしないで、ゆっくりと——花を摘《つ》み取るように優しく、高楼の首に両手を添えた。そして——

「——かぁ、は……！」

——光輝の手が高楼を絞《し》める。何の感情も映さない表情のまま——それが定められていた運命であるかのように平然と首を絞《し》めてくる。

息子の虚《うつ》ろな黒い瞳に、自分の顔が映っているのを高楼は見た。そして、驚く。

その表情はとても寂しげで、今にも泣きそうな顔をしているのだ。両親が仕事中に死んだという話を聞いたときでさえ涙を流すことを耐えていた自分が、目に涙を溜めているのだ。

そのとき、初めて高楼は自分が抱いている感情が『寂しい』だということに気付いた。

息子は最後の最後まで自分を憎み続けていた。そしてそのまま殺されていくのは、とても寂しい——。自分の蒔《ま》いた種だと解っていても、誤解されたまま死んでいくのが、寂しかった。

確かに自分は息子に失望していた。しかし、そんなもの当たり前ではないか。子供に多大な期待をかけない親が何処《どこ》にいる。生まれてきた子供が自分より強くなって、やがては家を継いでいく——そんな期待をかけていたのが、初歩の初歩、呪力を生み出せるかどうかというところで躓《つまず》いてしまったのだ。

そこに失望を抱いてしまうのは仕方のないことではないか。

それでも何とか家の一員として仕事が出来るように力を付けて欲しくて、その努力の糧《かて》となるために不器用な自分が出来ることといったら、憎まれ役を買って出ることぐらいだった。憎まれて、その反抗心から修行を続けてくれるのなら安いものだと思った。

一年と四ヶ月前——息子が自ら家を飛び出したとき、心配もしたが同時に動き出してくれたことが凄《すご》く嬉《うれ》しかった。そして海外から帰ってきた彼は、まだまだ未熟ではあるが強くなってきていた。このままいけば家を継がせることも夢ではない——そう思っていたのに、息子は反抗心にかまけてずっと修行をしていたため、人として力より大切な部分が成長していなかった。

それは心の強さ。人が人として成長していくために必要な部分が全然成長しておらず——こんな結果を招いてしまった。

もっと自分が巧《うま》くやってやればこんなことにはならなかったのだろう。

もっと素直な気持ちで接してやればこんなことにはならなかったのだろう。

今更《いまさら》、悔《く》やんだってもう遅い——光輝は自我を失っている。息子は自分が何をしているのか解らないまま——ずっと憎んでいた自分を殺していくだろう。

堪《たま》らなく——寂しくて、高楼は目を閉じた。視界を遮断《しゃだん》してしまったせいか、音がやけにうるさく感じる。風が流れる音、光輝が呼吸している音、自分が喘《あえ》いでいる音、自分の首がぎしぎしと絞《し》まっていく音——その中でも夜叉《やしゃ》の笑い声が一番うるさくて耳障《みみざわ》りだ。

（——？）

朦朧《もうろう》としているなか、そうやって音に注意して聞いているとタッ、タッと地面を叩く音が近付いてきているのに気付いた。

「光輝——!!」

耳を劈《つんざ》くような悲鳴で、息子の名前を呼ぶ者がいた。そして、パンと響く拍手の音。首にかかる圧迫、身体《からだ》の上に乗っていた重さが急に無くなり、横の地面に何かが倒れる音がした。

（ああ、そうだった——）

どんなときでもいつも息子の傍にいて世話を焼き続ける——もう一人の愛《いと》しい娘がいたっけ。

その娘がいたからこそ自分は安心して憎まれ役を買って出ることが出来たのだったな、と高楼は懐《なつ》かしむように思い出していた。

◇

御影は咄嗟《とっさ》に遠当法《とうあてほう》で父に馬乗りになっていた弟を吹き飛ばすと、高楼の身体を飛び越し二人の間に割って入った。

隕石《いんせき》でも降ってきたように深く陥没《かんぼつ》している地面と、そこから伸びるジグザグに走る割れ目

──他にも地面が焼けたような跡もあるし、盛り上がって散乱している土塊《つちくれ》もある。

多分、キャンプを張るために開けられていたその広場は、そんな無惨《むざん》な景色をしていた。

そしてそんな無惨な地面の上で、父は仰向《あおむ》けに倒れていて──弟は父の上に馬乗りになって首を絞《し》めていた。全く、何がどうなっているのか解らない──ただ、もっとも最悪な事態にはまだなっていないということは解った。

「……一体何してんの、光輝」

倒れている弟に向かって姉が問いかける。しかし、弟は無反応──何も言わずにむくりと半身を起こした。そして自分を吹き飛ばした相手を、何の感情も映さない瞳で見た。

御影はその顔に泣きそうになる。明らかに自分のことが解っていない眼だ。

「光輝……私のことが解る?」

「────」

光輝は無言のまま立ち上がって、自分のことを見ていた。

「無駄、無駄──」

そう声をかけられて、初めて御影は白装束《しろしょうぞく》を着ている男の存在を視界に入れた。

(何なの、この人────!?)

感じる妖気に肌が粟立《あわだ》った。この男は人じゃない──妖魔だ。それも長村京一、白崎雪里の眼に憑《つ》いていた妖気と同じものだ。

「──そやつの自我は完全に封印してある。何を言っても聞こえんよ」

──御影はそれで大体の状況経過を摑《つか》んだ。

「──貴方《あなた》、誰？」

普段の御影からは想像出来ないほど冷めた声で、誰何《すいか》する。

「魂喰之夜叉《こんじきのやしゃ》──と言えば、優秀な姉君様なら解るかな？」

「魂喰之夜叉……………!?」

──知っている。『星之宮』で仕事をする人間ならば、全員知っている。薊市の西の果ての森に封印してある妖魔のことだ。そして、あれは──確か光輝が帰ってくる日の一週間ぐらい前だろうか、その妖魔を討《う》ち取《と》ろうという話があったはずだ。五百年も経っていればいい加減肉体も妖気も衰弱しているだろうから、今のうちに討ち取ってしまおう──と。

（────っ!?）

そこまで思い出したところで、御影はある重大なことも思い出した。いつか、父が言っていたことだ。その妖魔の封印は『七星』の〈星気〉を用いて施《ほどこ》してある──と。

そしてその『七星』は先日、光輝が折ってしまった──ということは、まさか──。

御影は光輝の方を見た。弟は無表情に、姉のことを見つめ返してくる。

「…………………」

電車内で魂《たましい》を繋《つな》げたときに聞こえた微《かす》かな弟の声──あれはまた後悔《こうかい》に咽《むせ》び泣いている声だったのか。御影は知らずのうちに涙を流していた。その真実を知ったときの光輝の気持ちを考えると泣かずにはいられなかった。

その様子に夜叉は彼女が全てを理解したことを悟ったのだろう。実に可笑《おか》しそうに、実に楽しそうに哄笑《こうしょう》を上げた。

「くくくっ、くははははっ――――！　まったく愚《おろ》かであろう⁉　友人が殺されたことに、怒り狂っていながら、結局は自分が殺したも同然だったっていうのだからなっ！　あのときの顔、最高に愉快だったぞ！」

「…………さい……」

「全く、つくづく哀れな奴よな。呪力《じゅりょく》がないことで嘲笑《ちょうしょう》を受け、海の向こうで新たな力を学んで復讐が果たせると思ったら返り討ちに遭《あ》う。おまけに苦し紛《まぎ》れに取った行動は数百人の死者を出す事件の原因となってしまうのだからな――ここまで、哀れな奴もそうそういないぞ……くくく、くはははははっ‼」

「…………るさい……！」

御影は怒りに染まった低い声で言った。妖魔は聞き取れなかったようで、まだ狂ったように笑い続ける。

「――うるさいっ！」

御影が激昂《げっこう》して叫ぶ。妖魔の笑みが止まった。

「ちょっと黙っててくれない⁉　これからお説教を始めるんだからっ！」

「――――」

夜叉が赤い目を細めて、御影を見る。そして、光輝に向かって話しかけた。

「そこにいるのはお前の呪力を根こそぎ取っていった姉だ——ずっと嫉妬《しっと》していただろう？ずっと憎んでいただろう？　我が許す、殺せ」

光輝は頷《うなず》くと右手をすっと上に挙げた。紅い炎が手の平に渦《うず》を巻いて灯る。それを直視しながら、御影は言った。耳にではなく、彼の魂《たましい》に直接響くようにチャネリングで言葉を紡《つむ》ぐ。

(私を殺すの、光輝？——そんなに私のことが嫌いだった？)

光輝の虚《うつ》ろだった眼が僅《わず》かに反応した。炎は相変わらず燃え盛っているが、大きさが増していく様子はない。

(——どうなの、光輝？　返事をして。さっき光輝の泣いている声が聴こえたよ？　声を出して——光輝!!)

真っ直ぐ伸ばされていた右手が僅かに曲がった。しかし炎は消えていない。御影は聞き分けのない子供に閉口するような溜息をついた。——そして、本題を切り出す。

(ねえ、光輝——いつまで後悔《こうかい》の前で立ち止まっているの？)

厳しい目つきで光輝を見る。弟はそれに少しだけたじろぐように身体《からだ》を揺らした。

(私、前に言ったよね。後悔はどんなに辛《つら》くても光輝自身が折り合いをつけて暮らしていくしかないんだって。辛いけど、頑張らなきゃ——生きている私達は、立ち止まるわけにはいかないの。先へ進まなきゃ——光輝が家を飛び出していったときのように)

眼が震えている。その振動に伴《ともな》って、眼が光を取り戻し始めているような気がした。

(光輝は私と一緒《いっしょ》に仕事がするのが、夢だって言ってくれた。私だってそうだよ。——でも光輝がそこから一歩も動けないんだったら、悲しいけどそこで二人の夢は終わり……さあ、どうするの、光輝？ もう少し頑張ってみるの？ 夢を終わらせちゃうの？ もう答えは出ているんでしょ、返事をして！）

光輝の手の上の炎が弾けて消えた。頭痛を堪《こら》えるように額《ひたい》を押さえて、崩《くず》れ落ちる。

「……光輝なら、そう答えてくれると思った」

近寄ってしゃがみ光輝と同じ視線の高さになると、御影は愛《いと》しい弟の頰《ほお》に手を当てて上げさせた。——弟は泣いていた。ひっくひっくと声を引き攣《つ》らせながら、泣いていた。

冷たい涙を拭《ぬぐ》ってあげながら、御影は優しく微笑《ほほえ》みかけた。約束どおり、ここで泣き止むのを待っていてやりたいがそうもいかない。——今はまだやらなければならないことがある。

「光輝——ちょっとここで待っててね。お姉ちゃん、仕事してくるから」

御影は言って立ち上がろうとすると光輝が袖《そで》を引っ張ってきた。

「俺も……戦う……」

嗚咽《おえつ》を何とか堪《こら》えている声で、弟が言う。

「きっと、それが……、後悔と……向き合うって……ことだろう、から……」

「——光輝」

御影は頼もしそうに弟の名前を呼ぶ。光輝はジャケットの袖《そで》で涙を拭《ふ》きながら言葉を続けた。

「それにさ……」

「——？」

泣き笑いの表情で、光輝は言った。

「御影じゃ……まだ一人であいつの相手すんの無理だろ？」

——ぴしっと御影の笑顔が引き攣《つ》る。

「……可愛《かわい》くなぁい」

「姉貴に可愛いなんて言われても嬉《うれ》しくねぇからな」

「ふーん——その言葉、覚えておきなさいよ？」

こんなときだというのに、笑みが自然と零《こぼ》れてきてしまう。だけど今は場合が場合だ。和《なご》むのは後ででも出来る。

御影はすぐに表情を引き締め、振り返る。その敵意の視線を、白装束《しろしょうぞく》の妖魔に——

「あ、あれ……いない……？」

向けようとしたら、そこには誰もいなかった。全く、綺麗《きれい》さっぱり姿を消している。

「そりゃあ……妖気があの状態で俺がこっち側に付いたら勝ち目ねえもんな。さっさと逃げるだろうよ」

「な、なに落ち着いてるの！　早く、追いかけなきゃ！」

光輝が、正面にある鬱蒼《うっそう》とした森の中に走り出そうとする御影の肩を摑《つか》んで止めた。

「追いかけるのは俺の仕事。御影はここで待ってろよ」

「……え、でも」

「大丈夫《だいじょうぶ》、一人で片付けてくるなんてことはしねえよ。折角《せっかく》、アレ持ってきたんだ。最後は御影に譲《ゆず》るよ」

光輝は上空を指差しながら言う。御影は不思議に思って光輝の指先を見上げると——

「——あっ」

——小さく声を上げた。すっかり忘れていたというのがバレてしまったのだろう。光輝は苦笑を漏《も》らすと、

「じゃ、行ってくる」

風を纏《まと》い、目にも止まらぬ速さで森の中へと飛んでいった。

◇

光輝は森の中を飛翔《ひしょう》して弾丸の速度で突っ切っていく。

(——見つけた)

上から見下ろして、凄《すご》い速度で道を駆けていく白装束を見つけた。回り込み、夜叉《やしゃ》の前に立ちはだかる。

「————っ!?」

夜叉の顔が驚愕《きょうがく》に歪んで、疾走《しっそう》を止める。

「来た道を戻ってもらおうか、俺のお姉様が待っているからな」

光輝は右手を上げると——夜叉が嫌な笑みを浮かべて言った。

「まさか、お前生きる気か？」

「ああ、何か問題があるか？」

光輝が胸を張って当然のように答えた。

「くくく――くはははは――――！」

すると夜叉が世界で一番笑える冗談を聞いたとばかりに口を大きく広げて笑った。光輝は不快そうに顔を顰《しか》める。

「お前、自分で言った言葉を忘れたのか？『大切な人を殺した人間が生きているなんて酷《ひど》すぎる』と――。これはお前が白崎雪里に向かって言った言葉だぞ」

「――ああ、確かにそんなことも言ったっけ。それがどうかしたか？」

「お前に対し、そう思う人間はたくさんいる。それでもお前は生きていくっていうのか？お前は数百人の人間を殺すきっかけを――親友が死んでしまうきっかけを作っておきながら！」

光輝はそれにも、「ああ」と頷《うなず》いた。

――夜叉はまだ僅《わず》かに期待していたのだろう。光輝の心が揺れて、取り入る隙《すき》が生まれることを。しかし、彼の心は全く揺れ動かない――至って穏やかなままだ。

「その後悔《こうかい》だったら、さっき散々した。俺はそれと折り合いをつけて生きていくって決めたんだ――もう逃げない。たとえどんなに恨《うら》まれても辛《つら》くても生き抜いてやる」

「――――」

夜叉は見た。その覚悟を秘めた眼差《まなざ》しを――そしてもうどんな言葉をかけても光輝の心は揺れ動かないと悟った。

「──というわけで、くだらない話はもういいな？」

光輝の声色が急に変わる。右手に風が四方から集まり、球体の小さな竜巻《たつまき》を創る。夜叉は一気に膨《ふく》れ上がった冷たい殺気に驚いて、顔色を変えた。

「今、俺はあまりにも何にも解っていなかった自分にムカついてるが──それ以上にこの全ての事件を引き起こしたお前にムカついている………！」

光輝は夜叉を睨《にら》む。右手に集まった風の余波で周りの木々が撓《しな》る。

「じゃあな──お姉様の剣に串刺《くしざ》しになってこい！」

光輝は右手を振り下ろし暴風を巻き起こす。

「────っ‼」

風は周囲の木々を薙《な》ぎ倒しながら夜叉を元来た道に押し戻していく。

《行ったぜ、御影》

「うん、解った」

前方の森から、木々を薙ぎ倒して夜叉が飛んでくる。

「バン、ウン、タラク、キリク、アク────！」

それを御影はあらかじめ宙に張り付けておいたセーマンの結界《けっかい》で受け止めた。

「ぎゃあああああ────‼」

夜叉が、喉《のど》が張り裂《さ》けんばかりに絶叫をあげた。御影は式神《しきがみ》に運んできてもらった『織女』を抜き放ち、駆け出して夜叉の背中に剣を突き刺す。

「木火土金水——五行《ごぎょう》と星の理《ことわり》を以《もっ》て、汝《なんじ》を封じ、汝の身体《からだ》を滅し、汝の魂《たましい》を祓《はら》う！」

結界と『織女』の刀身が白く輝き発光して、夜叉の身体を焼き尽くしていく。

今回、薊市に怪奇を振り撒《ま》いていった『魂喰之夜叉《こんじきのやしゃ》』はそんな呆気《あっけ》なく滅ぼされたのだった。


やがて光輝が森の中からとぼとぼと歩いて出てきた。

「こう——」

御影は妖魔を倒したことを報告しようとして光輝の元へ近寄るが、弟の表情は暗くて思わず声を止めてしまう。光輝は御影の横を通りすぎ、倒れている父の傍へ行き地面に正座し——目を閉じている父親に対して頭を下げた。

「……ごめんなさい……」

「……光輝？」

御影は弟の突然の行動に、驚いて固まってしまった。光輝は地面に額《ひたい》を擦《こす》り続けている。

「ごめんなさい……本当に、ごめんなさい……俺、何も知らなくて……俺の、ガキっぽい行動のせいで……何百人も、死んじゃって……ごめんなさい……本当に、ごめんなさい……」

光輝の肩はがたがたと震え、声は涙で濡れていた。

「どんな……ことをしても……償《つぐな》い……きれないし……許されることじゃ……ない、と……

おも、います……でも、でも……どうか……許して……くださ……い……」

「…………うるさいぞ……」

高楼が目を開けて、言った。ぎろっと眼球を動かして、横目で光輝の頭を睨《にら》む。

「お前は、何一人で罪を被《かぶ》ろうとしているんだ……？　許すも、何も……お前は……何も、悪くない……」

光輝がその言葉に、顔を上げる。高楼はじっと光輝を見つめながら、言った。

「……お前にそこまで、憎しみを抱かせてしまったのは……この私だ。……たしかに、お前は……『七星』を折ったが、人が死んだのは……夜叉のせいだ……お前は、何も悪くない……」

「……で、でも……！」

「……それでも、納得できないのなら……精一杯、生きろ……亡くなった人達の分まで……それが出来ないようじゃ、お前はまだまだ……役立たずだ」

「…………っ!!」

光輝はその場に額を付けて、御影が立ち上がらせるまでずっと泣き続けていた——。

終話 shadow light かくして弟は再び旅立つ

高楼《こうろう》の襖《ふすま》がノックされる。

「——はい?」

高楼の看病に付き添っていた澪《みお》が応対する。すっと開けられた襖の奥から入ってきたのは、光輝《こうき》だった。

「あら、どうしたの? コウちゃん——」

「……これから出発するから、父さんに挨拶《あいさつ》していこうかな……って、思ったんだけど……寝てるみたいだな」

部屋の中央に敷かれている布団《ふとん》を覗《のぞ》き込んで光輝は言う。布団の上に寝ている高楼は目を閉じ——微《かす》かな寝息を立てていた。

あの夜叉《やしゃ》の事件から、四日ほど経っていた。

高楼の上半身は首を残して、ほとんどの骨に罅《ひび》が入っており絶対安静の身だ。本来ならば、ちゃんとした病院に入院していなければならないほど重傷なのだが、本人が入院することを頑

スへと修行に戻るのだ。
こうと努力していた。そして昨日ようやく退魔リストの仕事を全て完了させ、今日再びイギリ
光輝の方といえば多少事件のことを引き摺《ず》っていたが、それでも何とか前向きに暮らしてい
として拒《こば》み、自宅療養しているのだ。

その別れの挨拶をしていこうと思って光輝は父の寝室を訪れたのだが、残念ながら高楼は眠っていた。ぜひとも、これは彼が起きているときに渡したかったのだが――。

仕方ないので、光輝は眠っている高楼の枕元にそれを置いた。

「コウちゃん――それ、何？」

澪が後ろからそれ――紫色の竹刀《しない》袋を指して問う。

「これか？　これは『七星《しちせい》』だよ――まだ打ち直してもらってなかったみたいだから俺が勝手に直させてもらった」

「『七星』――？　一体どうやって……」

「精霊術をちょっと応用すれば、結構楽に出来るんだ。折れた刃の分、ちょっと短くなっちまったけど――それは勘弁《かんべん》してくれな」

光輝は本当に申し訳無さそうに言うと、澪は「ううん」と小さく首を振った。

「お父さん、きっと喜ぶと思うよ」

「当然だ、って言われそうな気がするけどな」

苦笑して言った後、光輝は姿勢を正して父に顔を向ける。そして寝顔に囁《ささや》きかけた。

「父さん、本当に迷惑かけてごめん——俺、海外行って凄《すご》く強くなったつもりだったけど、父さんと試合してまだまだだってよく解ったから、もう一度、一から修行し直して来る。そして、ここに帰ってきたらまた試合してくれ。今度は憎しみをぶつけるためなんかじゃない——ただ純粋に力を認めて欲しいんだ」

だからまたよろしくお願いします、と光輝は頭を下げた。顔を一度上げると横にいる母にも一礼した。

「それじゃ行ってきます」

「うん、いってらっしゃい、コウちゃん」

光輝は立ち上がって入り口の前でもう一度、礼をしてから廊下《ろうか》へと出た。襖《ふすま》が閉じられると優しく手を振って見送っていた澪は、後ろで眠っている高楼の方に意味ありげな笑みを浮かべてみせる。

「いいんですか？　せめて何か、一言声かけてあげても良かったんじゃないですか？」

「——別に」

目を閉じたまま言う高楼の口元は微《かす》かに笑っているように見えた。

自分の部屋から荷物を詰め込んだトランクを持って玄関に行く。上がり框《かまち》に座ってブーツの紐《ひも》を結わき、立ち上がるとくるっと反転して、玄関の風景をじっくりと瞼《まぶた》に焼き付けるように眺め回す。

（──次、帰ってくるときはもう少し好きな場所になっているかな）

そうなっていますように、と願いながら光輝は一礼すると入り口の引き戸を開けた。

「──うわっ！」

「うわっ、ってまた随分なご挨拶《あいさつ》だね、光輝」

開けた先に立っていた御影《みかげ》が目を細めて、冗談っぽく睨《にら》んでくる。

「いや、戸の真ん前に突っ立てりゃ驚くだろう、フッー」

しかも自分と全く同じ顔だったら、尚更のことだ。

「──で、何でこんなトコにいんの？」

玄関の戸を後ろ手に閉めながら、光輝が訊ねる。

「何でって見送りに決まってるじゃない」

「何もこんな暑いトコで待たなくたって……」

門までの道程を並んで歩きながら、光輝は空を見上げて言った。異常気象なのだろうか、梅雨《つゆ》の時期だというのに、天気は雲一つない青空。真夏ほどではないけど、暑いのに変わりは無い。二人の前に濃い影が伸びていた。

「だってさ、こないだ行くときはお父さんからの部屋だったでしょう。今度はせめて駅まで送ってあげたいかなぁーなんて思ってね」

「──いいよ、そこまでで」

光輝は門を差して、言った。隣の御影がむうっとねめつけてくる。

「なーにー、お姉ちゃんと二人で歩くのは恥ずかしいって？」

「――いや、別れづらくなる」

弟にはっきりとそう言われ、姉は顔を少し紅潮させた。

「何か、最近素直だよね……光輝」

「うん、そうか？　まぁ――あんな事件のあったあとだしなぁ。片意地張っている余裕《よゆう》がないっつーか……どうでもよくなったっつーか……」

「――――！」

御影は表情を硬直させた。――そして、堪《たま》らず訊《き》いていた。

「光輝……大丈夫《だいじょうぶ》なの？」

「……そうだな……父さんにああ言われたのが結構救いになったけど、でもまだちょっと後悔《こうかい》の方が強いな……。でも、大丈夫。――もう逃げないって決めたから」

そういう光輝の目は力強くて、また一歩追い抜かされたような気がした。

「……そっか……強いね、光輝は……」

「まだまだだよ――何とか直視しようって決めただけだから」

「……それでも強いよ」

御影が光輝の金色の髪を撫《な》でる――が、すぐに払われた。こういうところは健在のようである。気が付くと、二人はもう門の前まで来ていた。光輝が門に手をかけ、開く。

「おし、それじゃあまた行ってくるか」

「──本当にここまででいいの?」

名残惜《なごり》しそうに姉が訊《き》いてくる。それは光輝も一緒《いっしょ》だったが、彼はそれを振り払った。そのまま行ってしまうと、空港まで連れてきてしまいそうだから。

「ああ、いいよ。じゃあな、御影。今度はもっと、もっと強くなってきてやるからな。力だけじゃなくて、心もお姉様に負けないぐらい強くなってくるから」

「うん、いってらっしゃい、光輝!」

自分と良く似た顔の──でも全然似つかないあの笑顔で、光輝は送り出された。

階段を一段ずつ踏みしめて長い階段を下りていき、車道に出たところで「──うん」と背伸びをすると、

「よし、いくか──」

光輝は言い聞かせるように呟《つぶや》いて、再びイギリスへと向かった。

End

あとがき

……初めまして……影名浅海《かげなあさみ》……と申します……。

……………すっごい、緊張してきました……。え、えと……深呼吸、深呼吸……すーはー、すーはー……人、人、人……ごくん……よし、ちょっと落ち着きました……。

えー……この度《たび》、スーパーダッシュ小説新人賞佳作を頂きまして、作品を出版させてもらえることになりました。まずは未熟な私に栄誉ある賞を与えてくださった選考委員の皆様に感謝の意を述べたいと思います。本当にありがとうございましたっ。

…………………………………………………………………………………………………。

えっと……あ……っと……う……と、とりあえず、最初なんですから自己紹介が礼儀ですよね？ですから、自己紹介してページを稼《かせ》ぎます……というか、埋めてみせます。

名前は始めに言いましたとおり、影名浅海です。勿論《もちろん》、本名なわけありません。筆名です。由来は……まあ、そのうちに……。年齢は二十歳《はたち》……ですね、確か。時たま、忘れそうになります。この作品を書き上げたのが十九のときなので、まだ十九のままのような気がしています……ハマショーみたいに。……ネタが解らない人は、ご両親に訊いてみてください。

趣味は……インドア系のことですかね。ゲームもやるし、漫画も読むし、小説だって読むし、ドラマも見るし、アニメだって見ます。それぞれのジャンルは……うーん……わりと何でも。内容が自分的に解りやすくて面白ければ、大抵《たいてい》何でも大丈夫です。例を挙げるとショットガンでゾンビの頭を吹き飛ばすゲームをしたあと、ラブコメ漫画を読んでげらげらと笑ったりしてます。音楽も聴きますが……こちらもジャンルが統一されていません。一曲惚《ぼ》れが多いので……大まかに言えば洋楽は古め、邦楽も古めが好きで、最新のはちょこっと。アニソンも、サントラも、クラシックも、聴いて『いいな』と思えば聴きます。

……何にでも嵌《はま》りやすい性格なんですよね。そのせいで、高校時代はかなりダメダメな学生でしたよ。ゲームを徹夜でやって授業中ボーっとしているのは毎日。試験期間中に小説を読み耽《ふけ》ってしまい、数Bの答案用紙に真っ赤な雨を降らせたことだってあります。三年生になると今度は格ゲーに嵌り、友人とつるんで学校を抜け出してゲーセンに行き、その途中で警官に注意を受けたことも二、三回……。知ってます？　ミニパトって自転車を二人乗りしているだけで、スピーカーを使って注意をしてくるんですよ。…………どれもこれも今ではいい思い出なんですが、学生の本分はやっぱり勉強にあると思います。読者の皆さんは絶対にこんなことはしちゃいけません。――説得力がありませんね、聞き流してくださって結構です。

……えー、こんなところでしょうか。少しは私のことを解ってもらえました？　まあ、何処《どこ》にでもいるちょっと凝《こ》り性《しょう》な性格の人だと思ってくだされば間違いはありません。その凝り性が原因で本を出すことになった人を果たして『ちょっと』と呼べるのか……その判断は皆さんにお任せします……。

……よし、何とか埋まりました。私結構、あとがきマニアでライトノベルを読むときは必ず最初にあとがきを読む派なんです。自分がもし本を出版することになったら凄《すご》く面白いのを書こうって決めてたんですけど……いざ書くとなると、これが綺麗《きれい》さっぱり思いつきませんね……。今まで『あとがきを書くのは苦手だ』と言う作家さん達に対して、『何、贅沢《ぜいたく》なことを……』なんて思っていました。

ごめんなさい。私が間違っておりました……。苦労は自分の身に起きない限り解らないということに改めて気付き、深く反省致します。

さて、そんな反省を噛《か》み締めながら最後にイラストの植田さん、担当さん、その他関係者皆様方、そして今これを読んでくださっている貴方に感謝の言葉を捧げ、失礼したいと思います。

影名浅海

※この作品は第4回スーパーダッシュ小説新人賞で佳作を受賞した『Shadow&Light』を改題、一部改稿したものです

影≒光
シャドウ・ライト
影名浅海

集英社スーパーダッシュ文庫

2005年 9 月30日　第 1 刷発行

★定価はカバーに表示してあります

発行者
谷山尚義

発行所
株式会社 集英社
〒101－8050　東京都千代田区一ツ橋 2 － 5 －10
03(3239)5263(編集)
03(3230)6393(販売)・03(3230)6080(制作)

印刷所
株式会社美松堂／中央精版印刷株式会社

ISBN4－08－630259－4 C0193

Printed in Japan

スーパーダッシュ小説新人賞
絵☆ウミ！
第5回募集中!!
入選作はSD文庫《スーパーダッシュ》で本になる！
ダッシュ☆ぴよ蔵
第4回受賞作
大賞
『戦う司書と恋する爆弾』
山形石雄
『その仮面をはずして』
岡崎裕信
佳作
『Shadow&Light』
影名浅海
順次発売予定です！
歴代の娯楽小説英雄《エンターテインメント・ノベル・ヒーロー》たち
第1回 大賞 神代 明
佳作 狭山京輔
第2回 大賞 海原 零
佳作 東 佐紀
第3回 佳作 片山憲太郎
佳作 福田政雄
大賞 正賞の楯と副賞100万円（税込）
佳作 正賞の楯と副賞50万円（税込）
★原稿枚数 400字詰め原稿用紙200〜700枚
★締切り 毎年10月25日（当日消印有効）
★発表 毎年4月刊発売日
主催／㈱集英社 後援／㈶一ツ橋文芸教育振興会
http://dash.shueisha.co.jp/sinjinで情報をゲット！
イラスト／山本ヤマト
〜『電波的な彼女』より〜